Amy Baxter

Feel me forever

## Weitere Titel der Autorin:

King's Legacy – Alles für dich
King's Legacy – Nur mit dir
King's Legacy – Halt mich fest

Never before you – Jake & Carrie
Forever next to you – Eric & Joyce
Hold on to you – Kyle & Peg
Someone like you – Scott & Olivia
Always with you – Riley & Tess

Hold me forever

## Über die Autorin:

Amy Baxter ist das Pseudonym der Autorin Andrea Bielfeldt. Amy begann ihre Karriere als Selfpublisherin und eroberte dann mit ihren erfolgreichen Romance-Reihen SAN FRANCISCO INK und KING'S LEGACY eine große Fangemeinde. Dank ihres Erfolgs kann sie sich heute ganz dem Schreiben widmen. Zusammen mit ihrer Familie lebt und arbeitet sie in einem kleinen Ort in Schleswig-Holstein.

AMY BAXTER

# Feel me forever

ROMAN

lübbe

Dieser Titel ist auch als Hörbuch und E-Book erschienen

Die Bastei Lübbe AG verfolgt eine nachhaltige Buchproduktion. Wir verwenden Papiere aus nachhaltiger Forstwirtschaft und verzichten darauf, Bücher einzeln in Folie zu verpacken. Wir stellen unsere Bücher in Deutschland und Europa (EU) her und arbeiten mit den Druckereien kontinuierlich an einer positiven Ökobilanz.

FSC
www.fsc.org
MIX
Papier aus verantwortungsvollen Quellen
FSC® C014496

Vollständige Taschenbuchausgabe
der bei Bastei Lübbe erschienenen E-Book-Ausgabe


Umschlaggestaltung: ZERO Werbeagentur, München unter Verwendung von Motiven © EAKARAT BUANOI/shutterstock.com; royaltystockphoto.com/shutterstock.com
Satz: 3w+p GmbH, Rimpar (www.3wplusp.de)
Gesetzt aus der Minion
Druck und Verarbeitung: GGP Media GmbH, Pößneck
Printed in Germany
ISBN 978-3-404-18570-2

5 4 3 2 1

Sie finden uns im Internet unter luebbe.de
Bitte beachten Sie auch: lesejury.de

# Playlist

Sine From Above – Lady Gaga, Elton John
Torn – Natalie Imbruglia
Welcome To My Life – Simple Plan
Broken Home – 5 Seconds of Summer
Roads Untraveled – Linkin Park
Thinking out Loud – Ed Sheeran
In the Ghetto – Elvis Presley
Shallow – Lady Gaga, Bradley Cooper
Lose Somebody – Kygo, OneRepublic
Fast Car – Jonas Blue, Dakota
Courage to Change – Sia
Boulevard of Broken Dreams – Green Day
No Man's Land – Eric Burdon, Tony Carey, Anne Haigis
House of the Rising Sun – The Animals
Mr. Brightside – The Killers
Take Me Home – Restless Road, Kane Brown
Stan – Eminem, Elton John
I'm Gonna Be (500 Miles) – The Proclaimers
A Thousand Miles – Vanessa Carlton
Chasing Cars – Snow Patrol
Your Song – Elton John

Für alle, die nicht daran glauben, dass sie genug sind.
Ihr seid genug!

In diesem Roman werden Szenen häuslicher Gewalt geschildert. Diese Szenen können belastend und verstörend sein. Wenn Sie von häuslicher Gewalt betroffen sind, können Sie sich an folgende Beratungsstellen wenden: Hilfetelefon »Gewalt gegen Frauen« (0800 116 016) oder »Gewalt gegen Männer« (0800 123 99 00).

# Instagram

## Sonntag:

**Harvey_008:** Hey, Athena, tolle Bilder, toller Account! Grüße aus L. A. Harvey
**Athena:** Hey, Harvey, vielen Dank! Danke für die Likes *Daumen hoch* L.A. Wow! Grüße aus New York, Athena 😊
**Harvey_008:** Gern geschehen 😊 Du bist noch recht neu hier, stimmt's?
**Athena:** Ja. Seit zwei Monaten.
**Harvey_008:** Viel Spaß weiterhin 😊
**Athena:** Danke. Dir auch 😊

## Donnerstag:

**Harvey_008:** Guten Morgen von West nach Ost. Wieder ein starkes Bild von dir.

**Athena:** Guten Morgen von Ost nach West 😊 Vielen Dank, ich mag es auch sehr.

**Harvey_008:** Es drückt eine gewisse Schwere, aber gleichzeitig auch Leichtigkeit aus.

**Athena:** Das hast du schön gesagt.

**Harvey_008:** Fotografierst du schon lange?

**Athena:** Einige Zeit schon, aber nur so zum Spaß.

**Harvey_008:** Warum nur zum Spaß?

**Athena:** Weil ich beruflich anders gefordert bin.

**Harvey_008:** Was machst du denn?

**Athena:** Assistentin bei Mary Poppins

**Harvey_008:** 😊

## Sonntag:

**Harvey_008:** Guten Abend von West nach Ost 😊 Ich wusste gar nicht, dass es in New York noch andere Fotomotive als das Empire State Building oder die Wallstreet gibt.
**Athena:** Guten Abend von Ost nach West 😊 Es gibt viele tolle Motive in New York. Man muss sie eben finden.
**Harvey_008:** Deine Motive sind so positiv. Ich mag das.
**Athena:** Sie sind das Gegenteil von dem, was wirklich in mir vorgeht. Zumindest manchmal.
**Harvey_008:** Du kehrst hier also dein Leben ins Gegenteil um?
**Athena:** Ich finde einfach, dass es schon genügend Negatives auf der Welt gibt. Das brauche ich hier nicht auch noch. Ich möchte hierherkommen und eine gute Zeit haben. Mich darauf freuen, tolle Bilder zu sehen. Und nette Menschen ...
**Harvey_008:** Da hast du recht. Die Welt ist voll mit Spinnern, aber glaubst du nicht, dass es die nicht auch hier gibt?
**Athena:** Doch, bestimmt. Aber hier kann ich ihnen aus dem Weg gehen, wenn ich will.
**Harvey_008:** Da bin ich froh, dass du mir nicht aus dem Weg gehst.
**Athena:** Ich halte dich auch nicht für einen Spinner.
**Harvey_008:** Ich dich auch nicht.

## Freitag:

**Athena:** Hey, guten Morgen von Ost nach West 😊 Wie geht's dir? Sorry, dass ich mich die ganze Woche nicht gemeldet habe. War viel los hier ...

**Harvey_008:** Guten Morgen von West nach Ost 😊 Schon okay. Schön von dir zu hören 😊 Wie geht's dir?

**Athena:** Ach, business as usual.

**Harvey_008:** Same here. Was machst du?

**Athena:** Ich arbeite mit Menschen.

**Harvey_008:** Stressig?

**Athena:** Ja, meistens. Aber ich liebe es trotzdem.

**Harvey_008:** Es ist immer gut, wenn man liebt, was man tut. Wie viele Menschen können das schon von sich behaupten?

**Athena:** Da habe ich wirklich Glück. Ich habe eigentlich keinen Grund, mich zu beklagen.

**Harvey_008:** Eigentlich?

## Samstag:

**Harvey_008:** Sorry, wenn ich dir damit zu nahegetreten bin. Das wollte ich nicht.

## Sonntag:

**Athena:** Guten Morgen von Ost nach West. 😊 Nein, schon okay. Das bist du nicht.

**Harvey_008:** Das beruhigt mich. Wirklich. Guten Tag von West nach Ost 😊 Aber – wenn das jemals der Fall sein sollte, sag's mir, okay? Manchmal hau ich einfach raus, was ich denke. Ich will nicht aufdringlich rüberkommen oder so. Eigentlich bin ich ein netter Kerl 😉

**Athena:** Eigentlich? :-P

**Harvey_008:** Touché 😉 Ich finde nur … wir sind beide keine Spinner und wir haben einen ganz guten Draht zueinander. Ich unterhalte mich gerne mit dir. Und ich würde das gerne beibehalten.

**Harvey_008:** Oh Mann, schon wieder aufdringlich …

**Athena:** 😉 Nein, alles gut. Und zu deiner Beruhigung: Ich fühle mich nicht bedrängt oder so. Ich mag's so.

**Harvey_008:** Ich auch 😊

## Montag:

**Athena:** Guten Morgen von Ost nach West. Wie geht es dir an diesem sonnigen Tag?

**Harvey_008:** Guten Morgen von West nach Ost. Hier scheint wirklich die Sonne, und wie sieht es bei dir aus?

**Athena:** Was meinst du?

**Harvey_008:** Ich habe dein Bild gesehen. Ein ausgelassener Sprung über einen Bach. Es ist verdammt fröhlich. Aber da du dein real life hier ins Gegenteil verkehrst ... Da mache ich mir so meine Gedanken ...

**Athena:** Du bist viel zu aufmerksam 😊

**Harvey_008:** Nur bei dir ...

**Athena:** 😊 Ich habe ein bisschen Stress hier, nichts Wildes. Du musst dir um mich keine Gedanken machen.

**Harvey_008:** Möchte ich aber ...

**Harvey_008:** Ich möchte, dass es dir gut geht ...

**Athena:** Ich weiß nicht, was ich schreiben soll ...

**Harvey_008:** Du musst nichts schreiben. Du musst nur wissen, dass ich hier bin. Okay?

**Athena:** Okay ...

**Harvey_008:** Okay ...

# 1. Megan

Achtundfünfzig Likes und drei neue Follower.

Das waren die Reaktionen auf das neue Foto, das ich am gestrigen Abend auf dem Heimweg mit meinem Handy geschossen und dann hochgeladen hatte. Ich stand total auf Schwarz-Weiß-Fotografien, also hatte ich den Baumstamm über dem Bach zusätzlich noch mit einem stinknormalen Handyfilter belegt, was ihm eine mysteriösere Note gab. Meine dunkle Silhouette im Vordergrund, die man nur von hinten sah, setzte dem Ganzen das i-Tüpfelchen auf. Mit meinem Mini-Stativ und dem Selbstauslöser war das ganz schön tricky gewesen, aber es hatte sich gelohnt. Ich fand es ganz gelungen. Achtundfünfzig Betrachter anscheinend auch. Und Harvey_008. Immer wenn ich seinen Namen unter meinen Fotos sah oder eine neue Nachricht von ihm in meinem Postfach hatte, schlug mein Herz für einen winzigen Moment schneller. Das war verrückt.

Erst vor ungefähr zwei Monaten hatte ich mir einen Kanal auf Instagram zugelegt. Ich fotografierte gerne, und irgendwann hatte meine beste Freundin Piper – die nach dem Abschluss nach L.A. gezogen war und mich in diesem Provinznest zurückgelassen hatte – gemeint, dass es schade wäre, die Fotos auf meinem Handy verstauben zu lassen.

»Versuch's mal mit Instagram«, hatte sie gesagt und mir per Videochat beim Erstellen eines Accounts auf der Social-Media-Plattform geholfen. Die Leute stellten Fotos ein von Tieren, von Gebäuden, Landschaften, Essen, Sport … aber am liebsten von sich selbst. Das hatte ich schon erkannt. Bisher hatte ich an Social Media nicht viel Interesse gezeigt, warum auch? Schließlich lebte ich hinter dem Mond gleich links. Honey Falls in New Hampshire. Eine Kleinstadt mit Flair und nicht mal achttausend Einwohnern. Hier gab es nicht viel zu zeigen. Ein Wunder, dass es überhaupt Internet gab.

Honey Falls lag am Lake Winnipesaukee, und seine einzige Attraktion war ein kleines Skigebiet. Es war ein idyllischer Ort, in dem jeder jeden kannte. Ich war hier aufgewachsen, so wie die meisten, die schon seit ihrer Geburt an diesen Ort festgenagelt waren und nicht wirklich rumkamen. Eigentlich liebte ich die Kleinstadt auch, es war schön, auf die Straße zu gehen und lauter bekannte Gesichter zu sehen, freundlich zu grüßen und hier und da einen kleinen Plausch zu halten oder sich über die neuesten Gerüchte auszutauschen. Doch an manchen Tagen wünschte ich mir, eine Unbekannte zu sein. Sehnte mich danach, abzutauchen in die Anonymität einer Großstadt, in der einen niemand kannte und allen egal war, wer du bist und was du tust. Einer von vielen sein, ein Gesicht ohne Namen und ohne Konsequenzen, die alles Handeln nach sich zog. Vielleicht war das auch einer der Gründe, weshalb ich mir einen Account bei Instagram angelegt hatte, und das, obwohl ich den Umgang der User auf der Plattform zu oberflächlich fand. Zu selbstdarstellerisch.

Ich fotografierte eigentlich nur das, was mir unterwegs vor die Linse kam, und stellte es online. Damit, dass meine Bilder tatsächlich Anklang finden würden, hatte ich überhaupt nicht gerechnet. Aber mein kleiner, feiner Instagram-Account mit Namen Athena wurde langsam erwachsen. Und irgendwie war das wider Erwarten ein schönes Gefühl, auch wenn ich ihn nicht wegen der Likes erstellt hatte. Er stand vielmehr dafür, etwas zu haben, das nur mir gehörte. Etwas, das Doug nicht kontrollieren, mir nicht nehmen konnte. Weil er nichts davon wusste. Ich hatte hier eine Welt erschaffen, in der alles gut war und in der ich so sein konnte, wie ich war.

Nach einem Blick auf die Uhr hastete ich ins Bad, um mich für die Arbeit zurechtzumachen. Es machte keinen guten Eindruck, wenn ich zu spät kam. Schließlich war ich die Besitzerin des Middleton Inn, dem kleinen gemütlichen Hotel am Rande von Honey Falls, das ich nach dem Tod meiner Mom wenige Monate nach meinem Highschool-Abschluss übernommen hatte. Also schlüpfte ich in das frisch gereinigte dunkelblaue Kostüm, band mir meine blonden Haare zu einem Knoten und legte ein dezentes Make-up auf. Um zehn vor acht betrat ich die kleine, mit geweißtem Holz getäfelte Eingangshalle des Hotels.

Der Duft von frischen Blumen, die ich überall im Haus in großen Vasen hatte aufstellen lassen, drang bis in die letzte Ecke des Hotels und brachte den Frühling herein. Meine liebste Jahreszeit, denn sie symbolisierte für mich einen Neuanfang.

Bevor ich in mein Büro verschwand, steckte ich meine Nase noch einmal in einen Strauß wunderschöner Tulpen, holte mir einen Kaffee aus der Küche und beschäftigte mich dann mit den Rechnungen und anderem langweiligen Papierkram, der leider an der Chefin des Hotels hängen blieb.

Eine Stunde später tippte mir meine langjährige Mitarbeiterin Sandy auf die Schulter, als ich gerade am Tresen vor dem Frühstücksraum eine grobe Liste für die nächste Bestellung beim Großhändler schrieb. Ich beschäftigte nur ein Dutzend Mitarbeiter, die in Schichten arbeiteten und sich um die Gäste, das Hotel und die Küche kümmerten. Einkauf und Organisation waren mein Metier.

»Er ist wieder da.« Dabei giggelte sie hinter vorgehaltener Hand, als hätte sie etwas furchtbar Witziges gesagt. Verständnislos sah ich Sandy an, die schon unter meiner Mutter hier gearbeitet hatte und für mich eher wie eine Tante war als eine

Angestellte. Mir fiel auf, dass sie etwas stärker geschminkt war und ihre Wangen einen Hauch mehr Farbe trugen als sonst. Sandy wurde in diesem Winter dreiundfünfzig und war Single, was sie an manchen Tagen sehr unglücklich machte. Seit ihr Mann sie vor vielen Jahren betrogen und mit ihrem damals kleinen Sohn hatte sitzen lassen, war sie alleine. James war mittlerweile in meinem Alter und hatte Honey Falls schon längst verlassen, um Karriere zu machen, dennoch gab es keinen neuen Mann an Sandys Seite. Doch heute leuchteten ihre großen blauen Augen und die vollen Lippen glänzten. Sandys rundliches Gesicht wurde von langsam grau werdenden blonden Haaren umrahmt. Sie hatte die Rundungen an den richtigen Stellen und das Herz am rechten Fleck.

Ich trat hinter dem Tresen hervor und in den Frühstücksraum, von wo ich verstohlen zu Tisch drei am Fenster und wieder zurück sah.

»Entweder hast du Fieber oder du stehst einfach auf den Kerl mit den Eiern«, raunte ich ihr zu.

Sandy schnappte nach Luft, dann schüttelte sie den Kopf und warf mir einen strafenden Blick zu. »Das war eindeutig zweideutig.«

Ich zuckte nur schmunzelnd mit den Schultern, ordnete vorgeblich die Teebeutel auf dem Buffet und grinste herausfordernd. Seit der Mann vor ein paar Wochen in der Nähe eine Panne gehabt und einen Tag und eine Nacht in unserem Hotel gewartet hatte, bis die Werkstatt seinen Laster repariert hatte, kam er einmal wöchentlich, um hier zu frühstücken. Auch heute verdrückte er wie immer eine große Portion Spiegeleier, Würstchen, Bohnen und Speck. Eine Truckerportion für echte Kerle. Auf seinem Lieferwagen stand der Name einer bekannten Spedition, für die er Waren ausfuhr. Er hieß Bob, das wusste ich von seiner Buchung.

»Hier, bring ihm noch Kaffee«, sagte ich leise und drückte Sandy die Kaffeekanne in die Hand.

»Was?«, fragte sie und riss die Augen noch weiter auf, sofern das möglich war. Normalerweise brachten wir den Gästen den Kaffee nicht an den Tisch, sondern sie holten ihn sich am Buffet. Aber besondere Umstände erforderten nun mal besondere Maßnahmen.

»Bring ihm Kaffee«, drängte ich flüsternd. »Er freut sich sicher.« Mir war schon länger aufgefallen, dass Sandy ein Auge auf ihn geworfen hatte, und das Schmachten würde nie aufhören, wenn sie nicht endlich mal mit ihm sprach. Also schubste ich sie vorsichtig in seine Richtung und nickte ihr aufmunternd zu. Dann blieb ich am Buffet bei den Getränken stehen und beobachtete das Spektakel.

Der Kerl saß in der Regel einfach nur da, starrte auf sein Handy und verdrückte sein Essen sowie drei Tassen Kaffee, bevor er sich wieder auf den Weg machte. Zwischendrin warf er Sandy meist verstohlene Blicke zu, von denen sie aber nichts mitbekam, weil sie sich nicht traute, ihn anzusehen. Heute sah er auf und lächelte Sandy direkt an, als sie an seinem Tisch stand. Sie wurde knallrot wie eine reife Tomate. Und ich lächelte mit, weil ich das Richtige getan hatte.

Der Trucker blieb länger als sonst. Er trank auch noch eine vierte Tasse Kaffee, während er und Sandy sich immer wieder ein Lächeln zuwarfen. Als er gegangen war, fiel sie mir um den Hals.

»Oh, Megan, ich bin dir so dankbar«, freute sie sich und drückte mich fest an ihren ausladenden Busen. Ich japste übertrieben nach Luft und sie ließ mich mit einem erstickten Lachen los.

»Er scheint ein netter Kerl zu sein«, vermutete ich.

Eifrig nickte sie. »Bob hat mich eingeladen.« Aus ihrem

Mund klang sein Name süß wie Honig. Ich verkniff mir ein Grinsen.

»Ein Date? Wow. Das ging aber schnell. Mich hat er nie eingeladen«, scherzte ich trotzdem.

»Was vielleicht an deinem Ehering liegt. Oder aber auch daran, dass du nicht sein Typ bist«, gab Sandy zu bedenken.

»Hm, könnte sein«, stimmte ich mit einem halbherzigen Grinsen zu. Ich war die Hälfte von Sandy und einen halben Kopf größer. Weder hatte ich einen solch ausladenden Busen noch runde Hüften. Bei mir musste man aufpassen, dass man sich keine blauen Flecken holte, scherzte Sandy immer.

»Eifersüchtig?« Sandy stieß mir ihren Ellenbogen in die Rippen und lächelte breit, sodass ihre weißen Zähne zu sehen waren.

»Ich freu mich für dich«, antwortete ich.

»Ich habe ihm von unserem Frühlingsfest in Honey Falls erzählt«, plauderte sie weiter, während sie frisches Kaffeepulver in die Maschine füllte. »Und er hat mich gefragt, ob ich mit ihm zusammen hingehen würde.« Sie war so in love, und ich hoffte sehr, dass sie nicht enttäuscht werden würde.

Zwischen Lunch und Dinner wurde es etwas ruhiger im Middleton Inn, und Sandy und ich gönnten uns eine kleine Verschnaufpause bei einem Kaffee in der Küche, bei dem sie entgegen ihrer Natur sehr still war.

»Was ist mit dir?«, hakte ich nach, was ihr ein tiefes Seufzen entlockte. Als sie mich ansah, war ihr Blick ernster.

»Doug …«, sagte sie. »Er … Ich habe …«, stammelte sie, brach aber ab.

Ich atmete ein und hielt für einen Moment die Luft an, bevor ich sie geräuschvoll wieder ausstieß und dabei jeglichen Augenkontakt vermied. Ich konnte mir denken, was Sandy mir sagen wollte, aber ich legte keinen Wert darauf, es zu hören.

Sandys Hand legte sich auf meinen Arm. Sie wusste selbst zu gut, was es hieß, betrogen zu werden.

»Weißt du«, begann ich zögernd. »Doug ist kein schlechter Kerl. Er ist nur … Er braucht nur … Er …« Ich hatte mich bei dem Versuch, meinen Ehemann in Schutz zu nehmen, schon so oft selbst belogen, dass ich mittlerweile einfach keine Worte mehr für sein Verhalten fand. Und auch nicht für das, was wir durchmachten. Was ich durchmachte. Zu oft hatte ich dasselbe gesagt. Die Entschuldigungen waren mittlerweile abgenutzt. Und ich wusste nicht mehr, was eigentlich schlimmer war. Sandy war die Einzige, die davon wusste. Der ich erzählt hatte, wer Doug wirklich war. Denn Doug hatte es drauf, seine Mitmenschen um den Finger zu wickeln und sie nur das sehen zu lassen, was sie sehen sollten. Nämlich, was er für ein toller Kerl war. Ich selbst hatte mich von ihm einwickeln lassen und erst vor Kurzem erkannt, dass er nicht der war, der er vorgab zu sein. Ich war über Jahre einfach blind gewesen. Und schämte mich dafür.

»Ja. Ich weiß«, stimmte Sandy mir zu. Ich war dankbar, dass sie mich auch ohne Worte verstand und es darauf beruhen ließ, obwohl sie innerlich kochen musste. Sie verabscheute Doug, verabscheute das, was er mir antat. Und dennoch drängte sie mich nicht, sondern war einfach da, wenn ich sie brauchte. Sie kannte mich schon so lange, und ich war dankbar, sie an meiner Seite zu haben.

»Ich weiß, dass … wenn es so weitergeht … das ertrage ich nicht mehr lange. Aber was passiert dann … mit mir und dem Hotel?«, sprach ich ganz leise den Gedanken aus, der mich schon seit geraumer Zeit beschäftigte. Leise, weil lautes Aussprechen es so real machte. Aber so weit war ich nicht, denn ich war mir sicher, dass die Leute der Kleinstadt mich und das Hotel meiden würden, sobald ich mich von Doug trennen würde. Gleichberechtigung hin oder her, egal, dass ich schon ebenso lange hier lebte wie er – ich wäre schuld an allem. Doug war gut darin, Menschen zu manipulieren, das hatte ich mittlerweile erkannt und wusste tief in meinem Innersten, dass ich das nicht weiter hinnehmen durfte. Aber … Vielleicht war ich zu schwach, mich dagegen aufzulehnen. Vielleicht hatte ich auch einfach nur Angst vor dem Loch, in das ich danach fallen würde. Das Middleton Inn war mein Leben. Etwas anderes hatte ich nicht.

»Herzchen, du solltest mehr an dich denken als daran, was die Leute denken könnten«, wischte Sandy meine stillen Befürchtungen beiseite. Sie drückte meine Schulter und lächelte mir aufmunternd zu. »Sie denken sowieso, was sie wollen. Das hier ist nun mal eine Kleinstadt. Du lebst schon dein ganzes Leben hier, alle kannten deine Mom. Und sie haben sie geliebt und respektiert. Ebenso, wie sie dich respektieren. Und das wird sich nicht ändern, nur weil du und Doug Streit habt. Oder du dich von ihm trennst«, setzte sie noch zögerlich hinterher. Es war das erste Mal, dass sie aussprach, worüber ich schon länger nachdachte.

»Ich bin mir da nicht so sicher«, gab ich nach ein paar Atemzügen unsicher zurück, auch wenn ich dankbar für ihre Worte, ihre Unterstützung war. Ich wusste, auf Sandy konnte ich mich verlassen. Immer.

»Aber ich. Stell dein Licht nicht so unter den Scheffel. Du bist so viel mehr wert, als die zweite Geige zu spielen.«

Ich warf ihr einen beschämten Blick zu und trank meinen Kaffee aus. »Ich glaube, ich mache mich wieder an die Arbeit.«

Sie seufzte. Dann nickte sie stumm und stand ebenfalls auf.

Ich verzog mich mit einem mulmigen Gefühl und einem schlechten Gewissen wegen meiner Schwäche ins Büro und schlug mir den Abend mit dem Papierkram für die Steuer um die Ohren. Nicht gerade meine Lieblingsbeschäftigung. Mrs Clummsy, meine alte Lehrerin, wäre stolz auf mich. Als ich mit allem fertig und mein Schreibtisch wieder aufgeräumt war, hatte ich den Tag tatsächlich rumbekommen, ohne weiter über Doug und darüber nachzudenken, welchen Fehler er gemacht hatte, sich mit seiner dreckigen Affäre in der Öffentlichkeit erwischen zu lassen. Das passte überhaupt nicht zu Mr Saubermann. Aber das kostete nur unnötige Energie und änderte nichts. Mir würde er es wohl kaum erzählen.

»Soll ich dich nach Hause fahren?«, fragte Sandy, als wir das Hotel an die Nachtschicht übergeben hatten und raus in die abendliche Frühlingsluft getreten waren.

»Danke, aber ich laufe gerne.« Ich musste den Kopf freikriegen, bevor ich zu Hause ankam. Mitnehmen ließ ich mich nur im Notfall oder bei Regen und Sturm.

»Lass dich nicht unterkriegen, Süße.«

»Nein. Mach ich nicht. Danke dir. Gute Nacht, Sandy.«

Wir gingen in verschiedene Richtungen davon, und kurz darauf hörte ich ihren Hyundai vom Parkplatz fahren.

Ich zog den Reißverschluss meiner Jacke höher und versteckte die Nase im Kragen sowie meine Hände in den Taschen. Die Nächte waren zwar schon wärmer geworden, der Frühling vertrieb langsam den Winter, und in wenigen Wochen würden bunte Blumen den Boden bedecken. Aber heute zeigte sich der Himmel bewölkt, Regen lag in der Luft, und ich beschleunigte meine Schritte. Bis zu unserem Haus waren es keine zehn Gehminuten, und eigentlich genoss ich die Zeit. Ich nutzte sie, um runterzufahren und den stressigen Tag im Hotel hinter mir zu lassen, bevor ich mich zu Doug ins Bett legte. Aber genau davor graute es mir heute. Ich wollte mich nicht zu ihm ins Bett legen. Nicht nach dem, worauf Sandy mich unterschwellig mit der Nase gestoßen hatte. Damit hatte er mich vorgeführt. Und das verletzte mich nicht nur, es machte mich wütend. Vielleicht ja wütend genug, um endlich den Absprung zu schaffen, flüsterte das zaghafte Stimmchen in meinem Innersten, dem ich bisher noch nicht viel Raum gegeben hatte.

»Ja, vielleicht«, flüsterte ich. Ich merkte, wie erschöpft ich war. Das mochte dem langen Tag voller Papierkram geschuldet gewesen sein oder aber der Erkenntnis, dass ich etwas an meinem Leben ändern musste, wenn ich nicht kaputtgehen wollte.

Ich überquerte die Brücke über den kleinen Fluss, der durch die Stadt hindurchführte. Über mir rauschte der Wind in den Baumwipfeln, unter mir das Wasser des kleinen Bachs, in dem ich als Kind Papierboote ziehen lassen und wilde Wasserschlachten mit meinen Bruder ausgefochten hatte. Ich blieb stehen und lehnte mich an das Geländer. Nach ein paar tiefen Atemzügen wühlte ich mein Handy aus der Jackentasche. Es wunderte mich nicht, dass ich eine Nachricht von Doug in meinem Postfach hatte.

*Es wird spät heute, warte nicht auf mich*, schrieb er. Ich schnaubte leise und zwang mich, nicht darüber nachzudenken, wann es eigentlich so weit gekommen war. Aber die immer selben Fragen hingen in meinem Kopf wie Sprechblasen auf den Seiten eines Comics.

Wann waren wir so weit auseinandergedriftet? Wann hatten seine Stimmungsschwankungen angefangen? Wann war er so unberechenbar geworden? Wann waren Zuckerbrot und Peitsche in unseren Alltag eingezogen? Wann hatte er die Grenze überschritten und wir den Zeitpunkt verpasst, unsere Ehe, unsere Liebe zu retten? Und wann hatte ich gemerkt, dass ich sie eigentlich gar nicht mehr retten wollte?

Ich hatte nicht mal auf die letzte Frage eine Antwort.

Mechanisch wischte ich Dougs Nachricht weg, eine Antwort erwartete er sowieso nicht von mir. Es war ja nicht das erste Mal, dass er Gründe vorschob, spät nach Hause zu kommen. Blonde, brünette oder auch rothaarige Gründe. Und ich hatte das Parfüm an ihm gerochen, hatte die Haare auf seinem

Hemd gefunden, hatte Lippenstiftspuren an seinem Kragen entdeckt. Und ich hatte nichts gesagt. Weil er mir schon nach dem ersten Ausrutscher gute Gründe genannt hatte. Gründe, für die ich verantwortlich war. Ich habe zu wenig Zeit für ihn, würde meine Arbeit ihm vorziehen, und der Sex komme viel zu kurz. Ich hatte für all das keine Gegenargumente. Es stimmte. Ich arbeitete viel - ich leitete ein Hotel. Ich zog die Arbeit ihm vor - musste ich, wenn es laufen sollte. Zu wenig Sex - ja, wann denn auch?

Ja, er hatte recht gehabt, und so hatte ich ihm verziehen. Das erste Mal. Und ein zweites auch. Und irgendwann hatte ich nichts mehr gesagt. Weil ich die Gründe für sein Fremdgehen nicht ändern konnte. Weil ich mir keine Vorwürfe mehr anhören wollte. Weil ich keine Kraft mehr hatte.

Sollte er an seinen Lügen ersticken.

Nach einer Weile versiegte das Gedankenkarussell, und ich öffnete Instagram und loggte mich ein. Ich wollte wenigstens für einen kleinen Moment der Realität entfliehen, in meine kleine, eigene Welt abtauchen und mich beim Betrachten fremder Bilder noch ein paar Minuten ablenken. Jede Ablenkung war mir recht, um nicht nach Hause gehen zu müssen.

Sofort fielen mir die unzähligen neuen Benachrichtigungen seit dem Morgen ins Auge. Aber eine sprang mir ganz besonders entgegen. Die Nachricht von Harvey_008.

Harvey und ich schrieben schon seit einiger Zeit miteinander. Und ich müsste lügen, wenn ich sagen würde, ich wäre nicht aufgeregt gewesen, als ich seine Nachricht mit einer gewissen Vorfreude öffnete.

**Harvey_008:** Hey von West nach Ost 😊 Ich wollte mal hören, wie es dir so geht?

Mein Herz stolperte. Wie jedes Mal, wenn Harvey mir schrieb.

Mit fahrigen Fingern tippte ich unsere obligatorische Begrüßung zurück.

Hey von Ost nach West 😊 Ich freu mich, von dir zu hören. Es ist alles okay. Sagte ich schon, dass du dir keine Gedanken machen musst?

Die letzte Nachricht hatte ich ihm geschrieben, nachdem Doug und ich in einem heftigen Streit auseinandergegangen waren. Einem Streit, an dessen Grund ich mich schon gar nicht mehr erinnern konnte, weil er so banal gewesen war. Aber mittlerweile stritten wir wohl nur noch um des Streitens willen.

**Harvey_008:** Hatte ich dir gesagt, dass ich das trotzdem tue? Ich hoffe, es geht dir wirklich gut.

Ich schluckte. Es ging mir nahe, dass ein fremder Mann sich solche Gedanken um mich machte. Gedanken, die sich mein Ehemann eigentlich machen sollte. Aber der hatte ja Besseres zu tun. Und irgendwie war Harvey auch schon kein Fremder mehr. Wir chatteten jetzt seit einigen Wochen miteinander, und es kam mir vor, als hätte ich einen Seelenverwandten in ihm gefunden. Aber genau das machte mir auch Angst. Er schien zu wissen, was ich dachte, fühlte und durchmachte, obwohl ich nichts davon erzählte. Er las mich wie ein Buch, obwohl ich mich nicht geöffnet hatte. Oder hatte ich das? Unbewusst? So musste es sein …

Die Wahrheit willst du sicher nicht hören.
**Harvey_008:** Wenn du sie mir erzählen möchtest? Ich bin ein guter Zuhörer.

Ich starrte auf die Nachricht, dann lachte ich kurz auf. Ein paar

Vögel schreckten aus dem Gebüsch am Flussufer auf und schlugen aufgeregt mit den Flügeln. Ich zuckte ebenfalls zusammen. Dann schüttelte ich den Kopf, loggte mich aus und steckte das Telefon weg. Es gab keinen Grund, mich ihm ganz und gar anzuvertrauen.

# 2. Nate

Das Bier zischte, als ich es öffnete. Eiskalt lief mir die Flüssigkeit die Kehle runter und ich schloss für einen Moment die Augen. Doch statt der erwarteten Dunkelheit traten Bilder vor meine Augen. Sie waren schwarz-weiß und drückten Entschlossenheit aus, wirkten fröhlich, ausgelassen, aber dadurch noch mehr traurig. Ehrlich. Und dennoch wunderschön. Es war schwer zu beschreiben, was ich beim Anblick der Fotos empfand, aber sie gingen mir nicht mehr aus dem Kopf. *Sie* ging mir nicht mehr aus dem Kopf. Also stellte ich das Bier ab, griff mein Smartphone und öffnete Instagram.

»Athena«, murmelte ich und scrollte erneut durch den Kanal, auf den ich durch einen alten Freund vor ein paar Wochen aufmerksam geworden war. Xavier und ich kannten uns vom College, hatten immer Kontakt gehalten, obwohl er sein Wirtschaftsstudium irgendwann geschmissen hatte und mittlerweile Kunstliebhaber mit einer Galerie im Herzen von New York war. Er hatte ein Auge für Talente. Und Athena, wer auch immer sich hinter dem Namen versteckte, war eins, sonst wäre Xavier ihrem Account nicht gefolgt.

Sie hatte geschrieben, sie komme aus New York. Wenn das überhaupt stimmte. Wir waren hier in den sozialen Netzwerken, einem Ort, an dem die Leute es mit der Wahrheit nicht so genau nahmen. Aber in dem Paralleluniversum, in dem ich lebte, verhielt sich das auch nicht viel anders.

Ich lebte seit vielen Jahren in L.A., in der Stadt der Stars und Sternchen, in dem Fake zum Leben dazugehörte und die Realität einfach ausgeblendet wurde. Genau genommen bin ich dort aufgewachsen und hängen geblieben, als ich angefangen hatte, als Agent für den aufstrebenden Schauspieler und jetzigen Superstar Tristan Hall zu arbeiten. Und das waren auch schon gute fünf Jahre. Insgesamt zehn waren wir mittlerweile befreundet. Nach einigen Hürden im letzten Sommer befand er sich jetzt gerade auf dem Zenit seiner Karriere und drehte seinen ersten Blockbuster mit dem Starregisseur Eric Vanderwall. Ich freute mich für meinen Freund, dass wir diesen Coup für ihn hatten landen können. Aber seit geraumer Zeit befriedigte mich die Arbeit nicht mehr. Zu viel Oberflächlichkeiten, zu viele Lügen, zu viel Fake und zu viel unnötiger Stress. Zu viel Mist, der schieflief und wofür ich meinen Kopf hinhalten musste, obwohl ich nichts dafür konnte. Zu viel Scheiß, der mir auf Dauer nicht guttat. Immer öfter dachte ich darüber nach, aus der Filmbranche auszusteigen.

Ich war nun schon so lange im Geschäft, dass ich wusste, wie der Hase lief. Und er lief schief. Seit der Sache mit Tristan war klar, das Glamour auch nur eine andere Bezeichnung von Scheiße war. *Shit happens.*

Gerade wollte ich das Telefon aus der Hand legen, da vibrierte es und zeigte den Eingang einer neuen Nachricht auf Instagram an.

**Athena:** Hey von Ost nach West 😊 Ich mache gerade eine kurze Pause und dachte, ich melde mich mal bei dir. Was machst du so?

Ich mochte unsere Begrüßung, die sich einfach so eingeschlichen hatte. Es machte das Ganze irgendwie persönlicher. Ihren Namen kannte ich immer noch nicht. Sie meinen allerdings auch nicht. Was es wieder oberflächlicher machte. Vielleicht war es an der Zeit, das zu ändern.

Ich sah kurz auf die Uhr. In L.A. war es gerade siebzehn Uhr, New York war uns drei Stunden voraus.

Ich merkte, wie sich das Lächeln von meinem Gesicht auch in mein Innerstes ausbreitete. Nachdem sie sich auf meine letzte Nachricht nicht mehr gemeldet hatte, hatte ich befürchtet, ich wäre mal wieder zu neugierig gewesen.

**Harvey_008:** Hey von West nach Ost 😊 Ich hänge so rum. Feierabend.
Aber tatsächlich habe ich gerade an dich gedacht.
**Athena:** Telepathie 😊 Feierabend? Von was? Wir haben nie über unsere Jobs gesprochen. Warte, lass mich raten ... L.A. Wasser. Venice Beach ... Rettungsschwimmer! Du bist Rettungsschwimmer 😊
**Harvey_008:** Richtig. Ich bin Life Guard 😉
**Athena:** Wow. Muss ich mir das wie in Baywatch vorstellen? Du wie der alte David Hasselhoff in roter Badehose ...? 😉
**Harvey_008:** So ähnlich. Nur, dass ich natürlich viel besser aussehe als der alte Hasselhoff 😉
**Athena:** Haha, ja klar. Wenigstens bist du heute nicht von einem Hai gefressen worden.
**Harvey_008:** Ich hatte einfach nur Glück.
**Athena:** 😊 Und wie geht es dir sonst so?
**Harvey_008:** Sehr gut, jetzt wo ich dich in der Leitung habe.

Ich wartete einige Sekunden länger als sonst auf eine Antwort.

**Athena:** Mir auch.

Das ließ mein Herz stolpern.

**Athena:** Hey ... Soll ich dir was verraten?
**Harvey_008:** Dein Geheimnis ist bei mir sicher aufgehoben.
**Athena:** Ich stand total auf Baywatch. Und Hasselhoff 😉
**Harvey_008:** Das hört sich echt schräg an.

**Athena:** Was sind deine Jugendsünden?

**Harvey_008:** Ich wollte immer so aussehen wie John Stamos aus Full *shame on me* House.

Sie schickte mir drei lachende Smileys mit Tränen in den Augen.

**Harvey_008:** Und ich mochte die Haare von Rebecca bei Full House.

Wieder diese Smileys. Aber ich ertappte mich selbst bei einem fetten Grinsen.

**Harvey_008:** Du glaubst mir nicht?

**Athena:** Sollte ich?

**Harvey_008:** Ja, solltest du 😊

Wieder schickte sie nur Smileys.

**Athena:** Ich mag dein Profilbild.

**Harvey_008:** Auf dem Bild erkennst du doch gar nichts von mir.

Ich hatte ein Profilbild, auf dem man mich nur von hinten sah. Es war schwarz-weiß und ganz okay. Ich hatte mir nicht die Mühe gemacht, den Kanal followerfreundlich aufzupimpen, sondern auf privat gesetzt. Ich hielt ihn von der Followerzahl so gering wie möglich, lud auch keine Bilder hoch. Was auch? Fotos von meinen Klienten, wie sie abends die Clubs unsicher machten oder sich mittags mit mir zum Lunch trafen – die Fotos, die auf dieser Plattform Tausende von Likes einspielen würden – die durfte ich nicht posten. Selbst wenn ich gewollt hätte. Und sonst erlebte ich nicht viel. Arbeit war das, was mein Leben bestimmte. Und so nutzte ich den Account nur, um durch Instagram zu surfen und Bilder und Videos anzusehen. Bis auf drei Sonnenuntergangsbilder war ich hier ganz inkognito unterwegs.

**Athena:** Vielleicht ist es genau das, was mich beruhigt.

**Harvey_008:** Das musst du mir erklären.

**Athena:** Hier stellt sich doch jeder zur Schau. Alles Fake, aber die Leute stehen drauf. Aber bei dir ... du zeigst nichts von dir. Also gehe ich davon aus, dass du das nicht nötig hast. Aber wer aussieht wie Hasselhoff ... ☺

Ich schmunzelte.

**Harvey_008:** Ich habe nie gesagt, dass ich aussehe wie Hasselhoff ☺

**Harvey_008:** Und mal ehrlich – er ist mittlerweile schon ganz schön runzelig.

**Athena:** Ich tippe darauf, dass du jünger bist als er.

**Harvey_008:** Vielleicht ☺

**Athena:** Also? Wie alt bist du?

**Harvey_008:** 32. Und du?

**Athena:** Das fragt man Frauen doch nicht ☺

**Harvey_008:** Ich schon ☺

**Athena:** 27.

**Harvey_008:** Du gefällst mir.

Das war gewagt, aber ich hatte das Bedürfnis, ehrlich zu sein. Zumindest in dem Punkt.

**Athena:** ... Du mir auch.

# 3. Nate

## Samstag:

**Harvey_008:** Ein fröhliches Guten Morgen von West nach Ost 😊
**Athena:** Hey! Ein fröhliches Guten Morgen von Ost nach West zurück 😊 Schön, von dir zu hören. Wie läuft's?
**Harvey_008:** Ganz okay. Viel Arbeit, nichts Neues. Und? Wie läuft's bei dir?
**Athena:** Ach, es läuft. Bergauf und mit Gegenwind, aber es läuft 😉
**Harvey_008:** Auweia! Wer hat dich geärgert?
**Athena:** Lange Geschichte …
**Harvey_008:** Ich hab nichts weiter vor. Und, wie gesagt, ich bin ein guter Zuhörer.

Als sie darauf nicht antwortete, fasste ich mir ein Herz.

**Harvey_008:** +1 - 209 - 3593876

Bevor ich es mir anders überlegen konnte, drückte ich auf senden.

**Harvey_008:** Falls du reden möchtest.

Mit angehaltenem Atem wartete ich auf eine Antwort. Ich rechnete nicht damit, dass sie mich tatsächlich anrief. Es sollte mich eher nicht wundern, wenn sie mich jetzt blockieren würde. Also schickte ich schnell noch ein *Ohne Hintergedanken* hinterher und hoffte, dass sie verstand.

Es kam keine Antwort und ich widmete mich wieder dem Papierkram auf meinem Schreibtisch. Die Arbeit häufte sich, und ich hatte noch einige Termine für meine Klienten zu koordinieren. Die nächste halbe Stunde zog sich, ich sah fast sekündlich aufs Handy und konnte mich nicht konzentrieren. Als mein Kaffee fast leer war, klingelte das Handy. Unbekannte Nummer. Area Code 603. Das kam von der Ostküste.

Mein Herz setzte für einen Atemzug aus, dann preschte es wieder los und knallte mir gegen die Rippen wie ein mit voller Wucht ins Netz geschlagener Tennisball.

»Hallo?«

»Harvey?«

»Ja, der bin ich«, antwortete ich und spürte das Ziehen eines verdammten Grinsens auf meinem Gesicht. »Athena?«

Ein leises Lachen drang vom anderen Ende her an mein Ohr. Ein wenig leise, was vielleicht an der Verbindung lag. »Ja, die bin ich.«

Ich atmete geräuschlos tief ein und aus. »Schön, deine Stimme zu hören.« Ihr Klang gefiel mir, und eine leise Aufregung mischte sich unter meine Neugierde. »Also … Ich mache so was sonst nicht, das musst du mir glauben.«

»Mit Athenas telefonieren?« Ihre Stimme kam teilweise nur abgehackt bei mir an, aber ich sagte nichts. Ich wollte nicht riskieren, dass sie deswegen wieder auflegte.

»Das ist wie ein Blind Date irgendwie.«

»Willst du erzählen, was passiert ist?«

Ich hörte sie atmen. Schwer atmen. Mein Gefühl sagte mir, dass es etwas Ernstes war, was sie beschäftigte. Und ich wollte einfach helfen.

»Ich … Ich weiß nicht, wie ich …«

»Du musst nicht«, sagte ich behutsam.

»Mein Mann«, platzte es dann aus ihr heraus. »Mein Mann hat mich … Wir haben großen Streit.«

Oh. Wow.

Das hatte gesessen. Ich spürte die imaginäre Faust fast körperlich in meinem Magen. Sie hatte einen … Mann?

»Du … bist verheiratet?«

»Ja, das bin ich.« Und als ich darauf nichts antwortete, sondern nur den Atem anhielt, um den Fausthieb zu verkraften, kam zögerlich: »Hatte ich das nicht erwähnt?«

»Ähm … nein.« Ich schluckte. Das war eine Info, die hätte ich gerne früher gehabt. Und mit der ich ehrlich gesagt auch niemals gerechnet hätte. Aber ich hätte es müssen.

»Ich … Sorry, dass ich vorher nichts gesagt habe. Ich … ich rede nicht gerne darüber. Und vielleicht habe ich es nicht gesagt, weil ich es selbst manchmal gerne vergesse. Und … Ich glaube, ich hatte wohl Angst, dass du dann nicht mehr schreibst …«

Darauf wusste ich nichts zu sagen außer einem tonlosen »Okay …«

»Na ja, es ist nicht so, dass ich glücklich verheiratet wäre«, redete sie weiter. »Ich bin unglücklich«, gab sie leise zu.

Immer noch wusste ich nichts dazu zu sagen. Es machte für mich keinen Unterschied, ob sie eine glückliche Ehe führte oder eine unglückliche. Fakt war – sie *führte* eine Ehe. Und da sollte ich mich besser raushalten. Ich hatte schon genügend Stress an der Backe, ich konnte nicht noch mehr davon gebrauchen. Und Frauen, die ihre Männer … ach, besser ich dachte nicht mal drüber nach.

»Du, hör mal«, unterbrach ich sie, bevor sie mir mehr Details über ihre Ehe mitteilen konnte, von der ich absolut nichts wissen wollte. »Ich muss gleich weg, daher …«

»Oh, klar. Sorry, ich wollte dich auch nicht …«

»Nein, schon gut«, sagte ich erneut. Ich wollte nicht wissen, warum mir das plötzlich so naheging. Ich wollte es nicht wissen. Aber ich wusste es. Fuck!

»Okay, also … bis dann.«

»Ja, bis dann.«

Ich legte auf, kaum dass ihre Worte verklungen waren.

»Fuck!« Ich schmiss das Handy beiseite, sodass es über den Schreibtisch schlitterte und gegen den viel zu hohen Ablagestapel prallte. Dann rieb ich mir das Gesicht und schloss die Augen. Ich wollte nicht drüber nachdenken, aber das brauchte ich auch nicht. Ich wusste, was da gerade falsch gelaufen war. Da fand man eine Frau, die einem gefiel, die nett und witzig war … und dann das.

*Aber dass diese Sache von Anfang an keine Chance hatte, war dir schon klar, oder?*

»Ja, verdammt.« Nein, verdammt. Eigentlich nicht. Warum hätte das keine Chance haben sollen?

Ja, gut, mir war klar, dass das Leben auf Instagram mehr Schein als Sein war und die Tatsache, dass wir nach Wochen des Hin- und Herschreibens noch immer keine echten Namen voneinander kannten, sagte doch schon alles. Es war Fake und hatte nichts zu bedeuten. Und trotzdem wog die Neuigkeit, dass sie einen Ring am Finger trug, schwerer. Ich fragte mich, ob sie wirklich der Typ war, der trotz Ehemann mit mir geflirtet hatte. Oder ob sie nur freundlich gewesen war. Vielleicht hatte ich das alles einfach in den falschen Hals bekommen. Hatte definitiv zu viel in die Aufregung und Vorfreude auf ihre Bilder und Nachrichten hineininterpretiert. Selbst schuld, Mann. Selbst schuld.

Ich stand schwerfällig auf, fühlte mich mit einem Mal wie ein alter, gebrechlicher Mann und ging in die Küche, um mir neuen Kaffee zu holen. Kurz blieb ich am Fenster stehen, ließ meinen Blick über L.A. schweifen, über mein Leben, das mich immer mehr ankotzte, und aus dem ich in diesem Moment einmal mehr ausbrechen wollte. Ich besann mich, ließ mich wieder auf den Schreibtischstuhl fallen und griff nach meinem

Handy. Es war nicht fair, ihr vorzuhalten, dass sie etwas verheimlicht hatte, was mich im Grunde überhaupt nichts anging. Es war nicht fair, ihr vorzuhalten, sie würde nicht mit offenen Karten spielen, wenn ich es selbst nicht tat. Es war nicht nur nicht fair – es war total dämlich. Denn Ehemann hin oder her … ich mochte sie.

*Habt ihr Streit?*, tippte ich in das Chatfenster und schickte die Nachricht ab, bevor ich es mir anders überlegen konnte. Wollte ich überhaupt wissen, welchen Stress sie mit ihrem Typen hatte? Ich war kein Therapeut. Ich war ein Mann mit Bedürfnissen. Und die wären gewesen, sie näher kennenzulernen, zu flirten und vielleicht sogar, sich irgendwann mit ihr zu treffen, wenn ich mal wieder in New York wäre. Aber sicher nicht, ihr ein offenes Ohr für ihre Eheprobleme zu bieten. Aber dennoch – ich hatte das Gefühl, für sie da sein zu müssen. Zu wollen. Ich mochte sie einfach.

Es dauerte noch einen halben Kaffee, bis sie sich zurückmeldete.

**Athena:** Ich dachte, du musstest weg?

**Harvey_008:** Bin zurück.

**Athena:** Ja klar.

**Harvey_008:** Es tut mir leid. Ich war etwas geschockt.

**Athena:** Sorry. Ich hätte dich nicht mit meinem Mist überhäufen sollen. Das ist eigentlich nicht meine Art …

**Harvey_008:** Nein, das braucht dir nicht leidzutun. Das war okay. Ich habe einfach mies reagiert, weil …

**Athena:** Weil …?

**Harvey_008:** Weil ich vorausgesetzt habe, dass du ehrlich bist.

**Athena:** Ich bin ehrlich. Ich erzähle nur nicht jedem alles.

Das war verständlich, und ich ließ es darauf beruhen.

**Harvey_008:** Meinst du, es renkt sich wieder ein?

Warum zum Teufel fragte ich das?

*Weil du tatsächlich hoffst, dass es das nicht tut, du Egoist.*

Für einen winzigen Moment fühlte ich mich schlecht. Aber nur für einen wirklich winzigen Moment. Ich wischte das Gefühl beiseite und starrte auf das Handydisplay.

Ihre Antwort verzögerte sich wieder, doch schließlich schrieb sie mir, was sie bedrückte.

**Athena:** Wenn ich die Klappe halte und mitspiele, so wie immer, dann vermutlich schon.

Ein schulterzuckender Smiley begleitete ihre Worte.

Das hörte sich nach etwas an, das schon lange kaputt war. Ich sollte kein schlechtes Gewissen haben. Kein Wunder, dass sie so offen für einen Flirt war. Wenn man in seiner Beziehung nicht glücklich war, dann war es für Außenstehende ein Leichtes, da einzudringen. Aber ... War ich schuld, dass sie ihrer Ehe keine Chance mehr gab? »So viel Macht solltest du dir nicht zutrauen, Nathaniel Galimore«, schnaubte ich.

**Harvey_008:** Das tut mir leid.

**Athena:** Muss es nicht.

**Harvey_008:** Willst du mir erzählen, was passiert ist?

Es war unpassend, auf diesem Weg in ihr Leben einzudringen, aber jetzt war es auch egal. Ich war neugierig geworden. Und insgeheim, ganz egoistisch, wollte ich wissen, wie meine Chancen standen.

**Athena:** Ich will dich nicht langweilen.

**Harvey_008:** Du langweilst mich nicht. Das könntest du gar nicht.

Wieder dauerte es eine halbe Ewigkeit, bis sie etwas Neues schrieb.

**Athena:** Doug und ich, wir haben uns einfach auseinandergelebt.

Doug hieß er also.

**Harvey_008:** Das ist manchmal leider so.

Während der nächsten zehn Minuten kam nichts zurück. Ich trank in der Zeit noch einen Kaffee und sprang in meine Joggingklamotten. Vielleicht würde ich mir das Chaos aus dem Kopf rennen können. Dieses Hin und Her in meinen Gedanken um Athena war kaum auszuhalten. Und es war sicher besser, das Ganze – was auch immer es war oder hätte werden können – jetzt zu beenden. Doch die Nachricht kam, als ich das Handy gerade in meine Laufhose stecken wollte.

**Athena:** Ja, manchmal ist das so.
**Harvey_008:** Was hast du jetzt vor?

Ich stieß den Atem aus, den ich während des Wartens auf ihre Antwort angehalten hatte.

**Athena:** Ich weiß es nicht.

Ich rieb mir den Nacken. Das hier war echt creepy. Und dennoch konnte ich nicht aufhören.

**Harvey_008:** Was möchtest du? Was könntest du tun, damit es dir besser geht?

Ich hatte einige Atemzüge gebraucht, bevor ich diese Worte

hatte abschicken können. Vielleicht trat ich ihr damit nun endgültig zu nahe, aber ich war wirklich interessiert, wie sie sich das vorstellte.

**Athena:** Wenn ich ehrlich bin ... Ich sollte mich trennen.

Ich hinterfragte besser nicht, warum mich ihre Antwort erleichterte.

**Harvey_008:** Was hindert dich daran?

**Athena:** Es ist nicht so einfach.

**Harvey_008:** Das ist es nie.

Mir gefiel die Richtung nicht, in die diese Unterhaltung abdriftete. Ich wollte nicht Teil ihres Beziehungsdramas werden. Aber noch weniger wollte ich sie damit alleinlassen. Es war verwirrend.

**Athena:** Das hört sich an, als würdest du dieses Dilemma kennen?

Ich würde jetzt nicht anfangen, von mir zu erzählen, wobei ich in der Richtung auch nichts zu sagen hatte. Die wenigen Beziehungen, die ich gehabt hatte, waren jedes Mal meinem Job zum Opfer gefallen. Oder dem Fame, von dem die Frauen dachten, dass sie ein Stück davon abbekommen könnten. Falsche Freunde hatte ich genug gehabt. Ich wünschte mir Ehrlichkeit. Also war ich ehrlich.

**Harvey_008:** Ich wünschte, ich könnte dir einen guten Rat geben, aber das kann ich nicht. Ich weiß nicht, was für dich das Beste ist. Oder für euch. Ich habe keine Ahnung, was du fühlst. Ich weiß nur, dass ich dich irgendwie mag und du mir wichtig geworden bist. Ich weiß, dass ich mir für dich wünsche, dass du glücklich bist. Mit oder ohne deinen Mann. Und wenn du Hilfe brauchst bei was auch immer oder einfach nur reden möchtest, bin ich hier.

Meine Finger verharrten. Ich starrte auf meine Worte, las noch einmal drüber, dann schickte ich sie ab. Es war die Wahrheit. Athena hatte sich in mein Herz gestohlen, und ich wünschte mir, sie näher kennenzulernen. Doch wenn ihre Ehe ihr Weg war, dann wünschte ich ihr, dass sich alles wieder einrenkte und sie glücklich wurde.

Ich schloss die App und legte das Handy beiseite. Ich wollte ihr Zeit geben, eine Entscheidung zu treffen. Für sich und ihre Ehe. Vielleicht aber auch für uns. Obwohl ich sie nicht wirklich kannte, sie noch nie gesehen hatte, fühlte ich diese Verbundenheit zwischen uns. Wir verstanden uns auf einer Ebene, die tiefer ging, als Worte es möglich machten. Ich hatte keine Ahnung, warum das so war, aber es gefiel mir. Und ich wäre traurig, wenn ich sie verlieren würde.

Es war wie ein Spiel. Und keiner von uns konnte ahnen, wie hoch der Preis sein würde …

# 4. Megan

»Babe, du solltest schwanger werden.«

Mir rutschte der Teller, den ich gerade in die Spülmaschine räumen wollte, aus der Hand und zerschellte lautstark auf den abgenutzten Fliesen unserer Küche.

»Was hast du gesagt?« Langsam drehte ich mich zu Doug herum, der nach dem Essen noch am Tisch saß. Breitbeinig, zurückgelehnt, anzüglich grinsend und mit diesem überlegenen Ausdruck auf dem Gesicht. So, als wüsste er ganz genau, dass ich ihm keine Widerworte geben würde. Aber diesmal irrte er sich. Die Gespräche mit Harvey hatten mir Kraft gegeben. Und mir ein bisschen die Augen geöffnet.

»Ach komm schon, Babe … Ich finde, wir sollten ein Baby machen. Es wird langsam Zeit. Ich habe jetzt zwei Neffen und keinen eigenen Sohn.« Seine drei Jahre jüngere Schwester hatte vor Kurzem ihr zweites Baby bekommen. Noch einen Jungen. Seitdem war der Druck auf Doug anscheinend gewachsen, aber ich hätte nicht gedacht, dass er tatsächlich so scharf auf Nachwuchs war. Er mochte Kinder überhaupt nicht.

Während ich die Scherben vom Fußboden aufsammelte, schwirrten meine Gedanken heillos durcheinander. Ich wollte kein Kind. Nicht jetzt. Und schon gar nicht mit Doug.

Es hatte über ein Jahr gedauert, bis ich begriffen hatte, dass wir kein Liebespaar mehr waren. Dass er mich manipulierte, wo er konnte, und unsere Ehe am Ende war. Anfangs hatte ich mich ihm gefügt, weil ich an ihn, an uns geglaubt hatte. Dann irgendwann, weil ich nicht hatte wahrhaben wollen, dass wir nur nach seinen Regeln spielten und es so etwas wie ein Uns nicht mehr gab. Nein – so wie er sich mittlerweile seine Freiheiten rausnahm und mit mir umging, konnte ich nicht so verantwortungslos sein und ein Kind dieser lieblosen Ehe ausliefern, die von Dougs Launen geprägt wurde, nur weil ich zu kraftlos war, den Mund aufzumachen. Das musste aufhören. Jetzt sofort!

»Ich denke nicht, dass es gut wäre, unter diesen Voraussetzungen ein Kind in die Welt zu setzen«, begann ich vorsichtig und sammelte Kraft, indem ich tief durchatmete.

»Welche Voraussetzungen, Honey?« Seine Stimme hatte einen leicht herrischen Unterton angenommen. »Meinst du etwa, ich wäre nicht in der Lage, ein Kind zu machen? Oder es zu erziehen? Oder meinst du, ich bringe nicht genug Geld nach Hause?« Seine Laune wechselte so schnell, dass man davon ein Schleudertrauma bekommen konnte.

»Das hat mich nie interessiert, das weißt du genau«, warf ich ein. Diese Diskussion um Geld, darum, dass ich mit dem Hotel unseren Lebensunterhalt bestritt, führten wir nicht zum ersten Mal. Aber erst jetzt begriff ich, dass er sich damit in seinem Ego gekränkt fühlte. Ich war es leid.

Bevor ich weiterreden konnte, wischte er meine Worte beiseite. »Bullshit! Gib's doch zu. Die Kohle reicht dir nicht. Mein Job war dir nie genug. Ich war dir nie genug. Du hältst dich doch für was Besseres mit deinem Hotel. Das du nur führst, weil deine Mutter tot ist«, spie er aus und ich zuckte allein durch seine Worte zusammen.

»Lass meine Mutter aus dem Spiel«, zischte ich und stemmte die Hände in die Hüften. Aber er hörte mir gar nicht zu.

»Nein, Honey. Du bist nichts Besseres. Du bist nichts ohne mich. Ich habe dich von der Straße geholt, war bei dir, als niemand sonst dich wollte. Du liebst mich und wir werden ein Kind bekommen. Ob du willst oder nicht.«

»Du bist ja total krank«, gab ich nun tonlos zurück. Wir

waren am selben Punkt angelangt wie jedes Mal, wenn wir stritten. Gingen ihm die Argumente aus, schob er mir den schwarzen Peter zu und stellte sich als meinen Retter dar, der mich nach dem Tod meiner Mutter aufgenommen hatte. *Das* war Bullshit. Aber er hatte sich im Laufe der letzten Monate seine eigene Wahrheit zurechtgesponnen, da redete ich gegen eine Wand an. Jedes verdammte Mal. Aber dass er dennoch auf ein Kind bestand, war total krank, und auch wenn ich in der Vergangenheit viel ertragen hatte – das würde ich nicht mitmachen.

Nachdem ich die Scherben in den Müll geworfen hatte, drehte ich mich zu ihm um. Meine Hände krallten sich in die Arbeitsplatte hinter mir, suchten Halt, um nicht einzuknicken. Ich schluckte, reckte mein Kinn und kratzte all meine Kraft zusammen. »Wir haben Probleme, Doug. Wir können unmöglich ein Kind dafür benutzen, um unsere Ehe zu retten«, versuchte ich, an seine Vernunft zu appellieren.

»Noch mal Bullshit! Unsere Ehe ist vollkommen in Ordnung«, brüllte er nun und knallte seine Faust auf den Tisch, sodass das restliche Geschirr hüpfte und klirrte. Jegliche Freundlichkeit war aus seiner Miene verschwunden. Seine Laune war jetzt im Keller, aber so hatte ich ihn noch nicht erlebt. Er war wie besessen, und das machte mir Angst. Aber ich durfte jetzt nicht zurückrudern. Ich konnte und wollte einfach nicht mehr so weitermachen.

»Nein, unsere Ehe ist nicht in Ordnung. Du wertschätzt mich nicht mehr, drängst mich dazu, nach deinen Regeln zu leben, betrügst mich und gibst mir dafür auch noch die Schuld«, konfrontierte ich ihn und bemühte mich, weiterhin ruhig zu bleiben. Aber meine Stimme zitterte, ebenso wie mein ganzer Körper. Jetzt, wo es ausgesprochen war, kam die angestaute Wut der letzten Monate aus mir heraus. »Wir sind kaputt, Doug. Es gibt nichts mehr, was uns zusammenhält. Auch ein Kind kann da nichts mehr kitten«, sagte ich und sah ihm dabei fest in die Augen.

Doug stand auf, und ich hielt den Atem an. Doch anstatt auf mich zuzukommen, sah er mich an. Seine Miene war das reinste Wechselspiel. Er war verblüfft, weil ich mich wehrte. Aber er war auch wütend. Dann griff er nach seiner Jacke und stapfte zu Tür. »Bullshit«, wiederholte er. Die Hand auf dem Türknauf, drehte er sich noch mal zu mir um und lächelte mich an. Aber es war kalt und ließ mich frösteln. »Wir lieben uns, Megan. Bis dass der Tod uns scheidet. Du hast mit deiner Arbeit viel kaputtgemacht, und ich habe immer darüber hinweggesehen. Oh Babe, ohne mich bist du nichts, das weißt du. Denk darüber nach, bevor du so einen Scheiß erzählst. Hier ist nichts kaputt, ich halte uns zusammen. Merk dir das.« Nach einem letzten eiskalten Blick in meine Richtung verließ er das Haus. Vermutlich Richtung der Destille in einer alten Garage, in der er und seine Kumpels heimlich Unmengen von Schnaps brannten. Oder zu einem seiner Liebchen.

Kaum fiel die Tür hinter ihm ins Schloss, sackte ich zusammen. So hatte ich meinen Mann noch nie erlebt. Wir hatten schon oft gestritten und waren in der letzten Zeit selten einer Meinung, aber die Kälte in seinen Augen war neu. Und sie machte mir Angst. Seine Worte waren keine Bitte. Aber Worte nutzten nichts mehr, das wurde mir immer klarer. Es war an der Zeit, dass wir Nägel mit Köpfen machten.

Nachdem ich den Tisch abgeräumt und die Küche gemacht hatte, setzte ich mich mit einem Tee und meinem Handy an den Tisch, öffnete Instagram und scrollte durch unzählige Fotos von fernen Ländern und anderen Kulturen.

Ich hatte einst so viele Träume gehabt. Ich wollte surfen an der Küste Australiens und über die Chinesische Mauer wandern. Ich wollte schon immer die Route 66 bereisen und einmal im Leben nach Europa fliegen. Große Träume, aber nichts davon hatte sich erfüllt.

Nachdem ich in meiner Galerie ein passendes Foto für einen neuen Post herausgesucht hatte, schrieb ich ein paar begleitende Worte dazu.

Träume.

Ich frage mich, wie lange es mir noch gelingt, die Maskerade aufrecht zu erhalten.

Wie lange ich noch die Schmerzen ertragen kann.

Wie lange es dauert, bis ich ausbreche.

Aus dem Leben, das schon lange keines mehr ist.

Ich will wieder frei sein.

Ich will wieder atmen.

Ich will wieder leben.

Ich will wieder träumen.

Bevor ich es mir anders überlegen konnte, lud ich den Post hoch. Noch nie vorher hatte ich meine Bilder mit so negativen Gedanken begleitet. Aber mittlerweile glaubte ich immer mehr daran, dass das Leben ein Spiel war. Und ich stand auf der Verliererseite.

Nach dem fatalen Gespräch mit Doug hatte ich das Bedürfnis, wenigstens ein Stück Wahrheit nach außen dringen zu lassen. Auch wenn es nichts an der Situation ändern würde, so half es mir vielleicht ein wenig, mich zu sammeln und damit umzugehen.

Es lag auf der Hand, dass Doug – sollte ich nichts dagegen unternehmen – das Thema Kinder nicht ruhen lassen würde, bis ich schwanger war. Bis ich ihm einen Sohn geboren hatte. Bis er der Welt bewiesen hätte, dass er dazu imstande war, Kinder zu zeugen. So wie sein Schwager. Dabei ging es nicht um uns, um unsere Ehe oder gar um mich. Es ging um ihn. Es ging immer nur um ihn.

Nein, es hatte keinen Zweck mehr – ich musste mich entscheiden. Wie Harvey es mir schon indirekt geraten hatte. Wie konnte es sein, dass eine Internetbekanntschaft mich besser kannte als ich mich selbst? Das zeigte doch schon, wie sehr ich resigniert hatte.

Doug war schon seit einigen Tagen schlecht gelaunt. Vielleicht zog sein Schwager ihn auf, weil er zwar schon fast zehn Jahre verheiratet, aber noch nicht Vater geworden war. Vielleicht hatte man ihn gegen mich aufgebracht? Vielleicht dachte er auch nur, dass sich das Leben gegen ihn gestellt hatte. Aber letztlich war der Grund für seine Launen auch egal. Denn eins war gewiss: Wenn er schlechte Laune hatte, ging man ihm am besten aus dem Weg, und – man diskutierte nicht mit ihm.

Das war früher anders gewesen. Er war liebevoll, aufmerksam und charmant gewesen. Wir hatten eine gute Zeit gehabt und waren bis über beide Ohren verliebt ineinander gewesen. Aber als das Hotel nach einer Modernisierung vor ein paar Jahren immer mehr florierte und erfolgreicher wurde, nahm ich auch die ersten Veränderungen an meinem Ehemann wahr. Wenn ich nach einem guten Arbeitstag zufrieden nach Hause kam, spielte er meinen Erfolg herunter. Hatte ich viel zu tun, hieß es, ich kümmere mich nicht mehr um ihn. Trat ich kürzer im Hotel, warf er mir vor, ich sei faul. Wurde es spät bei mir, trieb er sich rum und hinterging mich. All das war ein schleichender Prozess gewesen, den ich anfangs überhaupt nicht hatte wahrhaben wollen. Ich hatte nicht glauben wollen, dass er neidisch auf meinen Erfolg war, aber so war es. Egal was ich tat – es war alles falsch.

Nach einem Streit redete er oft tagelang nicht mit mir, schnitt mich und bestrafte mich ohne Worte. Ich gewöhnte mich irgendwann daran, versuchte, es mir nicht zu Herzen zu nehmen, redete mir ein, dass das seine Art war, mit Streit umzugehen. Und dann, auf einmal, tat ihm sein Verhalten leid, und er bekniete mich, ihm zu verzeihen. Ich hatte ihm so oft verziehen, ich konnte es nicht mehr zählen. Im letzten Jahr hatten seine Entschuldigungen nachgelassen. Bis sie gar nicht mehr gekommen waren.

Ich war aufgewachsen mit dem Glauben an die wahre Liebe. Und daran, dass man Kaputtes reparierte und nicht wegwarf. Ich hatte lange ausgehalten, aber jetzt musste selbst ich begreifen, dass wir unsere Ehe nicht mehr reparieren, sondern nur noch beenden konnten.

Wenige Minuten nach dem Absetzen meines Posts vibrierte mein Handy und zeigte neue Likes an. Und auch eine neue Nachricht im Posteingang. Harvey hatte geschrieben. Mein Herz machte einen kleinen Hüpfer, als ich das Postfach öffnete und seinen Namen sah.

**Harvey_008:** Hey von West nach Ost ...
**Athena:** Hey von Ost nach West.

Er schien geahnt zu haben, dass ich ihn genau jetzt brauchte. Aber mir war nicht nach Small Talk.

Bevor du fragst – mir geht's nicht gut.

Meine Augen brannten und ich rieb mir darüber, um die Tränen zurückzuhalten. Ich schluchzte auf unter der Erkenntnis, mich entschieden zu haben. Jetzt war die Frage nicht mehr ob, sondern wie und wann.

**Harvey_008:** Was ist passiert?

Ich starrte eine ganze Weile auf die Worte. Ja, was war passiert?

**Athena:** Ich glaube, ich mag nicht darüber reden.
**Harvey_008:** Okay.
**Athena:** Okay.
**Harvey_008:** Ich vermisse dich. Und es tut mir leid, dass es dir nicht gut geht. Ich wünschte, ich könnte irgendetwas tun, damit es dir besser geht.
**Athena:** Das ist lieb von dir.
**Harvey_008:** Meine Granny hat immer gesagt: Warte nicht, bis der Sturm vorüberzieht, sondern lerne im Regen zu tanzen.

Ich starrte auf seine Worte, während das Kribbeln in meinem Bauch sich von leicht bis intensiv verstärkte.

**Athena:** Deine Granny ist eine kluge Frau.
**Harvey_008:** Ich weiß, ich sollte so was nicht schreiben. Du hast einen Mann, vielleicht eine Familie. Du hast ein Leben, in dem ich keinen Platz habe. Aber ich musste dir wenigstens sagen, dass ich oft an dich denke. Aber das ändert nichts und macht es dir vielleicht unnötig schwerer, als es sollte. Deswegen ...

Mein Herz schlug schneller. Sehr viel schneller.

**Harvey_008:** Mach es gut, Athena. Und pass auf dich auf.

Ich schluckte. Und schwieg. Und blinzelte die Tränen weg, die heiß in meinen Augen brannten, aber jetzt haltlos über meine Wangen liefen. Die Worte verschwammen vor meinen Augen, in meinem Kopf. Warum schrieb er das? Warum verabschiedete er sich von mir? Warum jetzt?

Mehrmals setzten meine Finger an, um eine Antwort zu

tippen, aber mein Gehirn war nicht in der Lage, ihnen etwas Schlüssiges zu diktieren.

»Nein. Nein, geh nicht«, rief ich leise. Er hatte mich vermisst … Er dachte an mich … Diese Worte waren wie Balsam auf meiner geschundenen Seele. Aber bevor meine Finger die Tasten berühren konnten, um ihm genau das zu schreiben, riss ein Geräusch die Stille um mich entzwei.

»Was machst du da?« Doug stand mit zorniger Miene in der geöffneten Haustür, während hinter ihm der Regen auf den Boden prasselte.

Wie spät war es? Wieso war er schon wieder zurück? Und wieso hatte ich sein Auto nicht gehört?

Der Knall, den die zuschlagende Tür verursacht hatte, hallte nach, während Doug mit schweren Schritten in meine Richtung kam. Er war betrunken, ich sah es an seiner Haltung, an seinem Gang, in seinem Blick. Seine Zunge war schwer, als er meinen Namen ausstieß.

Hastig loggte ich mich aus Instagram aus, schloss die App und sperrte mein Handy. Bisher hatte Doug mein Handy noch nicht angerührt, würde ohne meinen Fingerabdruck auch nicht drauf zugreifen können, aber seine Annäherung begleitete ein Blick, den ich nicht deuten konnte. Mein Ehemann schien furchtbar wütend zu sein.

»Ich wollte dir gerade schreiben«, log ich schnell. Innerhalb von Sekunden hatte ich erkannt, dass eine Diskussion mit ihm in dieser Situation falsch wäre.

»Mir? Hast mich also vermisst, was?« Seine Worte kamen undeutlich aus seinem Mund, sein Grinsen war überheblich. Eindeutig hatte er mehr getrunken, als er vertrug. Das war ungewöhnlich, normalerweise hasste er es, die Kontrolle zu verlieren.

»Ich … hab mir Sorgen gemacht«, gab ich zurück, weil mir auf die Schnelle nichts Besseres einfiel, schob das Handy außer

Reichweite und stand auf. Es war besser, Doug abzulenken, als weiter mit ihm zu diskutieren. In dem letzten Jahr dieser Ehe hatte ich das Lügen perfektioniert. Es gab immer Dinge, die ich vor Doug verheimlichen musste, um bei ihm nicht in Ungnade zu fallen. Die kleinen Freuden des Alltags waren nichts, was er honorieren, geschweige denn mir lassen würde. Es sei denn, die Idee war seine oder wir hatten Freunde oder Kollegen zu Besuch. Dann war er der perfekte Gastgeber und benahm sich wie ein liebender Ehemann, der mir die Sterne vom Himmel holte. Einmal hatte ich eine Andeutung einer Bekannten gegenüber gemacht. Sie hatte mich mit großen Augen angesehen und das lachend für einen Witz gehalten. Ja, das wäre schön gewesen. Dann hätte ich nicht so ein mulmiges Gefühl haben müssen, als der Mann, den ich einst geliebt, aber für den ich in diesem Moment nur noch Verachtung übrig hatte, auf mich zukam.

Sein Blick war lauernd, seine Lippen pressten sich fest aufeinander, bevor sie sich zu einem breiten, siegessicheren Lächeln verzogen und seine weißen Zähne preisgaben. Doug war immer noch ein schöner Mann. Seine Haut war dank seines Jobs im Wald braun und wettergegerbt, mit seiner Körpergröße von fast zwei Metern überragte er die meisten Männer hier im Ort, und die starke Kraft seiner Muskeln bekam der eine oder andere erst zu spüren, wenn er sich eine von ihm einfing, weil Doug seine Visage nicht gefiel. Mit kantigen Gesichtszügen und blauen Augen war er immer noch attraktiv.

Mit schweren Schritten kam er zum Tisch, zog sich einen Stuhl zurück und fiel elegant wie ein nasser Sack schnaufend auf die Sitzfläche. Seine kurzen dunklen Haare waren zu lang geworden und feucht vom Regen. Er wischte sich unwillig eine Strähne aus der Stirn, bevor er sich zurücklehnte und mich ansah.

»Babe, du musst schwanger werden«, warf er mir entgegen.

Mir gefror jegliche Mimik auf meinem Gesicht.

»Hör auf damit«, bat ich. Jede Faser, jeder Muskel, jeder Nerv und jeder Funken Verstand in mir betete stumm, dass wir diese Diskussion einfach vergessen könnten. Ich war des Streitens so müde, und ich wollte einfach nur, dass das alles ein Ende hatte.

»Ich will ein Kind.« Sein Blick durchbohrte mich.

»Vergiss es, Doug. Nein. So weit wird es nicht kommen«, wehrte ich ab. »Wir werden kein Kind bekommen.« Ich atmete tief durch und sah ihm fest in die Augen. »Ich werde dich verlassen.«

Doug starrte mich an und schien nicht verstanden zu haben, was ich gerade zu ihm gesagt hatte. Aber ich schaffte es auch nicht, diesen Satz noch einmal zu wiederholen. Ich wusste ja nicht mal, wie ich es fertiggebracht hatte, ihn *einmal* auszusprechen.

Er bewegte sich nicht, ebenso wenig rührte ich mich vom Fleck. Einzig die Luft um uns herum schwirrte, und das Echo der ausgesprochenen Worte trommelte in meinen Ohren.

*Ich werde dich verlassen.* Das hörte sich unfassbar gut an. Und richtig. Verdammt richtig.

Ich straffte die Schultern und reckte das Kinn ein wenig. »Ich ziehe erst mal ins Hotel. Wir brauchen Abstand. Ich brauche Abstand. Es ist besser, wenn –«

Der letzte Teil meines Satzes ging in dem Gebrüll unter, das seinen Fausthieb auf den Tisch begleitete. »Niemand verlässt hier wen.«

»Ich werde dich verlassen«, wiederholte ich stoisch.

Dougs Hand wischte den Satz beiseite. »Versuche es nur. Du wirst es bereuen.«

»Du drohst mir?« Die Härchen in meinem Nacken stellten sich auf, und der Knoten in meinem Magen wuchs, aber ich stellte mich dem, was jetzt auf mich zukam. Viel zu lange hatte ich gewartet und ausgehalten.

Doug stand auf. Langsam richtete er sich zu seiner vollen Größe auf, als wollte er damit zeigen, wer hier das Sagen hatte. Aber ich wusste, dass sein Wanken nur dem Alkohol geschuldet war. »Ich lasse nicht zu, dass du mich verlässt. Du bist meine Frau, hast du das schon vergessen?«

»Nein, aber du offensichtlich. Oder wie ist es sonst zu erklären, dass du mich betrügst?«

Mit zwei Schritten war er bei mir, beugte sich vor und legte seine Hand auf meine Schulter. Sein Griff war fest und schmerzhaft, als er mich auf Armeslänge von sich hielt. »Das hat nichts mit uns zu tun.«

Ich hätte gelacht, wenn es nicht so traurig gewesen wäre. Und wenn ich ihn damit nicht noch mehr gereizt hätte.

»Wir müssen einen Schlussstrich ziehen. Endgültig, bevor wir beide kaputtgehen. Unsere Liebe ist am Ende«, sagte ich resigniert. Ich war müde und wollte einfach nur noch weg. Weg von ihm. Weg aus diesem Leben.

Kurzzeitig fiel ihm die Maske vom Gesicht und er sah für einen winzigen Moment wieder aus wie der alte Doug. Der Doug, den ich voller Liebe und Hoffnung geheiratet hatte, als ich achtzehn gewesen war. Der Doug, der mich auf Händen getragen und mir jeden Wunsch von den Augen abgelesen hatte. Der Doug, der mir seine Liebe geschworen hatte – bis zum Ende unserer Tage. Aber dann fing er sich wieder und die Überheblichkeit, das Wissen, dass ich mich ihm schon unterordnen würde, trat in seinen Blick.

»Liebe«, spie er aus. »Was ist das schon? Liebe ist doch nur Beschiss. Die braucht man nicht. Schon gar nicht, um zu ficken!«, krächzte er, drängte mich rückwärts gegen den Tisch und stellte sich so dicht vor mich, dass ich seinen Atem auf meinem Gesicht spürte. Ich reichte ihm gerade bis zum Brustbein. Die Größe, die ich früher geliebt und durch die ich mich beschützt gefühlt hatte, machte mir jetzt Angst.

Er griff nach meinem Kinn und zwängte es zwischen Daumen und Zeigefinger ein. Ich versuchte mich aus seinem Griff zu befreien, aber er packte fester zu und grinste mit einem angedeuteten Kopfschütteln. Also fügte ich mich seiner Hand, aber versuchte chancenlos, dem Kuss auszuweichen, den er mir aufdrängte. Er schmeckte nach Bourbon und Zigaretten. Und wieder einmal nahm ich ein fremdes Parfüm an ihm wahr.

Er ließ mein Gesicht los, seine Hände packten meine Hüften und drückten mich hart gegen die Tischkante, sein Mund allerdings ließ meinen nicht frei. Sein alkoholgeschwängerter Atem stieß mir in den Mund, dazu der Parfümgeruch … Ich musste mir das Würgen verkneifen. Schlimmer als das aber waren seine Hände, die sich jetzt den Weg unter mein T-Shirt bahnten, unsanft meinen BH nach oben schoben und grob meine Brüste umfassten. Sein Mund ließ meinen los, seine Lippen fanden meine Brustwarze, in die er ohne Vorwarnung hineinbiss. Ich keuchte auf vor Schmerzen, aber er hörte nicht auf, seine Zähne in mein Fleisch zu bohren und mit mehreren Bissen meine Brüste zu quälen. Meine Hände, die seine Schultern wegstoßen wollten, ignorierte er. Kurz darauf fand ich mich rücklings mit runtergezogener Jeans auf dem Tisch wieder.

»Und jetzt mach die Beine breit«, keuchte er, während er sich beeilte, seine Hose aufzukriegen.

»Nein. Doug! Lass mich los!« Ich versteifte mich und presste meine Oberschenkel zusammen.

»Schnauze, Miststück«, warf er mir entgegen und wollte sich in mir versenken, aber seine mangelnde Erregung oder der viele Alkohol ließen ihn nicht. Er fluchte, als er seinen Schwanz rieb, damit er härter wurde.

»Nein! Verdammt Doug, lass mich in Ruhe!«, schrie ich ihn

an. Und im selben Moment wurde mir klar, was hier gerade passiert: Doug versuchte mich zu vergewaltigen.

Seine Hand, die erneut seinen Penis in meine Vagina steuern wollte, hielt inne. Mit eiskaltem Blick sah er auf mich hinunter. »Was hast du gesagt?«, knurrte er.

»Du bist betrunken! Ich will das nicht!«, schrie ich ihn voller Angst an und hoffte, dass er das Zittern meiner Stimme nicht bemerkte.

Er sah mich noch einen Moment mit dem Blick eines Betrunkenen an, dann schüttelte er harsch den Kopf. Im selben Moment klatschte sein linker Handrücken in mein Gesicht, ich schmeckte Blut. »Was du willst, ist mir schon lange egal. Du hast hier gar nichts zu melden, Megan. Ich hab hier das Sagen. Merk dir das.«

*Weg! Du musst hier weg!* Ich schrie auf, riss das Knie hoch und knallte es ihm mit voller Wucht in die Eier.

Er ließ schreiend von mir ab, hielt sich seinen schlaffen Schwanz und taumelte rückwärts, bis er an der Küchenzeile auf die Knie ging. »Du Miststück«, japste er und versuchte krampfhaft wieder auf die Beine zu kommen.

Ich nutzte die Chance, zog meine Hose hoch, sprang vom Tisch und rannte die Treppen hoch. Wie gerne wäre ich rausgerannt, raus aus diesem Haus, aber er versperrte mir den Weg. Die einzige Chance, die ich hatte, war, mich innerhalb des Hauses in Sicherheit zu bringen.

Seine Beschimpfungen verfolgten mich, bis ich die Tür des Gästezimmers am Ende des Flurs hinter mir zuschlug. Ich drehte den Schlüssel um und zog dann noch die schwere Kommode davor. Und betete, dass es reichte, ihm den Weg zu versperren.

***

Ich weiß nicht mehr, wie ich es geschafft hatte, in der Nacht nicht durchzudrehen, aber als der Morgen graute und ich das vertraute Geräusch von Dougs Pick-up vernahm, saß ich auf dem Boden des Gästezimmers und hatte den Rücken an die Wand gepresst, den Blick auf die abgeschlossene Tür gerichtet. So hatte ich die letzten Stunden bewegungslos dagesessen und stumm gebetet, dass Doug die Tür nicht eintreten würde. Das hatte er nicht – vermutlich nur, weil er es in seinem Vollsuff gar nicht mehr die Treppen nach oben geschafft hatte –, und hatte wie immer um halb sechs das Haus verlassen, um seinem Job nachzugehen.

Mein Gesicht schmerzte immer noch. Ebenso brannten meine Brüste sowie der Rest meines Körpers. Aber am schlimmsten verletzt war meine Seele. Doug hatte versucht, mich zu vergewaltigen. Und damit auch das letzte bisschen Zuneigung zerstört, das noch in mir gewesen war.

Ich brauchte noch eine gute Stunde, bis ich es schaffte, aus meiner Starre zu erwachen und aufzustehen. Mir tat jeder Muskel weh, und als ich mich im Badezimmer auszog, blieb mir in Anbetracht meines Spiegelbilds die Luft weg. Meine linke Gesichtshälfte war geschwollen, um mein Auge hatte sich ein leicht gelb-grüner Kreis gebildet, und auf dem Riss in meiner Lippe befand sich eine Blutkruste. An meinem Hals waren rote Flecken sichtbar, und mir fiel wieder ein, wie Doug mich gewürgt hatte, während er über mich hergefallen war. Zudem gab es Bisswunden und Blutergüsse auf meinen Brüsten und zwischen meinen Schenkeln.

Am liebsten hätte ich geweint, den ganzen Schmerz der Demütigung in Tränen aufgelöst. Aber ich konnte nicht. Nicht eine Träne verließ meine brennenden Augen. Mein Hals war trocken, voll mit verklumpten Emotionen, die sich aber nicht lösen wollten. Meine Brust schmerzte, und zwischen meinen

Beinen brannte die Erniedrigung wie Feuer. Aber Tränen? Nein. Nicht eine.

Ich stellte die Dusche an und ließ mich an der gefliesten Wand runterrutschen, als mir das Wasser auf den Kopf prasselte. So saß ich einfach da und hoffte darauf, dass das Wasser all den Dreck von mir abspülen würde. Und fasste einen Entschluss.

Nie wieder würde Doug Clark die Chance bekommen, mich anzufassen. Nie wieder.

# 5. Megan

»Du willst *was?*« Die Stimme meines Bruders hallte mir im Ohr, kurz nachdem ich ihm den Grund für meinen Anruf genannte hatte.

»Hunt, bitte. Warum stimmst du nicht einfach zu? Dir liegt nichts an dem Hotel und ich kann einfach nicht mehr. Lass es mich doch einfach verkaufen und –«

Die Idee des Verkaufs war mir nach dem Betrachten meiner Blessuren gekommen. Ich musste hier weg. Und dazu gehörte es nicht nur, Doug zu verlassen und ins Hotel zu ziehen, sondern alles zu verlassen. Doug, das Hotel, Honey Falls. Ich sah es als einzige Chance, einen neuen Anfang zu wagen. Mein Leben zurückzubekommen.

»Und was dann? Du willst weglaufen?«, fiel er mir mit einer Portion Sarkasmus ins Wort.

Ich unterdrückte ein Schnauben. Warum musste dieser Kerl auch immer so stur sein?

»*Du* bist weggelaufen, als Mom starb, nicht ich. Ich bin hiergeblieben und habe die Stellung gehalten. Und jetzt kann ich einfach nicht mehr. Ich muss hier weg.« Ich holte tief Luft. »Doug wird mich niemals in Ruhe lassen, wenn ich bleibe.«

Der Schmerz der letzten Nacht saß tief. Fast zehn Jahre Ehe schmiss man nicht einfach so weg, doch nach dem, was Doug mir angetan hatte, fiel mir die Entscheidung nicht schwer. Der Entschluss, das Hotel – mein Leben – zu verkaufen dagegen, schmerzte mehr. Es brachte mich fast um.

»Dich in Ruhe … Meggy! Was ist passiert? Was hat der Mistkerl dir angetan?« *Meggy* … Ich schluckte hart die Tränen runter, die sich gerade auf den Weg machen wollten. Meggy war Hunters Spitzname für mich gewesen, so wie meiner für ihn Hunt war. Nur hatte er mich schon lange nicht mehr so genannt. Schließlich waren wir beide erwachsen geworden. Aber mit dem Erwachsenwerden war das so eine Sache ... »Sag mir auf der Stelle, was bei dir los ist«, verlangte er, aber ich schwieg hartnäckig.

Bestimmt könnte ich meinen Bruder einfacher und schneller überzeugen, wenn ich ihm die ganze Wahrheit sagte, aber das brachte ich nicht übers Herz. Es war zu frisch und zu schmerzhaft. »Ich möchte nicht drüber reden.«

»Sag mal, geht's noch? Du holst mich aus einem wichtigen Meeting, knallst mir an den Kopf, dass du das Hotel – unser Zuhause – verkaufen willst und möchtest nicht drüber reden?« Seine Stimme wurde immer lauter.

»Unser Zuhause? Wie lange hast du dich hier nicht mehr blicken lassen?«, konterte ich wütend. »Ich kann nicht bleiben. Bitte vertrau mir doch einfach. Ich würde nicht fragen, wenn –«

»Dass du so was überhaupt fragst ...«

Ich hörte ihn atmen am anderen Ende der Leitung, tief und schwer, aber er schwieg. Aus jahrelanger Erfahrung wusste ich, dass mein vier Jahre älterer Bruder sich Zeit mit Entscheidungen ließ.

»Du denkst zu langsam«, unterbrach ich das Schweigen irgendwann ungeduldig. Mir lief die Zeit davon. Es gab noch so viel zu regeln. Und das hier war das Wichtigste.

»Ich denke nicht langsam, ich denke gründlich. Meggy, das ist –«

»Die beste Entscheidung, die ich treffen kann«, beendete ich den Satz. »Die ich treffen muss. Zumindest im Moment. Ich kann nicht mehr, Hunt«, wiederholte ich. »Ich will auch nicht mehr. Doug hat mich nicht nur einmal betrogen. Er belügt mich, gibt mir die Schuld und ist selbst das Opfer. Niemand würde mir glauben, wenn ich … er ist Mr Saubermann, everybodys Darling. Doug Clark tut so was nicht. Nein. Verdammt, Hunt! Ich bin all dem ausgesetzt und kann mich nicht wehren.« Ich lachte hart auf. »Glaubst du, das ist ein gutes Gefühl? Und jetzt hat er …« Ich brach ab.

»Was?« Hunts Stimme war schneidend.

»Nichts.«

Er seufzte. Er wusste, dass er nicht mehr aus mir rauskriegen würde. Dafür kannte er mich schon zu lange und zu gut. Auch, wenn wir weit voneinander entfernt lebten und uns nicht oft sahen, so war das Band zwischen uns niemals abgerissen. Ich wusste, wenn es hart auf hart kam, konnte ich auf ihn zählen. Und genau deswegen hatte ich ihn angerufen. »Und wo willst du hin?«, fragte er, ohne meine sowieso rhetorische Frage zu beantworten.

»Nach Santa Monica. Zu Piper.« Ich hatte mir schon einen genauen Plan gemacht. Meine älteste und beste Freundin Piper war nach dem Highschool-Abschluss aus unserer mittelprächtigen Kleinstadt Honey Falls an die Westküste gezogen. Eigentlich hatte sie ihr Glück in Hollywood versuchen wollen, aber das Märchen vom Tellerwäscher zum Millionär war bei ihr nicht in Erfüllung gegangen. Stattdessen hatte sie von ihrem alten Chef das Diner im Küstenstädtchen Santa Monica übernommen und lebte dort mit mal wechselnden Affären ihr Leben.

Sie hatte mich schon immer darin bestärkt, mich von Doug zu trennen, und mir auch immer wieder gesagt, ich könne jederzeit bei ihr wohnen, wenn ich Abstand bräuchte. Bisher hatte ich ihr Angebot nie annehmen wollen. Jetzt aber …

»Ich muss hier einfach weg, Hunt«, bekräftigte ich meine Gedanken noch einmal.

Wieder schwieg Hunt, aber diesmal war ich überzeugt davon, dass er die Worte sacken lassen musste, um sie zu verstehen. Um mich zu verstehen.

»Lass mich eine Nacht darüber schlafen, okay?«, bat er mich schließlich. Das konnte ich ihm nicht verwehren. Die Entscheidung war keine leichte, das war mir bewusst. Auch mich schmerzte der Verkauf des Familienerbes mehr, als ich mir im Moment eingestehen durfte. Doch es war die einzige Chance, die ich im Moment sah. »Ich rufe dich morgen an, Meg. Und bis dahin halt die Ohren steif.«

»Danke, Hunt.« Dass ich dann nicht mehr hier wäre, sagte ich ihm nicht.

Nach dem Telefonat brauchte ich ein paar Minuten. Ich hatte mich extra in mein Büro im Hotel verkrochen, um ungestört zu sein. Sandy war bei meiner Ankunft nach einem Blick auf mein lädiertes Gesicht kurz davor gewesen, höchstpersönlich zu Doug zu fahren, um ihn zur Rede zu stellen und ihm dasselbe anzutun. Glücklicherweise hatte ich sie davon abhalten und mir eine halbe Stunde Ruhe erkämpfen können. Als es jetzt an meine Bürotür klopfte und Sandy den Kopf hineinsteckte, kam ich um ein offenes Gespräch nicht mehr herum. Ich winkte sie rein, und als sie mich schweigend in den Arm nahm, musste ich mich arg zusammenreißen, nicht loszuheulen. Nicht, weil es mir so schlecht ging, sondern weil Sandy sich offensichtlich solche Sorgen um mich machte.

»Ich habe Doug verlassen«, begann ich.

»Nichts anders habe ich erwartet«, sagte sie und sah auf mein geschwollenes Auge.

Ich fasste kurz zusammen, was passiert war, ließ den Vergewaltigungsversuch weg und kam schließlich zum Punkt: »Ich habe Hunter gebeten, einem Verkauf des Hotels zuzustimmen.«

Sandy wurde blass. Sie starrte erst mich an, dann auf ihre

Hände, die sie im Schoss verknotet hatte. Dann schließlich wieder mich. Mit Tränen in den Augen. »Du willst weg?«

»Ich muss, Sandy. Doug ... er ...«

»Ich verstehe das. Aber ein Verkauf ...«

»Was habe ich für eine Möglichkeit?«

Sie griff nach meiner Hand und drückte sie. »Ich verstehe, dass du wegwillst. Weg musst. Aber überstürze das nicht. Ein Verkauf ...« Sie schüttelte den Kopf und drückte erneut meine Hand. »Wir schaffen es auch so. Ich kenne das Hotel, alle Abläufe sind mir vertraut, wir alle hier sind ein gutes Team, Megan. Wir kommen auch eine Zeit lang ohne die Chefin klar. Nimm dir eine Auszeit, werde gesund, bekomm den Kopf frei. Verlasse Honey Falls, bring Abstand zwischen dich und das alles hier. Und dann sehen wir, was die Zeit bringt. Du musst nicht gleich alles ganz und gar hinter dir lassen. Das hier ist immer noch dein Zuhause ...« Sie hob die Hand, um mich zu stoppen, als ich etwas erwidern wollte. »Du bist nicht zurechnungsfähig und wirst es bitter bereuen, wenn du jetzt überstürzt handelst. Und deine Mom ... sie würde das auch nicht wollen. Das weißt du.« Sie stand auf und sah mich eindringlich an. »Ich kümmere mich um alles. Du kannst dich auf mich und auf dein Team verlassen, das weißt du.«

Ich nickte stumm. Ja, das wusste ich. Und im Grunde meines Herzens wusste ich auch, dass Sandy recht hatte. Ich handelte im Affekt und hatte nichts wirklich durchdacht.

»Kann ich dich damit wirklich belasten?«, fragte ich.

»Das ist keine Belastung für mich, Megan. Ich mache das gerne. Das Middleton Inn ist genauso mein Zuhause wie deins. Und wir kümmern uns um alles, bis du hier irgendwann wieder zu Hause sein möchtest.«

Diese Worte gingen mir sehr nahe. Ich war im Hotel aufgewachsen, hatte von klein auf den Alltag des Betriebs miterlebt und kannte – genau wie Sandy – jeden Winkel, jeden Stein, jede Schraube in diesem Haus. Es *war* unser Zuhause. Noch vor wenigen Minuten war ich mir so sicher gewesen, dass ich alles hinter mir lassen wollte. Aber jetzt … Wollte ich das wirklich aufgeben?

»Danke, Sandy.«

»Jederzeit.«

»Fährst du mich zum Flughafen?«

»Meine Limo steht jederzeit bereit«, sagte sie mit einem Augenzwinkern und verließ mein Büro.

Mit feuchten Augen sah ich aus dem Fenster vor meinem Schreibtisch. Noch waren die Bäume kahl, der Schnee war gerade erst ein paar Wochen geschmolzen, aber bald würde das Grün Einzug halten. Der Herbst hatte die Blätter mit den schönsten Farben gefärbt. Rot, braun, gelb, orange, ocker und Hunderte von Zwischentönen, die vermutlich niemals einen Namen finden würden. Jetzt lag der Hotelgarten voll mit braunem, matschigem Laub, in dem sich die Igel, Mäuse und andere Insekten über den Winter hatten verstecken können. Schon meine Mom hatte einen Bereich des Gartens als Naturgebiet für Tiere angelegt. Sie war so naturverbunden und tierlieb gewesen. Kein Wunder also, dass Hunt und ich in der Natur von New Hampshire aufgewachsen waren. Aber im Gegensatz zu meinem Bruder, der nach der Highschool aufs College gegangen war und dann in New York seine Karriere in Angriff genommen hatte, war ich hiergeblieben und hatte das Familienunternehmen weitergeführt. Mittlerweile war Hunt CEO eines großen Unternehmens und so busy, wie man nur sein konnte. Er hatte es schon seit Jahren nicht geschafft, uns hier mal einen Besuch abzustatten. Dabei lagen zwischen uns nur knappe fünfhundert Meilen. Aber zwischen unseren Leben lagen Welten. Und dennoch war das hier unser Zuhause. Sandy hatte recht, ich durfte das nicht einfach so aufgeben.

Nachdenklich starrte ich auf das Telefon in meinem Büro

und überlegte kurz, Hunt anzurufen, aber für ein weiteres Gespräch mit Fragen, die ich ihm nicht beantworten konnte – die ich mir selbst nicht beantworten konnte –, hatte ich jetzt keine Nerven. Eine kurze Nachricht hätte ich ihm geschickt, wenn ich mein Handy noch gehabt hätte. Aber als Doug in der Küche über mich hergefallen war, hatte er mein Smartphone vom Tisch gefegt. Ob mit Absicht oder nicht blieb dahingestellt, aber Fakt war, dass ich es nicht mitgenommen hatte, als ich ins Gästezimmer geflüchtet war. Und dass es am Morgen, nachdem Doug das Haus verlassen hatte, nicht mehr aufzufinden gewesen war. Vermutlich hatte Doug es eingesteckt. Zwar brauchte es meinen Fingerabdruck, um den Bildschirm zu entsperren, aber so was war schnell zu knacken, wenn man es darauf anlegte. Wusste ich, was Dougs tolle Freunde alles auf dem Kasten hatten? Wenn Doug von dem Chat mit Harvey Wind bekam, war ich tot.

*Harvey!* Nach seiner letzten Nachricht hatte ich ihm nicht mehr antworten können. Aber vielleicht war das auch ganz gut so. Ich konnte doch nicht auf der einen Seite Doug Vorwürfe machen, mich zu betrügen, und auf der anderen Seite Gefühle für einen Mann entwickeln, den ich nicht einmal kannte. Nein. Ich hätte dem sowieso ein Ende setzen müssen, bevor es zu spät wäre. Und jetzt war sowieso alles vorbei. Mein Handy war weg, vielleicht schon in den falschen Händen, und Harveys Nummer hatte ich nirgends anders gespeichert. Vielleicht war das ein Zeichen. Manchmal hatte das Leben andere Pläne. Es hatte eben nicht sein sollen.

Nachdem ich das begriffen hatte, rief ich Piper in ihrem Diner an, dessen Nummer ich wie Hunts auch im Telefon meines Büros gespeichert hatte.

»Hey, Sweetheart, was gibts?«, meldete sie sich wie gewohnt fröhlich.

»Pipes, steht dein Angebot noch?«, fiel ich gleich mit der Tür ins Haus. Ich hatte keine Zeit zu verlieren.

Sofort wurde sie ernst. »Ich habe dir in den letzten Jahren bisher nur ein wirkliches Angebot gemacht. Und das steht natürlich noch. Was ist passiert?«

Ich fasste die letzten zwölf Stunden kurz zusammen, bemühte mich um Fassung und schloss mit der Frage, ob sie mich am Flughafen abholen würde.

»Ich bin da.«

Wenige Minuten nach dem Telefonat war ich Besitzerin eines Flugtickets vom Manchester-Boston Regional Airport nach Los Angeles. Der Flug ging am Mittag.

Am Morgen schon hatte ich das Wichtigste in meiner Umhängetasche zusammengepackt. In der Tasche befanden sich eine Garnitur Wechselwäsche, ein paar Hygieneartikel, mein E-Book-Reader, Geld, Ausweis und Reisepass. Mehr brauchte ich nicht. Alles andere würde ich hinter mir lassen.

Zum Flughafen würden wir etwa eine knappe Stunde benötigen, wenn wir gut durchkamen. Sandys Hyundai stand bereit, und ohne einen Blick zurück verließ ich das Hotel. Vielleicht war es falsch, die Verantwortung abzugeben, davon auszugehen, dass Sandy und meine Belegschaft das alles schon regeln würden, aber ich vertraute ihr und musste einfach daran glauben. Anders würde ich nicht nach vorne blicken können. Ich musste jetzt stark sein, und wenn es so lief, wie Sandy prophezeit hatte, dann würde ich irgendwann zurückkommen.

Nach der Hälfte der Strecke bogen wir auf die Interstate 93 und ich begann zu zittern. Vor Aufregung, vor Angst, vor Freude.

»Alles okay?« Sandy warf mir einen kurzen Blick zu.

»Ich weiß nicht. Schon komisch, mit einem Mal ein ganzes Leben einfach so hinter sich zu lassen. Wie du sagtest: Das Middleton Inn war mein Leben.«

Sandy nickte. »*Ist* dein Leben«, verbesserte sie mich sofort und warf mir ein aufmunterndes Lächeln zu. »Aber du tust gut daran, dieses Leben vorerst zu verlassen. Besonders, Doug zu verlassen. Und wegen dem Middleton Inn brauchst du dir wirklich keine Sorgen zu machen. Und Hunter wird sicher auch erleichtert sein.«

»Ich habe ihm noch nichts gesagt«, gab ich kleinlaut zu.

Sandy seufzte. »Dann mache ich das eben. Schließlich kenne ich ihn ebenso lange wie dich. Wir kriegen das schon hin.«

»Danke, Sandy«, sagte ich und drückte ihre Hand. »Du bist eine hoffnungslose Optimistin.«

»Natürlich. Und du solltest das auch sein! Es kann ab jetzt nur aufwärts gehen.« Jetzt war sie es, die meine Hand drückte.

Ich hoffte ebenso wie sie, dass die Zeit die Wunden heilen würde.

Den Rest der Fahrt verbrachten wir schweigend. Ich hing meinen Gedanken nach und sah dabei auf die an uns vorbeiziehende Landschaft, ohne wirklich etwas zu sehen. Sandy konzentrierte sich auf den Verkehr, und um kurz vor zwölf Uhr mittags verabschiedeten wir uns tränenreich vor dem Terminal des Airports. Kurz darauf war Sandy wieder in ihren rostigen blauen Hyundai gestiegen und wenig später ganz aus meinem Blickfeld verschwunden.

Mit gemischten Gefühlen betrat ich den Flughafen, dessen gesamte Fläche bestimmt größer war als die von ganz Honey Falls. Der Trubel im Terminal faszinierte mich. Es war ja nicht so, dass ich nie aus unserer Kleinstadt rausgekommen wäre, aber so viele Menschen schüchterten mich dann doch ein. Und ich wusste nicht, wie gut das Make-up mein blaues Auge kaschierte.

Ich sah auf mein Ticket und verglich die angegebene Flugnummer mit denen auf den Anzeigetafeln. Bis jetzt würde der Flieger pünktlich abheben. Mit ebenso viel Vorfreude wie Unsicherheit im Gepäck machte ich mich auf den Weg zur Sicherheitsschleuse. Nachdem ein Röntgengerät meine Tasche gescannt und mich eine Beamtin ohne Schuhe durch die Schleuse gelotst hatte, sammelte ich meine Sachen wieder ein, zog die Boots wieder an und hängte mir meine Tasche quer über die Brust.

»Guten Flug«, wünschte mir einer der Securitys am Ausgang der Sicherheitsschleuse und lächelte mir zu. Ich bedankte mich und tat den ersten Schritt in mein neues Leben.

# 6. Nate

Wieder und wieder starrte ich auf die Worte ihres letzten Posts.

> Ich frage mich, wie lange es mir noch gelingt, die Maskerade aufrechtzuerhalten.
> Wie lange ich noch die Schmerzen ertragen kann.

Was hatte sie erlebt, dass sie so etwas schrieb? Sie hatte gesagt, es gehe ihr nicht gut, aber mir auch versichert, dass sie bereit sei, im Regen das Tanzen zu lernen. Ich hatte keine andere Möglichkeit, als ihr zu glauben, wenn ich mich nicht verrückt machen wollte.

Ich hatte noch einmal nachgehakt, gefragt, ob es ihr wirklich gut gehe, aber daraufhin hatte sie sich bisher nicht gemeldet. Vielleicht war ich auch insgesamt einfach zu weit gegangen. Ihr zu schreiben, dass ich an sie dachte und sie vermisste, war nicht richtig gewesen. Sie hatte Familie, wer war ich, das einfach zu übergehen. Also hatte ich mich verabschiedet.

Es war, wie es war: vorbei. Ich musste ihr vertrauen, daran glauben, dass sie okay war und ihr Leben in Ordnung brachte. Wie auch immer, aber ohne mich. Mein Gott! Schließlich war sie nur eine Internetbekanntschaft, nicht die Liebe meines Lebens.

Mit einem verächtlichen Schnauben für mich selbst stand ich auf und stellte mich ans bodentiefe Fenster meines Penthouses. Der Blick auf die Stadt war vom 23. Stockwerk atemberaubend und faszinierte mich eigentlich jeden Tag aufs Neue.

Mit viel Schweiß und harter Arbeit hatte ich mir diesen Platz erkämpft und in den letzten Jahren auch gesichert. Ich war Inhaber einer der besten Agenturen für die Stars und Sternchen in Hollywood. Und es war nicht übertrieben, wenn ich das sagte, denn ich genoss die Aufmerksamkeit und das Vertrauen von den ganz Großen im Business. Allen voran natürlich Tristan Hall, mein langjähriger Freund und aufstrebendster Schauspieler dieses Jahrzehnts. Aber auch internationale Stars waren in unserer Kundenkartei zu finden. Und ich war bisher immer verdammt stolz darauf gewesen, mit ihnen bekannt oder gar befreundet zu sein. Und zwar auf eine ehrliche Weise und nicht auf die typische Hollywood-Art: lächeln, winken, Arschloch denken. All diese Menschen hatten mir den Weg dorthin geebnet, wo ich heute stand: im 23. Stockwerk eines der teuersten Häuser in L.A.

Doch heute konnte mir der Anblick nicht mal ein Lächeln entlocken. Die Tatsache, dass mich Athena so beschäftigte, eine Frau, die es vermutlich in Wirklichkeit gar nicht gab, deren Auftritt auf Instagram mit großer Wahrscheinlichkeit nur Fake war, die ich niemals wirklich kennenlernen würde, zeigte mir, dass in meinem Leben etwas nicht stimmte. Es war im Laufe der Jahre immer mehr Schein als Sein geworden. Immer unwirklicher. Alles musste weiter, schneller, höher, besser sein. Gerade auf Instagram war die Welt nur noch künstlich. Bunte Bilder, überlagert von Filtern in allen Varianten, die das Smartphone hergab, Posing an riskanten oder gar verbotenen Orten. Und wofür? Nur für die Jagd nach dem nächsten Follower. Mit Glück zur richtigen Zeit das richtige Bild gemacht, stieg man von einem No-Name zum Influencer auf. Es war ein schnelles Geschäft, und wer nicht mithalten konnte, fiel über den Rand. So einfach war das. Ein Portal für Hobby-Fotografen oder Menschen, die sich einfach nur mit Gleichgesinnten austauschen wollten, war das meiner Meinung nach schon lange nicht mehr. Ich hatte es oft genug erlebt, denn auch in der Filmbranche wurde Instagram immer mehr als Werbeplattform für Stars und Blockbuster genutzt. Es war alles nur Show. Deswegen waren mir die Bilder von Athena auch sofort ins Auge gesprungen. Sie hatten so etwas Ehrliches, Verletzliches an sich, das ich nur noch selten gesehen, oder besser noch gespürt hatte.

Das Telefon klingelte und holte mich schnell in die Realität zurück.

»Ich brauche dich, Elvis«, nannte Patrick Foxx am anderen Ende der Leitung mich bei meinem Spitznamen. Patrick war der neue Star für das nächste Projekt von Eric Vanderwall und Lloyd Film Entertainment. Ich hatte ihn schon unter Vertrag gehabt, bevor Vanderwall auf ihn aufmerksam geworden war. Mit der Vermittlung hatte ich eine Menge für Patrick rausgeholt, und auch für mich war ein gutes Sümmchen dabei rausgesprungen.

»Samstag geht's los, wir fliegen nach Shanghai, um dort das Intro zu drehen«, legte er los. Im Hintergrund hörte ich verschiedene Stimmen, er schien an irgendeinem Set zu stehen. »Du musst mit und dich um Clive Thorson kümmern. Er ist völlig neu im Geschäft und – ach Scheiße, ich weiß überhaupt nicht, was Vanderwall sich dabei gedacht hat, diesen Loser für die zweite Rolle rauszupicken …«

Patrick redete weiter, ließ sich unfein über seinen Kollegen aus, während ich schweigend zuhörte und mir meine eigenen Gedanken dazu machte. Dieses Greenhorn glaubte tatsächlich, besser zu sein als Clive, nur weil er schon zwei Filme gedreht hatte, die allerdings beide keine Kassenschlager geworden waren. Er hatte keine Ahnung, wie das Geschäft wirklich lief, wenn er glaubte, sich bei mir über seinen Kollegen auslassen zu können. Dafür war ich die falsche Adresse.

»Patrick …«, begann ich schließlich.

»… und du musst neu verhandeln …«

»Patrick«, versuchte ich es noch mal.

»… wenn er allerdings nicht –«

»Patrick!« Ich wurde lauter. Es wirkte. Patrick unterbrach seinen Redeschwall.

»Was verdammt?« Sein Ton spiegelte wider, was er von der Unterbrechung seiner ach so wichtigen Rede hielt.

»Ich komme nicht mit«, sagte ich schlicht. Ich hatte keine Lust, lange herumzudiskutieren. Ich riss mir für meine Kunden den Arsch auf – weil es mein Job war. Und weil ich liebte, was ich tat. Aber alles nach meinen Regeln. Das war meine Agentur und wir arbeiteten nun mal anders als andere. Ich versuchte immer, authentisch zu bleiben, und das erwartete ich auch von meinen Klienten. Und genau deshalb war ich seit Jahren groß im Geschäft.

»Du … was? Aber –«

»So läuft das nicht, Patrick. Du entwickelst Starallüren, noch bevor du ein Star bist. Das ist der falsche Weg. Und wenn du das nicht begreifst, wirst du damit fies auf die Schnauze fallen.«

»Was soll das heißen?«

»Das heißt, was ich gesagt habe. Benimm dich anständig, sonst trennen sich unsere Wege. Und glaub mir, wenn ich sage, dass du es dann ziemlich schwer haben wirst.«

»Ist das eine Drohung?«

»Nur ein gut gemeinter Ratschlag von jemandem, der sich auskennt, Patrick. Sei kein Arsch. Davon gibt es in der Branche schon genug. Clive ist Anfänger, ja. Aber er hat die Chance, von den Besten zu lernen. Von dir.«

Patrick sagte eine Weile nichts, aber ich wusste, dass er mir zustimmen würde. Und das tat er letztlich auch.

»Ich werde Cory schicken, er wird sich um alles kümmern und, sollte es nötig sein, auch mit Clive sprechen. Okay?«

Ich war froh, Patrick an meinen Mitarbeiter abgetreten zu haben. Nicht, weil Patrick schwierig war oder ich ihn nicht mochte, sondern weil er neben Tristan der Einzige war, den ich selbst betreut hatte. Mittlerweile war die Agentur so groß geworden, dass ich mehr Zeit mit stumpfsinnigem Papierkram am Schreibtisch verbrachte, als am wahren Leben teilzunehmen.

Meine Entscheidung war gefallen.

Mit neuem Elan setzte ich mich nach dem Telefonat an meinen Schreibtisch, und während ich in der Warteschleife von Lloyd Film Entertainment hing, schrieb ich Tristan eine Nachricht mit der Bitte, mich dringend zurückzurufen. Mein bester Freund wusste längst von meinen schwammigen Plänen, mich für eine Weile aus dem Business zurückzuziehen, aber er sollte der Erste sein, der den Zeitpunkt erfuhr. Denn der war jetzt. Tristan war gerade am anderen Ende der Welt, um seinen neuen Film zu drehen, und es konnte dauern, bis er sich zurückmeldete.

Es war bereits alles geregelt, um unsere Kunden, VIPs und solche, die es werden wollten, zu informieren. Auch, wenn sich für sie nichts änderte. Ihre Betreuung wäre nach wie vor durch das beste Team in L.A. gesichert. Ich hatte Corey, der schon seit meinen Anfängen an meiner Seite war, und hatte keine Zweifel, dass er den Laden auch ohne mich schmeißen würde.

Als ich gerade den Laptop schließen wollte, erschien Tristans Bild auf meinem Handy.

»Hey, du alter Ladykiller«, begrüßte ich ihn und freute mich, dass er meiner Bitte so schnell nachgekommen war. Ich platzte fast vor Ungeduld, ihm endlich die News erzählen zu können.

»Sagt der, der jede haben könnte, aber keine will«, konterte er, und ich hörte ihn lachen.

»Wie läuft's in Australien?«

»Sehr gut, alles bestens hier. Wie immer mussten wir Szenen mehrmals drehen, um Eric zufriedenzustellen, aber jetzt sind sie im Kasten und wir haben uns eine Pause verdient.«

»Dann hast du jetzt ein Ohr für mich?«

»Immer. Schieß los, was gibt's Neues?«

»Ich ziehe es durch, Mann.«

»Kurze Info ... was genau ziehst du –«

»Ich zieh mich zurück. Jetzt. Ich nehme mir die Auszeit jetzt.«

»Echt? Wow, das ist super. Dann hast du es jetzt also offiziell gemacht. Ich freu mich für dich, Mann. Ehrlich. Das wird dir guttun. »

»Ich bin froh, eine Pause von allem zu haben. Ich will im Moment keine Entscheidungen mehr treffen müssen, wer ein Star wird und wer nicht und wessen Scheiße ich ausbaden muss. Ich will einfach nicht mehr in diesem Haifischbecken mitschwimmen«, erklärte ich und gab ihm dann kurz das Telefonat mit Patrick wieder. »Das Gespräch hat mich darin bestärkt, jetzt die Reißleine zu ziehen, anstatt weiter im freien Fall ins Bodenlose zu rasen. Zwar erfolgreich, ja, aber was bleibt da alles auf der Strecke ...« Ja, ich war schon immer ein Workaholic gewesen, ein Privatleben war so gut wie nicht vorhanden. Ich hatte kleine Affären hier und da gehabt, nie etwas Ernstes, weil dafür immer die Zeit fehlte. Die Agentur hatte immer an erster Stelle gestanden, aber das war nie ein Problem gewesen. Meine Arbeit hatte mir immer Spaß gemacht. Und doch fiel mir in den letzten Monaten vermehrt auf, wie oberflächlich das Business eigentlich war. Bisher hatte ich damit kein Problem gehabt, nur – seit ich Athena getroffen hatte, wurde mir immer bewusster, dass es auch noch ein wahres, echtes Leben gab. Ein Leben, in dem nicht die Arbeit mein erster Gedanke nach dem Aufwachen war, sondern Athena. Ein Leben, in dem ich morgens aufwachte und nicht zuerst meine

Mails checkte, sondern Instagram. Ein Leben, das mir den Tag über ein Lächeln aufs Gesicht zauberte, weil es da etwas außer meine Arbeit gab, auf das ich mich freute. Ein Leben, das aus mehr bestand als nur aus Konfetti, das sich in alle Winde verstreute.

»Das verstehe ich gut, Elvis. Wenn nicht ich, wer dann.« Ich nickte. Auch er war kurz davor gewesen, alles hinzuschmeißen. Aber weil er immer ehrlich gegenüber sich selbst geblieben war, hatte sich letztlich alles zum Guten gewendet.

»Was hast du jetzt vor?«

»Weiß nicht. Vielleicht kaufe ich mir einen Camper oder so und fahre durch die Welt«, spann ich das Erstbeste, was mir in den Sinn kam. Ich liebte Roadmovies.

»Ich kann dich so gut verstehen. Auch wenn mir mein Job noch immer Spaß macht und ich mir nichts anderes vorstellen mag, möchte ich dennoch lieber bei Aria sein und mit ihr durch Sidney laufen, als mich ständig vor einer Meute von Fans verstecken zu müssen. Ja, ich verstehe dich sehr gut. Hey, ich muss gleich wieder an den Set, aber – wenn du wirklich um die Welt reisen willst, komm nach Australien. Das Land ist echt eine Reise wert«, lud er mich ein. »Und im Outback hast du Ruhe genug. So viel, dass du dich danach wieder nach deiner Arbeit sehnst.«

Ich lächelte. »Ich überleg's mir, okay?«

»Klar, Mann. Halt die Ohren steif und halt mich auf dem Laufenden, ja?«

»Mach ich. Grüß Aria.« Seine Freundin Aria, die er auf ganz kuriose Weise in seinem eigenen Haus in Florida kennengelernt hatte, war mit ihm zu den Dreharbeiten geflogen.

Wir verabschiedeten uns, und nach dem Telefonat war es, als rutschte ein ganzer Felsblock von meiner Brust. Zwar hätte ich sein Einverständnis für meine Pläne nicht gebraucht, aber es war ein gutes Gefühl, es zu haben.

Nachdenklich öffnete ich Instagram und den Chat mit Athena. Sie hatte sich immer noch nicht gemeldet, meine Worte waren die letzten, die in dieser Unterhaltung geschrieben worden waren, und sie hatte sie noch nicht einmal gesehen. Ich scrollte noch einmal durch alle Fragen und Antworten, die wir uns in den letzten Wochen gegenseitig gestellt hatten, und lächelte, als ich am Anfang angekommen war. So schnell wie etwas entstehen konnte, konnte es auch schon wieder vorbei sein. Vielleicht war das der Grund, warum Athena in mein Leben getreten war. Nicht, um daraus eine Beziehung, eine Liebe wachsen zu lassen. Sondern um zu zeigen, dass ich auf dem falschen Weg gewesen war. Und jetzt, wo ich ihn verlassen würde, hatte auch Athena mich wieder verlassen. Sie hatte ihre Aufgabe erfüllt. »Mach' s gut«, sagte ich leise, strich noch einmal über ihr Profilbild und loggte mich dann aus der App aus. Lange noch starrte ich das Icon auf meinem Smartphone an und es starrte vorwurfsvoll zurück.

*Wenn du etwas ändern willst, musst du hier anfangen*, schien es mir zu sagen. Und nach einiger Zeit fand ich, dass es recht hatte.

Kurzerhand deinstallierte ich die App von meinem Handy. Es war der erste Schritt, die Scheinwelt, in der ich lebte, zu verlassen. Ob ich mich damit besser fühlen würde? Keine Ahnung. Aber ich war bereit, es herauszufinden.

# 7. Megan

Das Knacken in meinen Ohren ließ nach, als das Flugzeug nach über sieben Stunden Flugzeit kalifornischen Boden berührte. Und als ich meine Hände von den Griffen des Sitzes nehmen wollte, merkte ich erst, wie verkrampft ich war. Finger für Finger löste ich mich von den Lehnen und rieb mir dann den verspannten Nacken. Fliegen war noch nie eine meiner Lieblingsbeschäftigungen gewesen, sofern man das nach insgesamt drei Flügen überhaupt sagen konnte. Der erste war ein Flug mit Doug nach Huntsville, Tennessee, gewesen, wo wir einen alten Freund von ihm besucht hatten, der ihm einen Job hatte anbieten wollen. Glücklicherweise hatte Doug ihn nicht angenommen, denn ich hatte nicht weg gewollt aus Honey Falls.

Mein zweiter Flug war wie heute nach Los Angeles gegangen. Als Doug und ich frisch verheiratet gewesen waren, hatte er mir einen Flug nach Kalifornien geschenkt, um meine beste Freundin zu besuchen. Er selbst war nicht mitgekommen, wusste daher auch nicht, wo genau Piper wohnte. Das war beruhigend, wenngleich ich auch nicht glaubte, dass er mir hinterherreisen würde. Er war schließlich das Opfer und konnte sich in seinem Leid suhlen. Und so war es eher wahrscheinlich, mich für das Aus unserer Ehe verantwortlich zu machen. Sollte er, es war mir endlich egal.

Mit ebenfalls steifen Knien stand ich aus meinem Sitz auf und wartete noch, bis mein Sitznachbar sein Handgepäck aus der oberen Klappe geholt hatte. Netterweise reichte er mir auch meine Tasche hinunter, und ich bedankte mich freundlich bei ihm dafür. Als fast letzter Fluggast verließ ich die Maschine und lief über die wackelige Gangway meinem neuen Leben entgegen. Ich freute mich auf Piper und betete, dass sie mir erst mal Luft zum Ankommen lassen würde, bevor sie mich mit Fragen und guten Ratschlägen bombardieren würde.

Da ich nur mit Handgepäck gereist war, hatte ich nichts, worauf es sich an der Gepäckausgabe lohnte zu warten, und ich machte mich gleich auf zum Ausgang.

Ich erkannte Piper sofort. Es war ja auch nicht so, dass wir uns in den letzten Jahren nicht gesehen hätten – Videochats sei Dank trafen wir uns online, wann immer wir das Bedürfnis hatten. Und das war bei mir öfter der Fall als bei meiner Freundin.

Ohne Worte nahm sie mich in den Arm, nachdem ihr Blick nur einen Sekundenbruchteil länger als nötig an meinem blauen Auge festgehalten hatte. Es tat so gut, sich an sie sinken zu lassen und … zu heulen. Ja, verdammt, ich heulte. Hatte ich zehn Minuten zuvor noch geglaubt, ich würde das ohne Tränen schaffen, würde über den Dingen stehen, weil ich mich endlich entschieden hatte, so musste ich mir in diesem Moment das Gegenteil eingestehen.

»Es tut so weh«, schluchzte ich an Pipers Schulter.

»Ich weiß«, antwortete sie. Dann reichte sie mir ein Taschentuch, nahm mich am Arm und führte mich zu ihrem Wagen. Die Sonne war im Begriff unterzugehen, aber das Leben um uns herum war noch in vollem Gange. In Kalifornien war es drei Stunden früher als in New Hampshire, also gerade mal früher Abend. Ich musste mich bücken, als ich mich in das kleine rote Cabrio setzen wollte. Aber der Sitz war bequem, und ich genoss es wenig später, mir den immer noch warmen Wind um die Nase wehen zu lassen und durch die dunkle Sonnenbrille das Treiben auf den Straßen zu beobachten. Piper schwieg, es gab im Moment auch nichts zu sagen.

Wir kamen an einigen protzigen Hotelgebäuden vorbei, über den Boulevard zwischen Shoppingmalls und exklusiven Geschäften hindurch. Während ich die letzten Jahre in einer Kleinstadt ohne nennenswerte Veränderungen festgesessen hatte, wusste L.A. sich zu entwickeln. Größer, lauter, schneller. Und moderner. An jeder Ampel, an der wir anhielten, bei jeder Mall, die wir passierten, staunte ich über die ungeheuren Menschenmassen, die sich zu Fuß, per Skates oder in einer der noblen Karossen durch die Straßen schoben. So viele Menschen auf einem Haufen hatte Honey Falls vermutlich in den letzten zwanzig Jahren nicht gesehen. Dort kannte jeder jeden, und jeder wusste alles vom anderen. Hier war ich eine unter vielen, niemand kannte mich, niemand wusste, was ich für eine Geschichte in meinem Herzen trug. Und das Schönste: Niemanden interessierte es. Hier könnte ich nackt auf der Straße tanzen und wäre nur ein Freak unter vielen. Ich war quasi unsichtbar. Und ich genoss es.

Die Sonne verabschiedete sich zwischen den Häuserschluchten, während wir weiterfuhren, vorbei an schön angelegten Wohnvierteln mit grünen Parks, bis wir schließlich eine halbe Stunde später in Santa Monica ankamen, dem angesagten Strandviertel in L.A. Von Weitem konnte ich das Riesenrad auf dem berühmten Pier sehen. Erst als Piper in eine der Nebenstraßen einbog, verschwand das bunte Treiben aus meinem Blickfeld und machte modernen Reihenhäusern Platz, die in Reihe und Glied mit schmalen, gepflegten Vorgärten glänzten. Pipers Haus lag in der Nähe eines Parks und grenzte mit dem Garten an viel Grün. Es zeigte sich modern, viele weiße Möbel und graue Wände und Accessoires dominierten die Einrichtung, grüne Pflanzen drinnen wie draußen lockerten sie auf. Und Regale voller Bücher fanden sich an fast jeder Wand.

»Immer noch der alte Bücherwurm«, stellte ich fest, ließ meine Tasche auf das hellgraue Sofa fallen und zog wahllos eines der Bücher heraus. »*The Stand*, Stephen King«, murmelte ich und erinnerte mich gut an das Buch, das ich mir damals von Piper ausgeliehen hatte. Seitdem war ich dem Autor hoffnungslos verfallen und hatte so gut wie alles gelesen, was er veröffentlich hatte. Fast liebevoll strich ich über den Einband, bevor ich es wieder an seinen Platz zurückstellte.

»Wenn ich Zeit habe, dann lese ich immer noch gerne, ja«, bestätigte Piper. Sie hatte sich in die angrenzende Küche des Wohnzimmers begeben und sah mich mit schief gelegtem Kopf an. »Tee oder Schnaps?«

»Beides?«

»Weise Entscheidung.« Sie lächelte und griff nach dem Teekessel, um Wasser aufzusetzen. Während sie sich um Tee und Alkohol in Form von gutem alten Rum kümmerte, sah ich ihr zu und wunderte mich, wieso an ihr die Jahre so spurlos vorbeigegangen waren. Zwar war ich auch noch nicht so weit, dass ich mich verstecken oder im Seniorenheim vorstellig werden musste, aber wenn ich in den Spiegel blickte, dann sah mir eine Frau entgegen, die für ihr Alter viel zu blass und viel zu erschöpft aussah. Was vielleicht nicht nur an der fehlenden Sonne in New Hampshire lag. Ich hoffte, dass sich nicht nur mein Teint hier unter der kalifornischen Sonne bald erholen würde.

Wir tranken den Tee am Pool in Pipers kleinem Garten.

»Er hat mich geschlagen«, begann ich irgendwann, als die Sonne schon längst untergegangen war und nur noch vereinzelte Lichter den Himmel um uns herum beleuchteten. Piper hatte bis zu diesem Moment kein Wort über meine Erscheinung oder den Grund für meine Flucht aus Honey Falls verloren. Das schätzte ich so an ihr. Sie wusste genau, wann es besser war, die Klappe zu halten. Im Gegensatz zu mir, denn sonst würde ich nicht hier sitzen.

Auch jetzt entgegnete sie nichts, sondern sah mich nur an. Ich war dankbar, dass sie keine Tiraden voller Mitleid oder feindselige Äußerungen über Doug von sich ließ, während ich begann, mein Leben der letzten Monate vor ihr offenzulegen. Ich ließ nichts aus. Weder die vielen Beschimpfungen, die Doug mir im Laufe des letzten Jahres an den Kopf geworfen hatte, noch seine Stimmungsschwankungen, die mich psychisch echt fertiggemacht hatten. Ich erzählte ihr von den vielen Abenden, an denen ich alleine zu Hause gesessen, auf ihn gewartet und mir Sorgen gemacht hatte. Und von den unzähligen Abenden, wo ich alleine zu Hause gesessen und gehofft hatte, dass er an der anderen Frau Gefallen finden und nie wieder zu mir zurückkommen würde. Aber auch davon, dass er immer wieder zurückgekommen war. Betrunken und scharf darauf, mich zu demütigen, nur um sich am nächsten Tag zu entschuldigen und wieder mit Zuneigung zu überschütten. Ich erzählte ihr davon, wie sehr ich schlussendlich schon geglaubt hatte, dass ich nichts wert, dass ich schwach und unattraktiv sei.

»Und dann hat er mich … ist er … über mich … einfach so, obwohl ich mich gewehrt habe. Obwohl ich Nein gesagt habe!«, schloss ich meine Geschichte mit dem Tag ab, der alles verändert hatte.

»Er … hat dich vergewaltigt?« Pipers Stimme war ruhig, sie bewegte sich nicht, ihre Miene war undurchdringlich.

»Er hat es versucht.«

»Das macht für mich keinen Unterschied.«

Ich nickte. Sie auch. Dann stellte sie ihren Tee zur Seite, füllte die zwei Gläser erneut mit Rum und schob mir meines zu. »Hier bist du in Sicherheit, Meg. Wir kriegen dich wieder hin.«

Ich nickte stumm. Reden hätte ich nicht geschafft, dafür war mir der Hals viel zu eng geworden bei ihren Worten. Ich wusste, dass ich Piper vertrauen konnte. Und wenn sie sagte, wir würden das schaffen, dann würden wir das auch.

In der Nacht lag ich noch lange wach. Piper und ich hatten bis zwei Uhr morgens noch zusammengesessen und geredet. Ihr Leben war nicht ansatzweise so bemitleidenswert wie meines, sie hatte es zu etwas gebracht. Das Diner in der Nähe des berühmten Piers in Santa Monica, das sie damals übernommen hatte, florierte. Zwar war das nicht ihr Traum gewesen, als sie in L.A. angekommen war, aber sie war glücklich. Und das war doch die Hauptsache im Leben. Ich war so stolz auf meine Freundin, dass sie sich ein Leben aufgebaut hatte, das sie auch leben mochte. Das es sich lohnte zu leben.

Hier in der Nähe des Piers war es nicht so still, wie ich es von zu Hause gewohnt war. *Zu Hause … nein*, dachte ich. *Das ist nicht mehr dein Zuhause.*

Auch L.A. war nicht mein Zuhause, es war nur eine Station auf dem Weg, den ich nun eingeschlagen hatte. Ich wusste nicht, wie es weitergehen sollte, aber wie Piper gesagt hatte: Wir würden das wieder hinkriegen. Wir würden *mich* wieder hinkriegen.

Pipers kleines Haus hatte zwei Schlafzimmer, eines davon durfte ich bewohnen, solange ich wollte. Und nun lag ich in dem großen Bett, hörte tausend Geräusche aus dieser Stadt, in der die Engel zu Hause waren, und wusste nicht, wohin mit meinen Gedanken. Bevor ich mich ein weiteres Mal auf die andere Seite wälzte, setzte ich mich etwas auf und griff nach meiner Tasche. Gerne hätte ich auf Instagram nachgesehen, ob Harvey mir geschrieben hatte, aber das war ohne Handy schlecht. Ich fragte mich, ob Doug oder jemand seiner Kumpel die Sperre geknackt oder der Akku vorher seinen Geist aufgegeben hatte. Statt nach einem Smartphone griff ich also nach meinem E-Book Reader und öffnete das letzte Buch, das ich begonnen hatte zu lesen, als ich im Flieger gesessen hatte.

Seite für Seite ließ ich mich auf den Thriller ein, jagte mit dem Detective den Mörder und wurde gemeinsam mit dem

Opfer zum Gejagten. Als die Sonne über den Dächern der Stadt aufging, beendete ich das Buch und stand leise auf, um mir einen Kaffee zu machen. Doch Piper war schon wach, natürlich. Schließlich war sie eine erfolgreiche Geschäftsfrau.

»Wie hast du geschlafen?«, wollte sie wissen, während sie mir einen Kaffee aus der Kanne eingoss.

»Gar nicht«, sagte ich. Verständnisvoll nickte sie nur.

»Ich fahre gleich rüber ins Diner, wenn du Lust hast …?«

»Klar, gerne. Ich geh nur schnell Duschen, dann –«

»Lass dir Zeit.« Piper stürzte ihren Kaffee runter. »Der Schlüssel hängt am Bord, komm einfach nach, wenn du so weit bist. Den Weg kennst du ja noch, oder?« Ich bejahte, sie hauchte mir noch einen Kuss auf die Wange, dann war sie mit hochgebundenen Haaren in schwarzen Jeans und gestreifter Bluse auf und davon. Ich sah noch ihren dunklen Haarschopf am Fenster vorbeiradeln, als ich ins Bad ging, um zu duschen.

Ich hätte gedacht, es wäre schön, alleine zu sein und Zeit für mich zu haben, aber ich fühlte mich überhaupt nicht wohl. So schnell es ging duschte ich und machte mich so zurecht, dass ich mich unter Leute traute. Die Schwellung um mein Auge herum hatte Höchstmaße angenommen, die Farbe hatte von rot-lila zu blau-schwarz gewechselt, was das Überschminken wesentlich schwieriger gestaltete. Nachdem ich einigermaßen wiederhergestellt war, schlüpfte ich in das einzige Paar Jeans, das ich mitgenommen hatte, und in ein frisches T-Shirt. Dazu zog ich weiße Ballerinas an, schnappte mir meine Tasche und schloss die Haustür ab, als ich das Grundstück verließ. Bevor ich mit der dunklen Sonnenbrille auf meiner Nase allerdings zum Pier runterging, machte ich mich auf die Suche nach einem neuen Handy. Dazu kaufte ich noch eine Prepaid-Karte mit neuer Nummer. Mit einem Kaffee – ich brauchte nach der durchgemachten Nacht viel Koffein – setzte ich mich auf eine Bank nahe dem Pier und richtete das neue Gerät ein.

Pipers Nummer war die erste, die ich speicherte. Dann folgte die meines Bruders, die ich schon seit Jahren auswendig konnte.

Das Freizeichen ertönte, und nach dreimaligem Klingeln meldete er sich mit rauer Stimme.

»Ich bin's, Hunt«, sagte ich und hoffte, dass ich einigermaßen gefestigt klang.

»Meggy, ich habe schon versucht dich zu erreichen, aber dein Telefon war aus«, warf er mir im Großer-Bruder-Ton vor.

»Ich weiß, deswegen rufe ich an. Ich … hab's verloren. Das ist meine neue Nummer.« Da ich es schnell hinter mich bringen wollte, hielt ich mich nicht mit Small Talk auf. »Hat Sandy schon mit dir gesprochen?«, fragte ich. Dann hielt ich die Luft an.

»Worüber?« Seine Stimme nahm einen noch tieferen Klang an. Er war auf der Hut.

»Ich … Ja weißt du … die Sache ist die …« Ich hatte keine Ahnung, wie ich meinem ach so souveränen und immer einen Plan in der Hinterhand habenden Bruder erklären sollte, was ich getan hatte. Und wenn ich ehrlich war, hatte ich auch Schiss davor.

»Meggy, ich habe für dein Gestammel jetzt echt keine Zeit. Ich komme zu dir, dann reden wir in Ruhe über alles. Aber ich kann hier jetzt nicht weg, Meggy. Es ist gerade so viel los, dass –«

»Aber Hunt! Ich –«

»Ich komme nach Honey Falls, sobald ich kann, und wir besprechen alles weitere vor Ort. Ich bin mitten in einer Besprechung und muss jetzt auflegen, Meggy. Wir sehen uns. Ich ruf dich an.« Tatsächlich wartete er nicht ab, ob ich noch etwas entgegnete, sondern unterbrach die Verbindung. Ganz der tonangebende Geschäftsmann. Das half mir in meiner Situation überhaupt nicht, aber ich musste wohl oder übel warten, bis

Hunt sich dazu herabließ, sich um das Middleton Inn und meine Bitte zu kümmern. Und so lange einfach auf Sandy vertrauen.

Nach dem eher enttäuschenden Telefonat rief ich Sandy an und gab ihr meine neue Nummer für den Notfall. Sie beteuerte, dass ich mir keine Sorgen um das Hotel zu machen brauchte, und nach ein paar kurzen, aufmunternden Worten musste sie wieder an die Arbeit.

Ich seufzte, versuchte mir ihren Rat zu Herzen zu nehmen und zog mir dann einige Apps aufs Handy, unter anderem Instagram. Ich loggte mich in meinen Account ein, und als ich eine Benachrichtigung über neue Nachrichten im Postfach sah, erstarrte ich. Vor Schreck, vor Überraschung oder vor Freude? Ich konnte das Gefühl in meiner Brust nicht einordnen. Mit zitternden Fingern öffnete ich das Postfach.

Harvey hatte mir geschrieben, wollte wissen, ob es mir gutging. Das war gestern gewesen. Ich schluckte. Und schrieb zurück.

Es ist okay. Danke, dass du nachfragst.

Während ich noch ein bisschen durch die unzähligen Bilder der Accounts scrollte, die ich abonniert hatte, fiel mir wieder ein, dass Harvey mal erwähnt hatte, dass er aus Kalifornien kam. Nicht sogar aus L.A.? Mit gemischten Gefühlen wechselte ich zurück zum Postfach und ging all unsere Unterhaltungen durch. Das waren eine ganze Menge, und ich musste so manches Mal schmunzeln, wenn ich las, was wir uns geschrieben hatten. Er war immer charmant gewesen, ohne aufdringlich zu sein. Ein wirklich netter Kerl.

Ich scrollte weiter, und richtig, in der ersten Nachricht, die er mir vor Wochen geschrieben hatte, standen Grüße aus L.A.

Er wohnte in der Stadt, in der ich auf unbestimmte Zeit zu Gast war. Was für eine Ironie.

Mir fehlte die Energie, um ein neues Bild zu posten und einen Text dazu zu schreiben, und Harvey hatte mir auf meine Nachricht von eben noch nicht geantwortet, er hatte die Nachricht noch nicht einmal gesehen. Aber gut – es war früh am Morgen, nicht jeder in L.A. ging einem bürgerlichen Beruf nach und musste zu so nachtschlafender Zeit aus dem Bett. Also loggte ich mich wieder aus. Alte Gewohnheiten legte man schwer ab. Auch, wenn Doug nicht hier war und niemand sonst einen Blick auf mein Handy werfen würde, beruhigte es mich.

Und ich hoffte irgendwie, dass Harvey sich bald melden würde. Auch, wenn es mir ein bisschen Angst machte, ihn jetzt so nahe zu wissen.

# 8. Megan

## Donnerstag

**Athena:** Hey von Ost nach West ... Es tut mir leid, dass ich mich nicht gemeldet habe! Ich hatte mein Handy verloren und war ein paar Tage off. Auf deine letzte Nachricht konnte ich deswegen nicht antworten. Aber jetzt: Ja, es geht mir so weit gut und ich bin okay. Und ich hoffe sehr, dass deine Worte davor kein Abschied für immer sind. Ich habe oft an dich gedacht ...

## Freitag

**Athena:** Okay, du scheinst offline zu sein, da du meine letzten Nachrichten nicht mehr gelesen hast. Oder es war doch ein Abschied für immer ...

## Sonntag

**Athena:** So langsam mache ich mir Gedanken. Ich würde mich echt freuen, mal wieder von dir zu hören!

## Mittwoch

**Athena:** Es scheint, als würdest du gar nicht mehr online gehen. Also war's das? Einfach so?

## Dienstag

**Athena:** Du hast mich in unserer letzten Unterhaltung gefragt, ob alles okay ist und hast dir Gedanken gemacht. Ich habe dir nichts erzählt und weiß auch nicht, ob ich jetzt dazu in der Lage bin. Es hat sich einiges getan in den letzten Wochen, und ich kann jetzt zumindest sagen, dass ich okay bin. Ich bin okay.

## Dienstagabend

**Athena:** Weißt du, bis vor kurzer Zeit habe ich wirklich gedacht, das Leben ist ein Spiel und ich stehe auf der Verliererseite. Aber mittlerweile habe ich einen komplett neuen Weg eingeschlagen. Und irgendwie habe ich das Bedürfnis, dir davon zu erzählen. Ich habe keine Ahnung, ob du jemals zurückkommst und es überhaupt lesen wirst, aber selbst wenn nicht – es ist okay.

# 9. Nate

»Eier mit Speck, Bratkartoffeln und dazu Kaffee, bitte.«

Die blonde Bedienung notierte sich alles eifrig auf ihrem Tablett, nickte und bedachte mich mit einem süßen Lächeln. Ein klitzekleines Grübchen bohrte sich dabei in ihre linke Wange.

»Alles klar, kommt sofort«, versprach sie mit einem Augenzwinkern und zog sich im Eiltempo hinter den Tresen des Diners zurück, um meine Bestellung in die Kasse zu hämmern, den Bon auszudrucken und in die Luke hinter ihr zu reichen. Dorthin, wo meines Wissens nach die Küche war. Mein Blick folgte ihr und trat mehrmals kurz mit ihrem in Kontakt. Als sie schließlich zum nächsten Tisch verschwand und sich um die anderen Gäste kümmerte, steckte ich meine Nase wieder in mein Smartphone und beruhigte mein Magenknurren mit dem Versprechen, dass es nicht mehr lange dauerte.

Tristan hatte mir vor ein paar Jahren gesteckt, dass es in Pipers Diner die besten Eier mit Speck der ganzen Westküste gab. Seitdem war ich regelmäßig Frühstücksgast hier im Diner nahe am Pier, das so typisch amerikanisch war, dass alle Touristen voll auf ihre Kosten kamen, weil alle ihre Erwartungen über Klischees erfüllt wurden: rote Lederbänke, weiße Resopaltische, gekachelter Fliesenboden, langer Tresen, chrombesetzte Barhocker und eine Musikbox am Ende des Raums, aus der immer irgendein Schlager aus den Fünfzigern dudelte. Ich liebte es.

Die letzten Monate allerdings hatte ich einen Besuch hier nur selten geschafft, da ich entweder ständig mit meinen

Schützlingen in anderen Städten unterwegs oder einfach anderweitig zu beschäftigt gewesen war. Seit zwei Monaten aber hatte ich alle Zeit der Welt. Und ich wollte es mir nicht nehmen lassen, vor meiner Abreise noch einmal die besten Eier der ganzen Westküste zu essen.

Die Bedienung brachte mir Kaffee und keine Viertelstunde später meine Bestellung. Wieder mit einem Augenzwinkern, das ich erwiderte. Sie war hübsch, keine Frage. Ihre langen Haare hatte sie zu einem lässigen Knoten aufgedreht, ihre schlanken Beine steckten in engen schwarzen Jeans und ihr schlanker Oberkörper in der gestreiften Bluse des Diners.

Ich erhaschte einen Blick auf ihr Namensschild.

»Danke … Megan«, sagte ich mit einem Lächeln in der Stimme, als sie den Teller vor mir abgestellt hatte. Wie ertappt trat sie einen Schritt zurück und sah mich mit geweiteten Augen an, die viel zu blau waren, um nicht aufzufallen. In der Filmwelt hätte sie damit sicher Erfolg.

»Was?«

»Ich sagte, danke, Megan«, wiederholte ich. »Megan steht jedenfalls auf deinem Namensschild«, erinnerte ich sie und beherrschte mich, mit der Hand darauf zu zeigen. Es steckte schließlich genau auf ihrer Brust.

Ein Lächeln zog über ihr Gesicht. »Ah, ja … klar. Ich vergesse das immer. Ich arbeite noch nicht so lange hier«, setzte sie entschuldigend hinterher.

»Ich sehe dich zum ersten Mal hier«, sagte ich.

»Ich dich auch.«

»Touché«, gratulierte ich grinsend.

Ihr zaghaftes Lächeln wurde etwas offener. »Bist du sonst öfter hier?«

»Normalerweise fast täglich, aber die letzten Monate war ich einfach …«

»… zu beschäftigt«, vollendete sie meinen Satz.

Ich nickte. »Ja, so kann man es wohl nennen.«

»Was machst du beruflich?«, hakte sie gleich nach. Sie schien Small Talk gewohnt zu sein.

»Ich orientiere mich gerade um.« Ich wollte die letzten Jahre einfach nur hinter mir lassen. Ich wusste um das Interesse der Leute, wenn ich ihnen erzählte, dass ich Schauspielagent war. So schnell war das dann nie abzuwürgen.

»Interessant. Und wohin geht die Reise?«

»Du wirst lachen – ich plane tatsächlich eine Reise«, sagte ich und musste aufgrund ihrer treffenden Wortwahl lächeln. »Ich verlasse Kalifornien für eine Weile.«

»Ah, okay. In welche Richtung?«

»Erst mal gen Osten.«

»Nach New York?«

»Vielleicht.«

»Ich mag New York, obwohl es sehr laut und schrill ist«, gab sie zu verstehen.

»L.A. ist auch nicht unbedingt leise, oder?«

Weiße Zähne zeigten sich, als sie laut auflachte. »Nein, nicht wirklich. Aber es ist viel wärmer hier.«

»Dein Dialekt hört sich nach Ostküste an«, stellte ich fest. »Kommst du aus New York?«

Das kurze Zögern wäre vermutlich niemandem aufgefallen, der nicht so viel mit Menschen gearbeitet hatte wie ich. Ich hatte im Laufe meiner Karriere gelernt, auch nur die kleinsten Mimik-Änderungen in den Gesichtern meiner VIPs zu erkennen. Alleine, um unüberlegten Aktionen vorzugreifen und sie so zu schützen, war das unabdingbar.

Innerhalb eines Wimpernschlags wich das Funkeln aus ihren Augen, das gerade erst begonnen hatte, und das Grübchen war auch aus ihrer Wange verschwunden.

»Möchtest du noch Kaffee?«, antwortete sie mit einer Ge-

genfrage und lächelte wieder. Aber jetzt wirkte es aufgesetzt. Ich hatte offensichtlich eine Grenze überschritten.

»Gerne«, antworte ich daher, statt weiter nachzuhaken und ihr Unbehagen zu bereiten. Offensichtlich wollte sie ebenso wenig über ihre Vergangenheit sprechen wie ich. Das war okay.

Während sie den Rückzug zum Tresen antrat, sah ich ihr nach. Mir fiel der Hüftschwung auf, der zu leicht war, um Absicht zu sein. Auch, wie sie sich die Haare über die Schulter warf, hätte mit ein wenig mehr Schwung sicher viel koketter ausfallen können. Was mir am meisten auffiel, war, wie klein sie sich machte. Zu klein, um nicht etwas erlebt zu haben, was sie dazu gebracht hatte. Doch – wer war ich, dass ich mir darüber ein Urteil erlauben durfte? Der Gedanke an Athena blitzte auf, und ganz kurz fuhr ein Stich durch meine Brust. Ein Gefühl, als hätte ich etwas verloren. Und das war völlig bescheuert und unangemessen.

In wenigen Stunden wäre ich auf dem Weg nach Osten, da konnte ich keinen unnötigen Ballast gebrauchen. Weder virtuellen noch realen. Ich war ganz froh, dass ich die Instagram-App samt allen Benachrichtigungen von meinem Handy gelöscht hatte. Das Leben war dadurch doch um einiges ruhiger geworden. Es gab mir die Möglichkeit, mich auf die Realität zu beschränken, was mir zu diesem Zeitpunkt meines Lebens unglaublich guttat. Back to the roots.

Wenige Atemzüge später kam Megan zu meinem Tisch zurück und schenkte mir starken, heißen Kaffee nach. Ich bedankte mich und hielt mich zurück, sie erneut anzusprechen.

»Hey, Piper«, rief ich stattdessen und begrüßte die Chefin des Diners, die gerade aus der Küche kam, um die Soßen auf den Tischen auszutauschen.

Lächelnd kam sie zu mir rüber. »Nate, long time no see.

Wie geht's dir?« Ihre Freude war echt und ihre Augen funkelten fröhlich, während sie kurz an meinem Tisch Rast machte.

»Gut. Wirklich gut. Wie ich sehe, ist dein Laden immer noch der Renner«, freute ich mich über ihren Erfolg. Das Diner war, wie ich es kannte, bis auf den letzten Platz besetzt.

Schulterzuckend lachte sie und setzte sich dann kurz zu mir. »Man tut, was man kann. Was treibt dich her?«

»Der Hunger.«

Megan hatte sich wieder zurückgezogen und kümmerte sich derweil um die anderen Gäste. Wie von allein blickte ich ihr hinterher, beobachtete sie.

»Meine Freundin wohnt eine Zeit bei mir«, erklärte Piper und warf mir einen warnenden Blick zu. Als wäre ausgerechnet ich ein Womanizer. Lächerlich. Ich war schon so lange alleine, dass ich gar nicht wusste, wie es war, eine Partnerin zu haben, die bedingungslos an meiner Seite stand. Flüchtige Bekanntschaften, lockere Affären, aber nichts, was mir jemals den Ruf eines Aufreißers eingebracht hätte. Das war einfach nicht mein Ding. Noch nie gewesen.

»Du bist und bleibst ein Samariter«, lenkte ich von mir ab. Solange ich sie kannte, hatte sie sich immer um die gekümmert, die nichts hatten. Sie gab kannenweise Kaffee an die Bedürftigen aus, die in ganz L.A. und auch hier am Touristenmagneten Santa Monica haufenweise zu finden waren. Und auch Jobs vergab sie ab und an, damit die Menschen eine Option hatten und die Chance bekamen, wieder auf die Füße zu kommen. Piper hatte ein verdammt gutes Herz.

»Ich tue nur, was Freunde eben tun«, erwiderte sie. Dann zeigte sie auf meine Rühreier, die ich noch gar nicht angerührt hatte, und stand auf. »Lass sie dir schmecken.«

Das tat ich, und nach einer halben Stunde legte ich das Besteck auf dem Teller ab, trank meinen letzten Schluck Kaffee und zog meine Geldbörse heraus. Der Rechnungsbetrag samt

Trinkgeld fand seinen Platz auf dem Tisch, und ich stand auf, um das Diner zu verlassen. Ein bisschen schwermütig war mir schon dabei, ich würde eine lange Zeit nicht mehr herkommen. Aber dafür würde ich andere Diner kennenlernen und unwillkürlich mit diesem hier vergleichen. Ich war mir sicher, dass keines auf meiner ganzen Route mit Pipers Diner würde mithalten können. Aber vielleicht würde mein Weg mich auch eines Besseren belehren. Ich war gespannt.

Megan winkte mir zaghaft zu, als ich den Ausgang anpeilte, ich hob ebenfalls kurz die Hand. »Mach's gut, Megan«, rief ich ihr noch zu, bevor ich durch die Tür raus in die frische Seeluft trat. Einen tiefen Atemzug später machte ich mich auf den Weg, begleitet vom Kreischen der Möwen. Der Pier war mit unzähligen Menschen gefüllt, und das geschäftige Treiben war beruhigend. Es hatte sich nichts geändert. Und es würde sich auch nichts ändern. Ich konnte ruhig gehen – die Erde würde sich weiterdrehen.

Den Tag über machte ich noch einige Besorgungen für meinen Trip und gönnte mir zum Abschluss noch einen Besuch beim Friseur. Es wurde Zeit, meiner Elvis-Tolle auf Nimmerwiedersehen zu sagen. Meine Frisur, aber auch mein Musikgeschmack hatten mir diesen Spitznamen eingebracht, unter dem ich in der Filmbranche bekannt war wie ein bunter Hund. Jetzt aber wollte ich auch diesen Teil meines Lebens hinter mir lassen. Und dazu gehörte auch eine neue Frisur.

Ich bat die Stylistin, mir einen Schnitt zu verpassen, der pflegeleicht war, was sie mit einem Naserümpfen quittierte. Aber letztlich war der Kunde König und so ging ich am Ende mit einem Maschinenschnitt aus dem Salon, den vermutlich jeder Dritte trug. Die zwanzig Dollar Trinkgeld entlockten ihr wenigstens ein Lächeln.

Danach brachte ich die Einkäufe in meinen Camper, den ich in der Nähe von Pipers Diner auf einem Parkplatz abgestellt hatte, und verstaute Hygieneartikel, Angelsehne und Klopapier im Bus. Mein Penthouse war verkauft, ich hatte mein ganzes Leben zurückgelassen und alles auf diesen Bus reduziert. Minimalismus war der neue Trend und ich folgte ihm. Mit dem Bus würde ich die nächsten Wochen, Monate oder vielleicht auch Jahre durch die Landschaft ziehen und etwas von der Welt sehen. Diesen Traum verfolgte ich schon, seit ich ein kleiner Junge war. Jetzt war es an der Zeit, ihn zu leben.

Als mein Magen sich gegen Abend meldete, sah ich zu Pipers Diner rüber. Bisher hatte ich dort immer nur gefrühstückt, aber ich war mir sicher, dass auch alles andere auf der Karte göttlich schmecken würde. Also versuchte ich mein Glück.

Die kleine Glocke bimmelte, als ich eintrat, und das Erste, was ich sah, waren Megans blaue Augen. Sie war also immer noch hier, und sei es drum – es freute mich.

»Hey«, begrüßte sie mich, und ihr zaghaftes Lächeln umspielte ihre vollen Lippen.

Ich lächelte so unverbindlich wie möglich zurück und suchte mir einen Platz in der hintersten Ecke. Ich hatte gerne meine Ruhe.

Nur wenige Minuten nach meinem Eintreffen kam Megan und reichte mir eine in rotes Leder gebundene Karte. Ich bestellte Burger und Pommes und dazu ein kaltes Bier. Während ich wartete, las ich in dem Buch, das ich mir am Nachmittag gekauft hatte. Der Typ in der Buchhandlung hatte gemeint, es könne meine Reise bereichern, also hatte ich es mitgenommen. Megan stellte wenig später einen riesigen Burger mit einer gigantischen Portion Pommes vor mir ab und wünschte mir einen guten Appetit.

Während des Essens las ich und fand immer neue, interessante Stopps auf der Strecke, die lohnenswert schienen. Mein Bier leerte sich schnell, und ich bestellte ein weiteres. Der Burger schmeckte hervorragend und ich legte gerade das Besteck beiseite, da stand Megan schon wie aus dem Nichts neben meinem Tisch.

»War alles in Ordnung?«

»Ja, sehr. Vielen Dank.« Mir entging nicht, wie sie das Buch beäugte.

»Das ist … eine Art Reiseführer«, erklärte ich, ohne dass ich es hätte müssen, und klappte es zu, um es zur Seite zu legen.

»Ah, stimmt, du willst ja verreisen. Ich warte auch nur auf jemanden, der zu mir sagt: Pack Sachen für drei Tage, wir fahren weg.« Ein kleines Schmunzeln begleitete ihre Worte.

Ich nickte. »Drei Tage sind etwas kurz. Ich starte morgen für länger.«

»Und womit? Ich meine, fliegst du oder hast du eine vollverchromte Maschine …?« Sie biss sich auf die Unterlippe, das war süß irgendwie.

»Weder noch. Ich habe einen alten Bus und fahre über die Route 66 nach Chicago«, weihte ich sie ein. Sie war die Erste außer Tristan, der ich von diesem Trip erzählte.

»Oh, okay … Cool. Aber ist das nicht ein bisschen … tourimäßig?«

»Das hat eher nostalgische Gründe«, gab ich zurück.

Ihre Augen wurden noch größer und sie schien ehrlich interessiert zu sein. Sie sah sich im Diner um. Außer mir saß nur noch ein Pärchen an einem Tisch am Fenster, und sie waren noch mit ihrem Essen beschäftigt.

»Warum nostalgisch?«, wollte sie wissen.

»Einer meiner Ur-Ur-Urgroßväter … also einer meiner Vorfahren war am Bau der Route beteiligt. Es gibt einige Briefe, die das belegen. Ich bin einfach neugierig. Ich habe mal gehört, dass man Amerika nirgends so hautnah erleben kann wie auf dieser Straße. Wahrscheinlich steckt doch ein bisschen

Touri in mir«, äußerte ich mit einem Augenzwinkern. Sie zwinkerte nicht zurück.

»Der Startpunkt ist ja hier gleich um die Ecke, richtig?« Ich bejahte überrascht. Die Strecke begann oder endete – je nach Richtung – in Santa Monica am Pier des Yachthafens, dessen Schild aus unzähligen Hollywood-Filmen bekannt war. Der alte Highway war Anfang des 20. Jahrhunderts die erste feste Straße von Ost nach West gewesen und wurde daher heute noch Mother Road genannt. Touristen und Nostalgiker aus allen Ländern befuhren die einzelnen Teilstücke. Und morgen wäre ich einer von ihnen. Bei dem Gedanken daran kribbelten meine Handflächen, und ich wischte sie an den Jeans ab.

»Ich wollte das auch immer mal machen. Also über die Route 66 fahren, aber …« Sie hob die Hände und zuckte mit den Schultern. »Ich bin noch nicht ganz da, wo ich sein will. Aber ich werde schon noch hinkommen.«

Das hörte sich sehr kryptisch an und ich beschloss, nicht weiter darauf einzugehen. »Ich habe mich auch erst vor zwei Monaten endgültig dazu entschieden«, gab ich zu. »Und das auch relativ spontan.« Zwar schwebte mir diese Reise schon vor, seit ich ein kleiner Junge gewesen war und von unseren Vorfahren erfahren hatte, aber sobald man als Erwachsener im realen Leben angekommen war, fand man immer wieder Gründe, seine Träume nicht zu verwirklichen. Mit dem Ausstieg aus Hollywood hatte ich allen Ausreden die Grundlage entzogen. Ich hatte Geld, ich hatte Zeit. Und ich hatte Bock. So richtig Bock. »Es ist nie zu spät, seine Träume zu leben«, sinnierte ich.

Sie pfiff leise durch die Zähne, dann nickte sie langsam. »Dann bist du ein Aussteiger oder so?«

Ich lachte. »*Oder so* trifft es ganz gut.«

Bevor sie etwas erwidern konnte, standen die beiden letzten Gäste vom Fenster auf und verabschiedeten sich. Megan nahm das Geld an sich, räumte den Platz auf und sah auf die Uhr. Ich tat es ihr gleich. Es war kurz vor elf. Wow, ich saß schon ziemlich lange hier. Vermutlich wollte sie gleich schließen.

»Ich bin auch fertig«, sagte ich und zeigte auf meinen leeren Teller.

»Möchtest du noch ein Bier?«

»Wollt ihr nicht schließen?«

»Keine Eile. Ich hab nichts weiter vor, muss eh noch ein wenig aufräumen, also kannst du auch gerne noch ein Bier trinken. Ich würde nur schon die Tür abschließen, damit sich keine neuen Gäste mehr hierher verirren, okay?«

Ich runzelte die Stirn. »Du hast keine Angst, mit mir alleine in einem abgesperrten Diner zu sein?«

»Piper kennt dich, und sie hat mir gesagt, dass du … ein guter Kerl bist«, antwortete sie und zwinkerte mir zu. »Außerdem haben wir überall Kameras.« Ich folgte ihrem Finger, der in die Ecken des Lokals zeigte, in denen kleine, unscheinbare Kameras hingen. Das war vernünftig.

»Ja, das klingt logisch.«

»Sag ich doch.«

»Du bist also eine alte Freundin von Piper?« Piper hatte mir ja nicht mehr erzählt, und langsam wurde ich neugierig.

»Wir sind schon seit der Juniorhigh befreundet. Nach dem Abschluss ist sie nach L.A. verschwunden, aber wir hatten immer Kontakt. Und jetzt … besuche ich sie. Für eine Weile.«

Megan nickte mir noch mal zu, dann machte sie sich daran, alle Tische abzuwischen und die Stühle hochzustellen. Sofort stand ich auf und half ihr dabei. Als sich unsere Schultern dabei berührten, zuckte sie kurz zusammen.

»Sorry.«

»Macht nichts.« Sie lächelte, und ich wusste nicht, ob es entschuldigend war oder flirty. Schweigend räumten wir den Laden auf. Ab und an, wenn ich aufsah, trafen sich unsere Blicke, und wenn sie lächelte, lächelte ich zurück. Das war irgendwie süß, aber auch surreal, und ich fragte mich mehr als einmal, was ich hier eigentlich tat.

Ich kannte Megan überhaupt nicht und war auch nicht auf der Suche nach einer Frau. Aber sie hatte meine Neugier geweckt.

»Ich bin auch ein Aussteiger. Oder ein ›oder so‹«, überraschte sie mich, als hätte sie meine Gedanken gelesen. »Mein Leben lief nicht so, wie ich es gehofft hatte, es hat sich nur im Kreis gedreht, wie diese blöden Karussells. Da bin ich dann einfach abgesprungen.« Während sie sprach, verschwand sie hinter dem Tresen, zog zwei Bier aus dem Kühlschrank und reichte mir eines. Dann setzte sie sich auf einen der Barhocker am Tresen. Offensichtlich brauchte sie keine sichere Barriere zwischen uns. »Kleiner Dank für deine Hilfe.«

Ich nahm ohne Widerrede an und setzte mich auf den rot gepolsterten Barhocker neben sie. »So ähnlich ist es bei mir auch«, knüpfte ich an ihre Aussage an. »Ich bin jahrelang im gleichen Karussell gefahren, und auch wenn es mir immer gut gefallen hat, habe ich mittlerweile so einen Drehwurm, dass ich mich entscheiden musste.«

»Kotzen oder abspringen?«

»Kotzen oder abspringen«, bestätigte ich. Wir ließen die Flaschen aneinanderklirren und tranken einvernehmlich wie zur Besiegelung eines Bündnisses. Währenddessen sahen wir uns in die Augen. Das war … intim, obwohl wir uns nicht kannten, aber irgendwie auch creepy. Flirteten wir gerade miteinander? Ich hatte das wohl zu lange nicht mehr gemacht, als dass ich die Anzeichen auf Anhieb erkennen konnte. Aber ich musste mir eingestehen, dass ich nichts dagegen hatte.

»Was hat dein Karussell zu bieten gehabt?«, fragte sie.

»Eine Menge Prestige, Einfluss und Geld. Und deins?«

Sie presste für einen winzigen Moment die Lippen aufeinander, bevor sie ein schiefes, unehrliches Grinsen aufsetzte. »Lügen, Betrug und Verachtung«, sagte sie leise, und ihr Blick verlor sich für den Bruchteil einer Sekunde.

»Das tut mir sehr leid«, sagte ich und meinte es ehrlich.

»Das muss es nicht. Ich war selbst schuld. Nun ja, nun habe ich den Absprung geschafft und bin wieder Herrin der Lage.« Sie zwinkerte mir zu und trank erneut einen Schluck Bier. Ich zwinkerte zurück und fühlte die Spannung, die sich urplötzlich zwischen uns aufgebaut hatte, und so wie sie mich ansah, spürte sie es auch.

»Und was hast du vor?«, fragte ich, ohne den Blick abzuwenden. Ihre blauen Augen ließen das auch gar nicht zu.

»Ich weiß noch nicht. Erst mal möchte ich ein wenig zur Ruhe kommen. Mich selbst finden, wie man so schön sagt. Ich bin noch ein wenig … angeschlagen, aber das wird wieder.« Ich nickte verstehend, aber sie wandte sich dann scheinbar peinlich berührt ab. »Oh Mann, ich habe keine Ahnung, warum ich dir das alles erzähle. Ich meine, ich kenne dich gar nicht und labere dir hier so eine Blase von meinem ach so schlimmen Leben ans Ohr. Tut mir leid.«

Ich schüttelte abwehrend den Kopf. »Nein, das ist okay. Ich meine, manchmal ist es einfacher, einem völlig Fremden zu erzählen, was einen bedrückt, als denen, die einem am nächsten stehen. Also … Kotz dich gerne aus. Ich hab das morgen eh wieder vergessen«, frotzelte ich und brachte sie damit zum Lachen. Und das Lachen war echt. Das konnte ich am Strahlen ihrer blauen Augen sehen, die mich unverwandt ansahen. »Ich höre dir gerne zu«, setzte ich hinterher. »Ich mag den Klang deiner Stimme.«

Ihre Wangen färbten sich rosa, sie wandte kurz den Blick ab, über meine Schulter, und grub ihre Zähne in die Unterlippe. »Ich möchte mich nicht mehr auskotzen«, sagte sie leise und fand dann wieder meinen Blick. »Ich habe genug von meinem alten Leben. Von jetzt an will ich nur noch nach vorne sehen. Will nur noch machen, was mir guttut. Und …« Sie beugte sich ein Stück zu mir rüber. Unsere Blicke hielten einander fest und ich spürte dieses Sirren in der Luft. Da war etwas zwischen uns. Ein Funke würde reichen, um es zu entfachen.

»Und … was tut dir gut?«, fragte ich und merkte, wie meine Stimme ebenfalls leiser wurde. Mein Herzschlag wurde schneller und hämmerte gegen meine Rippen.

Sie kam noch näher, ohne mich aus den Augen zu lassen. »Und mit Sicherheit hätte ich in meinem alten Leben auch nicht das getan, was ich jetzt gleich tun werde.«

»Und das wäre?«

»Dich küssen.«

»Oh, wow.«

»Ja, wow …«

Ihr Gesicht war ganz nah vor meinem, ich spürte ihren Atem auf meiner Haut. Und ihre Lippen auf meinen.

# 10. Megan

Es gibt nichts Mutigeres, als zu beschließen zu heilen.

In den letzten Tagen war dieser Satz zu meinem Mantra geworden. Ich hatte ihn in irgendeiner dieser Frauenzeitschriften gelesen, die im Diner auslagen und die ich aus Langeweile durchgeblättert hatte, während ich morgens meinen Kaffee getrunken hatte. Und ich hatte ihn für passend für mich und mein Leben befunden. Ich war mutig, denn ich wollte heilen und mein altes Leben hinter mir lassen. Es war in Ordnung, das zu tun, was ich wollte. Und so dachte ich in diesem Moment weder darüber nach, dass ich die letzte Nacht kaum geschlafen hatte und eigentlich todmüde war, noch an Piper, die sich höchstwahrscheinlich Sorgen machen würde, weil ich nicht nach Hause kam. Ich dachte auch nicht über die Konsequenzen nach, die mein Handeln nach sich ziehen könnte oder über das Gefühl, was danach vermutlich in mir herrschen würde. In dieser Sekunde tat ich einfach, was mein Bauch mir restlos übereilt geraten hatte: Ich küsste einen völlig Fremden. Einen Mann, dessen Namen ich von meiner besten Freundin erfahren hatte und dessen Lippen sich weich und warm anfühlten, aber auch entschlossen und forsch. Der Kuss schmeckte nach Bier und … nach mehr. Vor allem nach mehr. Aber … *Nein!* Erschrocken riss ich die Augen auf, unterbrach den Kuss und zog mich hastig auf meinen Barhocker zurück. So mutig war ich dann doch nicht.

Nates Augen öffneten sich, und mehr als verwirrt sah er mich an.

»Ich … Entschuldige«, stammelte ich. »Das war …« *Völlig unangemessen*, schoss es mir durch den Kopf. Wie hatte das nur passieren können? Es war noch keine zwei Monate her, dass ich vor Doug geflohen war, und meine Seele war noch lange nicht geheilt. Nicht mal ansatzweise genesen. Wie konnte ich glauben, ich wäre mutig genug, das hier zu tun? Heilen sah anders aus, als den nächstbesten Mann zu küssen. Verdammt, ich war ja völlig bescheuert.

»… schön?«, beendete Nate meinen Satz allerdings ganz anders, als ich ihn durchdacht hatte.

Sprachlos starrte ich ihn im Halbdunkel des Diners an. Nur noch die Notbeleuchtung hinter dem Tresen brannte und warf ein weiches Licht auf das Gesicht des fremden Aussteigers. Seine grünen Augen blickten freundlich und gleichzeitig fragend aus seinem markanten Gesicht. Seine Lippen waren noch leicht geöffnet und der Anblick erzeugte ein wohliges Kribbeln in meinem Bauch. *Verdammt!* Was war nur mit mir los?

*Trau dich*, flüsterte mir eine leise Stimme aus dem Off zu. *Sei mutig …*

»Schön …«, wiederholte ich fast flüsternd, als wäre ich nicht in der Lage, eigene Sätze zu bilden. Das war ich gerade zwar wirklich nicht, aber dafür wirbelten meine Gedanken umher wie Tinte in einem Wasserglas. Ja, es war schön gewesen. Trotz all meiner miesen Erfahrungen, die ich im letzten Jahr hatte machen müssen, hatte dieser Kuss sich gut angefühlt. Es war eine völlig neue Erfahrung, so vorsichtig und sanft geküsst zu werden. Aber war ich bereit dafür?

*Wofür?* Da war sie wieder, die Stimme aus der Dunkelheit.

*Für … mehr?*, fragte ich zögernd.

*Genieße doch einfach den Moment …*

»Schön«, bestätigte er noch einmal, als wäre auch ihm sein gesamter Sprachschatz entfallen, und stoppte so mein Gedankenkarussell.

Abwartend sah ich ihm in die Augen, und ich wehrte mich nicht, als seine Hand nach meiner griff, mich sanft wieder ein Stück in seine Richtung zog und unsere Gesichter sich zum zweiten Mal annäherten.

»Mh …« stöhnte ich, bevor er mich küsste. So vorsichtig und langsam, als könnte ich sonst daran zerbrechen. Und vielleicht war das sogar so. Doch als Nates Zunge sich sanft einen Weg durch meinen nur leicht geöffneten Mund bahnte, zuckte es mehrmals heftig in meinem Unterleib. Das war eindeutig Erregung, die mich da gerade überfiel. Also gab ich seinem vorsichtigen Drängen nach und öffnete meine Lippen. Unsere Zungen tanzten miteinander. Erst langsam, dann immer schneller und wilder. Seine warme Hand legte sich in meinen Nacken, zog mich enger an sich, sodass unsere Oberkörper einander berührten, und ich meinte, seinen beschleunigten Herzschlag fühlen zu können. Oder war es mein eigener? Meine Hände fuhren seine Oberschenkel hoch über seine Seiten zu seinen Schultern, und als er aufstand und sich zwischen meine Beine stellte, umschlang ich seine Hüften und presste mich diesmal noch fester an ihn. Unsere Küsse wurden intensiver, ebenso das Ziehen zwischen meinen Beinen. Es war unglaublich! Das hatte ich lange nicht erlebt.

Kurz verließ sein Mund meinen und er sah mich aus halb geschlossenen Lidern an. »Ist es immer noch schön?« Seine Stimme klang rau und voller Erregung. Ich spürte die Härte in seiner Hose, die sich gegen mein Bein drückte und mich noch mehr erregte. Ich war *erregt*! Halleluja!

All die anderen Gedanken, Ängste, Fragen blendete ich in dieser Sekunde aus. Diesen Moment würde mir niemand kaputtmachen. Auch ich selbst nicht. Stumm nickte ich also und küsste ihn abermals.

»Mein Bus … steht draußen auf dem Parkplatz«, sagte er.

Ich öffnete die Augen und sah ihn an. »Bus?« Er nickte und

mir fiel wieder ein, dass er morgen mit einem Bus die Reise antreten wollte. Und das war gut. Das hieß, dass er morgen weg wäre. Ich würde ihn nicht wiedersehen. Ich bräuchte kein schlechtes Gewissen wegen eines One-Night-Stands zu haben. Abgesehen davon, dass das mein erster wäre, war es doch gut, wenn man sich danach nicht wiedersah, oder? Ich war kurz davor, mich selbst zu verwirren, aber seine Stimme brachte meine Gedanken zum Stillstand.

»Nur, wenn du willst natürlich …« Sein Blick war verklärt, und ich wollte in seinen dunklen Augen versinken, die mich so verheißungsvoll ansahen und förmlich anbettelten, mit ihm zu kommen. Und ich konnte mir auch gerade nichts Besseres vorstellen, als mit ihm allein zu sein. Irgendwo hinzugehen, wo es bequemer war als hier. Meinetwegen auch in einen Bus. Also ignorierte ich meinen Kopf und folgte meinem Bauch. Oder besser – meiner Libido. Ja, ich wollte ihn. Verdammt.

»Okay«, hauchte ich also und rutschte vom Barhocker, als er einen Schritt zurücktrat. Ich suchte nach einem siegessicheren Grinsen oder ähnlichem Machogehabe in seiner Mimik, aber alles, was ich in seinem Blick fand, war reines Begehren. Und das gab den Ausschlag.

Ich nahm seine Hand, zog ihn durch den Hinterausgang mit nach draußen und verschloss die Tür. Sein Atem berührte meinen Nacken, als er währenddessen meinen Hals küsste, und die Erregung in meinem Körper immer heftiger anwachsen ließ. Nachdem ich den Schlüssel sicher in meiner Tasche verstaut hatte, drehte ich mich zu ihm um. Seine heißen Lippen fanden meine, und während wir hemmungslos rumknutschten und er mich mit dem Rücken gegen die Tür drückte, zupfte er meine Bluse aus der Jeans und schob seine Hände über meine nackte Haut zu meinen Brüsten. Hingebungsvoll knetete er sie, und ich vergaß völlig, dass wir uns in einer dunklen Hinterhofgasse befanden, bis die Schreie zweier Katzen uns aufschreckten.

»Wir sollten gehen«, raunte er mir ins Ohr und ich konnte nur stumm nicken. Nate ergriff wieder meine Hand und führte mich aus der Gasse und den Weg zum benachbarten Parkplatz entlang, bis wir vor einem top gepflegten, weiß gestrichenen Schulbus standen.

»Aber wir spielen jetzt nicht *Heiße Schulmädchen machen Hausaufgaben im Bus* oder so?«, zitierte ich willkürlich einen Namen von gängigen Pornos.

Er lachte rau und schüttelte den Kopf. »Keine Sorge, wir bleiben seriös.«

»Aber sicher«, stimmte ich ein.

»Das ist Harriet«, stellte er mir dann den Bus vor. »Harriet, das ist ...«

»Megan«, gab ich mit einem Augenrollen zurück. Er küsste mich und strich dann mit dem Daumen über meine Lippen.

»Weiß ich doch. Ich wollte nur, dass du dich selbst vorstellst.«

»Hallo, Harriet«, flüsterte ich und musste ein Aufstöhnen unterdrücken, weil diese eine, unscheinbare Berührung mich total aus dem Konzept brachte.

»Sie freut sich, deine Bekanntschaft zu machen«, sagte er und küsste mich erneut. Seine Zunge schob sich tief in meinen Mund und ich nahm sie bereitwillig auf. Er schmeckte verdammt gut, und ich wollte mehr. Mehr Küsse, mehr Berührungen, mehr von allem.

Nate zog sich zurück, drückte einen Knopf, und die Tür öffnete sich wie von Geisterhand mit einem hydraulischen Geräusch.

»Hereinspaziert.« Er legte mir die Hand auf den unteren Rücken und strich wie zufällig über den Streifen nackter Haut, den meine Bluse entblößt hatte. Ich konnte kaum erwarten, seine Hände auch auf dem Rest meines Körpers zu fühlen.

Der Einstieg war so, wie ich ihn noch aus meiner Zeit des Fahrens mit Schulbussen gewohnt war. Ich griff nach dem Handlauf, stieg die drei Stufen nach oben und schob mich am Beifahrersitz vorbei. Von der Einrichtung nahm ich im Halbdunkel nicht viel mehr wahr als das Bett, das ganz hinten in die Rückseite des Busses eingelassen war. Die zerwühlte Decke und das Kissen schrien mich förmlich an, mich hineinzulegen und mit Nate darin herumzuwälzen. Allein der Gedanke brachte mich zum Erzittern.

Starke Arme umfassten meine Mitte von hinten, und bevor ich reagieren konnte, zogen Nates Finger die Bluse nun ganz aus meinem Hosenbund und schoben sich in Kreisen über die nackte Haut an meinem Bauch. Ich drehte mich zu ihm herum und nahm sein Gesicht zwischen die Hände. »Sorg dafür, dass es schön bleibt, okay?«

Er stoppte seine Bewegungen und sah mir in die Augen. Trotz des Dämmerlichts im Bus konnte ich seinen Blick erkennen. Fast zärtlich strich er über meine Wange. Seine Finger waren warm und weich.

»Ich mache nichts, was du nicht willst.« Sein Blick war ernst und ich nahm ihm seine Worte vollends ab. Wie zum Einverständnis nickte ich stumm.

Er nickte ebenfalls, hob mich hoch und ich umschlang seine Hüften mit meinen Beinen, seinen Nacken mit meinen Armen. Kurz darauf ließ er mich rücklings aufs Bett sinken. Durch die Jalousien an den Fenstern trat nur wenig Licht der Parkplatzbeleuchtung, und ich war trotz meines Verlangens ganz froh, nicht bei vollem Licht vor ihm zu liegen, sondern mich in den Schatten verstecken zu können. Vielleicht würde er dann auch nicht merken, wenn ich nur so tat, dass es mir gefiel, durchfuhr es mich. Und sofort war die Sperre wieder da.

Nate merkte, dass ich mich versteifte, und hielt sofort inne. Fragend sah er mich an, aber ich konnte seinem Blick nicht standhalten und schloss die Augen.

»Ist alles okay?«, fragte er leise. Seine Fingerspitzen verharrten auf der nackten Haut in meinem Ausschnitt und ich fühlte mich unglaublich zerrissen. Ich wollte das hier doch! Also atmete ich einmal durch und gab mir die Chance, mich zu entspannen. Mich darauf zu besinnen, dass ich nicht in Honey Falls und nicht in meinem Ehebett lag, sondern mit einem Traum von einem Mann in L.A. in einem Camper den besten Sex seit Jahren haben konnte.

»Soll ich aufhören?« Seine Hände zogen sich zurück, und sofort fühlte die Haut sich kalt an. Das brachte mich wieder etwas zur Besinnung.

Ich schluckte, dann lächelte ich mit geschlossenen Augen. »Hör nicht auf. Bitte hör nicht auf«, bat ich ihn.

»Sicher?«

»Ganz sicher.« Ich suchte seine Hände und legte sie wieder auf die Stelle, von der er sie fortgenommen hatte. Er zögerte einen Moment, doch dann beugte er sich zu mir und küsste mich. Erst vorsichtig, doch als ich mich nicht zurückzog, wurde er fordernder, und schon wenige Atemzüge später waren wir an dem Punkt, an dem keiner von uns mehr zurückgewollt hätte. Oder gekonnt. Ich war so ausgehungert nach Zärtlichkeiten, dass ich es kaum erwarten konnte, mich ihm hinzugeben.

Mit geschickten Fingern befreite er mich von Jeans und Bluse. Seine Klamotten flogen meinen in Windeseile hinterher, und nur noch mit engen Shorts bekleidet kam er zu mir. Sein Oberkörper war nicht aufgepumpt, aber muskulös. Ich fuhr die Konturen mit meinen Fingern nach und ärgerte mich nun über die schummrige Dunkelheit, in der ich nicht alles erkennen konnte. Also erfühlte ich ihn, so gut es eben ging. Sein

Bauch hatte nicht das typisch kalifornische Waschbrettmuster, sondern war flach und fest und spannte sich an, je fester ich meine Finger darüber gleiten ließ, bis ich diesen kleinen Streifen Haare entdeckte, der den Weg zu seiner Männlichkeit wies. Dort verharrte ich kurz, strich über den Stoff und die Härte in seiner Hose zu seinen Oberschenkeln und entlockte ihm damit ein raues Stöhnen. Er war prall und groß und jagte mir im ersten Moment ein bisschen Angst ein. Aber ich schob das schnell beiseite und überließ mich lieber der Lust, die mich hierhergeführt hatte.

Nate kniete zwischen meinen Beinen, und als meine Finger auf seinen Schenkeln verharrten, ließ er seinen Blick über meinen Körper schweifen, während er federleicht und doch fordernd über meine erhitzte Haut strich und sie Stück für Stück erkundete. Er brachte meine Mitte zum Beben, als er seine Hand unter meinen schwarzen Slip schob und sich immer weiter vorwagte, ohne mich dabei aus den Augen zu lassen. Sein Blick wurde dunkler, als er sie zwischen meine Schamlippen brachte und dann über meine Klit strich. Erst jetzt merkte ich, wie feucht ich war. Ich keuchte auf und presste mich gegen seine Hand, die Lustpunkte berührte, von denen ich nicht mal gewusst hatte, dass ich sie besaß. Ich kniff die Augen zusammen und bog den Rücken durch, drückte mich seiner Hand sehnsuchtsvoll entgegen.

Innerhalb von Sekunden hatte er mich aus meinem nassen Slip geschält, sich seine Shorts ausgezogen und ein Kondom über seinen prallen Schwanz gerollt, das er irgendwo hervorgeholt hatte. Bevor er sich auf mich legte, befreite er meine Brüste von dem letzten Stück Stoff, das unsere Körper trennte. Als Nate meine Brüste sanft knetete, meine Nippel zwischen seine Lippen nahm und daran saugte, bereitete es mir pures Vergnügen. Ich bog mich unter ihm und reckte ihm meine pulsierende Mitte entgegen. Er verstand, und ohne mich aus den Augen zu lassen, ohne den Blick von meinem zu lösen, schob er sich langsam in mich. Ich spürte jeden Millimeter und hielt für einen Moment die Luft an, keuchte genüsslich auf, als er mich gänzlich ausfüllte und sich dann mit leichtem Druck auf und in mir bewegte. Meine Lider schlossen sich, und als die Erregung mich zu übermannen drohte, zog ich ihn zu mir runter, schlang meine Beine um seine Hüften und hob mich ihm entgegen, damit er mich noch tiefer nehmen konnte. Und das tat er. Er nahm mich fest und tief und brachte mich innerhalb von wenigen Stößen zum Höhepunkt. *Oh mein Gott! Ich hatte einen Orgasmus!*

Ich merkte nicht, wie er kam, viel zu sehr war ich mit mir selbst beschäftigt und damit, diesen Höhepunkt auszukosten, bis das Zittern auch den hintersten Winkel meines Inneren erreicht und ausgefüllt hatte, um es zur Explosion zu bringen. *Oh mein Gott!* Nichts anderes konnte ich denken, während immer neue Schauder meinen Körper durchzogen und mich in Sphären katapultierten, von denen ich immer gedacht hatte, dass sie außerhalb unserer Welt lägen.

Erst, als die Anspannung abebbte, erreichte mich der Gedanke, wie er es überhaupt so schnell geschafft hatte, mich zum Kommen zu bringen. Es war Jahre her, dass ich einen Orgasmus gehabt hatte. Einen echten Orgasmus. Vorgespielt hatte ich ihn regelmäßig. Aber das hatte ich gerade eben nicht gemusst. Ich war gekommen. Einfach so und ziemlich heftig.

Nate atmete ebenso schwer wie ich, als er sich schließlich von mir rollte und neben mich legte. Er zog eine Decke über uns, mich in seinen Arm und legte sich so, dass er mich ansehen konnte. Eine Hand spielte mit meinem Haar, die andere lag auf meiner Hüfte.

»Das hat mir gefallen«, sagte er, und es war fast mehr ein Flüstern. Ich nickte leicht und konnte nichts dagegen tun, dass mein Mund sich zu einem Grinsen verzog.

»Mir auch.«

Die Hand, die mit meinen Haaren gespielt hatte, legte sich in meinen Nacken und zog mich sanft näher, sodass wir uns küssen konnten. Der Geschmack des guten Gefühls war nicht verflogen, sondern noch ausgeprägter als vor dem Sex. Die Berührung gab mir die Bestätigung, hier genau richtig zu sein. In seinem Arm, in seinem Bus, in diesem Leben.

»Nate ... Ich mag den Klang deines Namens.« Er klang wie eine weiche Melodie in meinen Ohren.

»Eigentlich heiße ich Nathaniel. Aber Nate ist völlig ausreichend.« Ein leises Lachen begleitete seine Worte in der Dunkelheit.

»Du hast mich also nicht nur mit heißen Versprechungen in deinen Bus der Sünde gelockt, sondern das auch noch unter Angabe einer falschen Identität?«, neckte ich ihn.

»Habe ich meine Versprechen gehalten?«

Ich schmunzelte. »Ja, das hast du.« Es war schön gewesen. Und blieb es auch. Dafür sorgte er.

»Und du solltest wissen, dass ich das immer tue.«

»Gut zu wissen.«

Er nickte ernst, dann küsste er mich. Und ich ließ mich mit einem guten Gefühl einfach nur hineinfallen in die Leichtigkeit dieser Begegnung, die sich wie sanfte Streicheleinheiten für meine verletzte Seele anfühlte.

# 11. Megan

Der Morgen schlich sich durch die dünnen Jalousien der unzähligen Fenster in Nates Bus und ich mich mit der Dämmerung durch die Tür nach draußen. Ich hoffte, dass er durch das Zischen der hydraulischen Tür nicht aufwachen würde, aber es schien, als könnte man ihm das Bett unter dem Hintern wegziehen, ohne dass er es merken würde. Mit einem letzten Blick auf ihn verließ ich den Bus und schloss die Tür.

Es fiel mir schwer, die wohlige Wärme des kleinen Lagers zu verlassen, vor allem, weil ich mich dort in den letzten Stunden so wohlgefühlt hatte wie schon eine halbe Ewigkeit nicht mehr. Nach einem letzten Blick auf den Bus machte ich mich zu Fuß auf den Weg zu Pipers Haus. Es waren nur knappe zehn Minuten zu Fuß, und pünktlich mit dem Sonnenaufgang öffnete ich die Eingangstür. Ich beschloss, mir einen Kaffee zu kochen und mich dann damit an den Pool zu setzen, um der Sonne bei ihrem Start in den Tag zuzusehen. Ich war nicht müde, oder besser – ich war viel zu aufgekratzt, um ins Bett zu gehen und so zu tun, als wäre nichts weiter passiert. Es war nämlich eine Menge passiert. Und das musste ich erst mal für mich ordnen.

Kaum hatte ich die Kaffeemaschine bestückt und das vertraute Blubbern erklang, öffnete sich die Tür von Pipers Schlafzimmer. Mit großen Augen sah sie mich an. Einmal runter, einmal rauf, nahm sie meine vermutlich jämmerliche Erscheinung unter die Lupe.

»Na, heiße Nacht gehabt?«, fragte sie und gähnte dann herzhaft.

»Woher …?«

»Kameras. Im Diner und an der Hintertür«, gab sie mit einem Schulterzucken zu verstehen, dass sie alles gesehen hatte. Wäre Piper nicht meine beste und längste Freundin, wäre mir das unangenehm gewesen. »Außerdem siehst du ziemlich … verschlafen aus«, setzte sie mit einem anzüglichen Grinsen hinterher.

»Du hast uns beobachtet?« Ich wusste nicht, ob ich schockiert oder wütend darüber sein sollte, dass meine beste Freundin ein Stalker war.

»Nein, glaub mir, daran hatte ich kein Interesse. Aber nachdem du nach der Schicht nicht nach Hause gekommen bist, wollte ich den Grund wissen. Auch, wenn ich ihn mir schon denken konnte«, sagte sie mit einem Augenzwinkern.

»Also kein Stalker. Gut …« Sie war besorgt gewesen, das konnte ich nachvollziehen. »Danke.«

»Und?«, hakte sie grinsend nach, als ich immer noch nichts sagte.

»Es war sehr … schön«, gab ich schließlich das wieder, was die letzte Nacht wohl am besten beschrieb.

Pipers perfekte Augenbrauen schossen in die Höhe. »Schön?« Sie strich sich die wirren Haare aus dem Gesicht. »Das sieht aber nach mehr als nur … schön aus.«

Ich wusste nicht, wie ich Piper erklären sollte, was ich letzte Nacht empfunden hatte. »Ich habe mich wohlgefühlt«, sagte ich und hoffte, dass sie mich verstand. Ihr Blick wurde weicher, und ich wusste, sie hatte begriffen, was ich meinte. Sie kam auf mich zu und umarmte mich.

»Das ist schön, Meg. Wirklich schön.«

Ich ließ mich in ihre Umarmung fallen und merkte gleichzeitig, dass ich dabei nicht mehr das Gefühl hatte, schwach oder bedürftig zu sein. Es war, als hätte Nate meine seit Jahren brachliegenden Zärtlichkeitsspeicher in nur einer Nacht wieder aufgefüllt. Jetzt konnte ich auch Piper umarmen. Weil ich genügend Energie gesammelt hatte.

Aber irgendwann würde diese Energie aufgebraucht sein. Wie lange konnte man von wenigen Stunden gestohlener Zuneigung zehren?

»Pipes?«

»Hm?«

Ich zog mich zurück und sah sie an. Wie verpackte ich den abstrusen Gedanken, der mir gerade gekommen war, am besten in Worte, ohne das meine Freundin mich für total durchgeknallt hielt?

»Letzte Nacht, da … Ich habe mich wieder lebendig gefühlt. Nicht nur wie eine Frau, sondern wie ein Mensch. Ich habe gelebt, ich habe gefühlt und ich habe … einen Orgasmus gehabt. Verdammt, das war der erste seit Jahren. Du glaubst nicht, was das in mir freigesetzt hat.«

»Orgasmen setzen so einige Hormone frei«, meinte Piper begleitet von einem Augenzwinkern und holte zwei Becher aus dem Schrank, um uns Kaffee einzuschenken.

»Ja, aber es geht nicht nur um Orgasmen«, stellte ich klar, als wir uns am Pool niedergelassen hatten. Die Temperaturen im April lagen in L.A. immer schon um die zwanzig Grad. Auch wenn es um diese Uhrzeit noch frisch war, genoss ich die Luft und den Anblick der aufsteigenden Sonne.

»Wenn die Sonne aufgeht, dann befand sie sich vorher in stundenlanger Dunkelheit. Nur für uns, ja, ist mir schon klar«, setzte ich hinterher, als Piper mich stirnrunzelnd ansah, als hätte ich damals in den wichtigen Schulfächern gefehlt. »Was ich damit sagen will ist, dass …«

»Phönix aus der Asche«, unterbrach sie mich.

»Ja. Nein. Sonnenaufgang. Neuer Tag. Neues Leben. Pipes, ich muss etwas verändern. Ich muss *mich* verändern. Ich will endlich leben. Ich muss raus, mich bewegen, frei sein. Alles hinter mir lassen. Ja, ich will ganz und gar frei sein, verstehst du?«

Piper nickte mehrmals, bevor sie fragte: »Was hält dich ab?«

»Ich weiß nicht. Vielleicht habe ich keine Idee davon, wie das geht.«

»Frei sein?«

»Ja, frei sein, alles hinter sich zu lassen. So wie Nate. Alles hinter sich zu lassen und einfach loszufahren. Das ist das, was ich wollte, als ich Honey Falls … verlassen habe. Und irgendwie bin ich hier gestrandet.«

»Ey …«

»Nein, das ist nichts gegen dich, eher für dich. Ich bin viel zu gerne bei dir. Aber ich habe mein Ziel aus den Augen verloren. Was wäre denn, wenn ich einfach mitfahren würde?«

»Mitfahren?« Ich erzählte von Nates Vorhaben. Ihr Blick sprach Bände. »Findest du es verrückt, mit einem fremden Mann auf einen Roadtrip zu gehen?«, fragte ich sie schließlich.

Piper spuckte ihren Kaffee in den Pool und sprang auf. »Scheiße!«, fluchte sie und wischte sich den Mund mit dem Ärmel ihres übergroßen Pullis ab. Dann sah sie mich eindringlich an. »Du spinnst. Du willst mit Nate mitfahren?«

»Er heißt eigentlich Nathaniel, aber ich darf ihn Nate nennen«, plapperte ich nervös drauflos.

»Nathaniel …? Du darfst ihn …« Mit immer größer werdenden Augen starrte meine älteste und allerbeste Freundin mich an, als wäre ich die Ausgeburt einer Alieninvasion, die gerade in Kalifornien gestrandet war. Aber ich war kein Alien. Lange genug hatte ich mich wie einer gefühlt, ja. Aber seit ich aus Honey Falls abgehauen war, war ich frei. Und konnte – theoretisch – tun und lassen, was ich wollte.

Innerhalb von Sekunden wägte ich meine Möglichkeiten ab. Entweder ich würde vernünftig sein, das Ganze für die bescheuertste Idee des Jahrhunderts erklären und die nächsten Monate, Jahre, Jahrzehnte hier festsitzen und mich fragen, was gewesen wäre, wenn …

Oder ich straffte mein Kinn und bejahte Pipers Frage.

Ich stand ebenfalls auf und grinste. »Verrückt, oder?«

»Ja, verdammt!«

»Ich weiß. Aber weißt du was? Ich will das tun. Und ich werde das tun. Tupac hat mal gesagt, der schlimmste Verlust ist nicht der Tod, sondern das, was in dir stirbt, wenn du am Leben bist. Und ich war fast tot, Pipes. Aber das will ich nicht mehr sein. Ich will leben. Von jetzt an will ich nur noch leben.« Lange war ich mir bei einer Entscheidung nicht mehr so sicher gewesen. Glaubte ich zumindest.

Piper brauchte einen Moment, um zu verstehen. Doch dann zuckte sie mit den Schultern. »Dass du verrückt bist, hab ich ja schon immer gewusst, aber so verrückt?« Sie schüttelte den Kopf, und ein immer breiteres Grinsen legte sich auf ihr ungeschminktes Gesicht. »Mal ehrlich, ich ziehe den Hut vor dir. Nate … Ah, Sorry, Nathaniel-du-darfst-ihn-Nate-nennen hat echt Glück, dich an seiner Seite zu haben.«

Dieser Satz war es, der mir die Vorfreude aus dem Gesicht fegte. »Er weiß noch gar nichts von seinem … Glück«, gab ich leise zu.

Piper sah mich an, zog ihre perfekten Augenbrauen hoch und rollte dann zusätzlich auch noch mit den Augen. »Kann es denn wahr sein? Dann wird es aber Zeit, dass du es ihm mitteilst.«

»Du hast recht. Soweit ich weiß, wollte er sich nach dem Frühstück auf den Weg machen«, fiel mir ein.

Sie warf einen Blick auf ihre Uhr. Dann auf mich. »Du hast noch eine Stunde, deine Sachen zu packen und dich so ansehnlich herzustellen, dass er dich auch mitnimmt.« Ich starrte sie an, weil ich nicht begriff, was sie sagte. »Ab jetzt«, rief sie plötzlich laut aus und boxte mir gegen die Schulter. Das ließ mich aus meinem kurzzeitigen Dämmerzustand aufwachen, und ich setzte mich hektisch in Bewegung.

Duschen! Ich musste sofort duschen. Danach kramte ich alles, was ich besaß, aus dem Schrank und stopfte es in meine abgenutzte Umhängetasche. Haare trocknen musste entfallen, heute hatte ein schneller Knoten auf dem Kopf auszureichen. Dazu ein wenig Wimperntusche und Lippenbalsam, der nach der vielen Knutscherei der letzten Nacht richtig guttat.

Ich schlüpfte in meinen grauen Lieblingspulli, den ich glücklicherweise gestern noch gewaschen hatte, und in ein paar weiße Jeans. Dazu die Chucks, weil die Ballerinas weniger Platz in der Tasche wegnahmen. Sie war vollgestopfter als vor einigen Wochen. Ich war shoppen gewesen und hatte für die wenigen Klamotten aus meinem alten Leben keine Verwendung mehr gehabt. Kurzerhand hatte ich sie entsorgt. Aber ich nahm auch jetzt nicht alles mit. Ein Roadtrip hieß ja nicht, niemals wieder zurückzukommen.

Mit einem letzten Blick verließ ich das Zimmer, das mir ein guter Zufluchtsort gewesen war, und schloss die Tür hinter mir. Ich hoffte, nein, ich betete stumm, dass Nate mich überhaupt mitnehmen würde. Dass er mich nicht für total bescheuert hielt. Und dass ich meine zugegeben ziemlich übereilte Entscheidung nicht bereuen würde.

Piper hatte sich in der Zeit ebenfalls zurechtgemacht, allerdings trug sie schon ihre Arbeitskleidung für das Diner. Kurz darauf waren wir ausnahmsweise mit dem Auto auf dem Weg in Richtung Pier, und je näher wir dem Diner kamen, umso ängstlicher wurde ich. Was, wenn er schon fort war? Was, wenn er mich nicht mitnehmen würde? Was, wenn er mich nach letzter Nacht gar nicht wiedersehen wollte?

»Was, wenn er denkt, ich will was von ihm?«, platzte mein

schlimmster Albtraum aus mir raus. Piper warf mir einen verwirrten Blick zu.

»Ist das nicht der Fall?«

»Nein!«, rief ich, aber dann lachte ich. »Doch. Ja, aber nicht nur. Ich meine, er ist heiß, sexy und echt süß, aber … das ist nicht der einzige Grund, warum ich mit ihm mitfahren will. Ist das berechnend?«

Piper brachte Zeigefinger und Daumen auf wenige Millimeter zusammen. »Vielleicht nur ein bisschen?« Ich seufzte. »Dann sagst du ihm einfach, dass das nicht der Fall ist. Was sich daraus ergibt, wirst du sehen. Mann, Meg, für alles gibt es eine Lösung. Aber nur, wenn wir rechtzeitig ankommen.« Sie war die Ruhe selbst, und ich bewunderte sie dafür. Und ich wusste auch, dass, sollte ich wirklich diesen Trip mit Nate zusammen machen, ich Piper ganz schrecklich vermissen würde.

Wenige Minuten später bog Piper in die Straße ein, die zum Diner und am Parkplatz vorbeiführte. Ich hielt den Atem an, bis ich sehen konnte, dass Nates Bus noch immer an derselben Stelle stand wie letzte Nacht. »Gott sei Dank«, stieß ich mit der Luft aus, die gefühlte Minuten in meinem Brustkorb auf diesen Anblick gewartet hatte.

»Ist das sein Bus?« Sie zeigte auf den in der Ferne stehenden weißen, umgebauten Schulbus. Ich nickte. »Wow, starkes Teil. Das erste Problem wäre schon mal gelöst. Jetzt ist nur noch die Frage: Eier oder keine Eier? Sprich – willst du im Diner auf ihn warten oder dich vor seinen Bus setzen, damit er dich lieber überfährt, statt dich zu übersehen?«

Entgeistert warf ich ihr einen kurzen Blick zu. »Du bist nicht witzig.«

»War auch nicht meine Absicht. Ich werde dort parken«, sagte sie dann, bog auf den Parkplatz und stellte zwei Plätze neben Nates Bus ihren Sportwagen ab. Er wirkte winzig und verschwand fast im Schatten des riesigen Fahrzeugs. Als der

Motor erstarb, traute ich mich nicht, auch nur einen Blick rüber zu Nates Behausung zu werfen. Und erst recht nicht auszusteigen. Plötzlich war ich wieder unsicher.

»Ist es wirklich richtig?«

Piper seufzte hörbar auf, während sie die Fahrertür öffnete. »Ist doch scheißegal, ob es richtig ist, Meg. Es ist wichtig, ob du es willst. Und wenn du es wirklich willst, dann wird es schon irgendwie richtig sein. Weißt du, Süße … Manchmal sollten wir einfach nur das tun, was uns glücklich macht. Und nicht, was vielleicht das Beste für uns wäre.«

»Ich liebe es, wenn du so philosophisch bist.« Sarkasmus war noch nie meine Stärke gewesen, aber Piper verstand mich trotzdem.

»Ich weiß.« Sie warf mir ein knappes, übertriebenes Lächeln zu, bevor sie mich anstupste. »So, und nun raus mit dir, du Schisser.«

Nach einmal ein- und ausatmen stieg ich ebenfalls aus. Piper drückte mir meine Tasche in die Hand, die den kompletten winzigen Kofferraum des Cabrios ausgefüllt hatte. »Und jetzt erobere das Herz des Aussteigers im Sturm.«

»Ich will nicht sein Herz –«, setzte ich entrüstet an, aber sie würgte mich sofort ab.

»Ja, ja, schon klar. Dann lös dein Ticket für die Route 66. Egal, wie du es nennst, Hauptsache, du legst endlich los. Nur reden hilft nichts, Schätzchen.« Sie küsste mich auf die Wange, dann trabte sie in die entgegengesetzte Richtung davon. Kurz vor dem Übergang zum Diner drehte sie sich noch einmal um. »Fahr ja nicht, ohne dich von mir zu verabschieden!« Ich schüttelte nur stumm den Kopf.

Als sie außer Sichtweite war, straffte ich meine Schultern und hob mein Kinn an. Ich wollte frei sein. Da stand meine Chance auf Freiheit. Was hatte ich schon zu verlieren? Wenn er mich nicht mitnehmen wollte, dann würde ich schon jemand anderen finden. Zwar war diese Aussicht weniger reizvoll, zeigte mir aber, was ich wollte. Ich wollte raus und endlich allen Zwängen entfliehen.

Mit wenigen Schritten erreichte ich den Camper und zögerte. Ich versuchte, die Geräusche der Straße auszublenden, um herauszufinden, ob Nate schon wach war. Aber alles, was ich hörte, waren Autos und Stimmen rund um den Pier. »Scheiß drauf«, fluchte ich leise und klopfte an die Bustür, bevor ich es mir anderes überlegte. Ich traute mich nicht, einfach wieder den Türöffner zu betätigen, das kam mir wie Einbruch vor, und ich wollte mein neues Leben nicht gleich mit einer Straftat beginnen.

Doch es dauerte keine zehn Sekunden, bis es im Bus polterte, geflucht wurde, die Tür sich mit dem bereits vertrauten Zischen öffnete und Nate sein verschlafenes Gesicht hinausstreckte.

»Megan … Wieso …« Er sah in den Bus und dann wieder zu mir. »Wieso stehst du da draußen? Eben warst du doch noch …« War er wirklich davon ausgegangen, dass ich morgens in seinem Bett aufwachen würde? Oje, das war schräg. »Komm rein«, bat er mich, als ich nichts erwiderte, und verzog sich zurück ins Innere des Wagens. Ich folgte ihm und verschloss die Tür, indem ich auf den Knopf innen drückte. Während Nate in die Jeans und den Pulli vom Vortag schlüpfte, sah ich mich verstohlen in dem Bus um, dessen wirklich geniale Einrichtung ich bei meinem ersten Besuch keines Blickes gewürdigt hatte.

Wir standen in einem Schlauch, dem Gang des ehemaligen Schulbusses. Der schmutzige graue Fußboden war einem edlen dunklen Holzboden gewichen. Links befand sich eine richtige Sofalandschaft, die an eine große Küchenzeile anschloss. Rechts von mir gab es einen langen Tisch, vor dem zwei Stühle standen und auf dessen Platte ein Laptop stand. An derselben

Seite gab es sogar einen kleinen Holzofen. Und ganz hinten befand sich das Bett. Genauso zerwühlt, wie ich es verlassen hatte.

»Wann zum Teufel bist du aufgestanden?«, wollte er wissen und sah mich mit einem Blick an, aus dem ich nicht schlau wurde.

»Früh.«

»Warum?« Sein Blick fiel auf meine prall gefüllte Tasche.

Ich holte tief Luft, erdete mich und sah ihn an. »Nimm mich mit«, bat ich ihn.

Irritiert rieb er sich den Nacken. »Was?«

»Nimm mich mit«, wiederholte ich.

Jetzt runzelte er die Stirn. »Wohin?«

»Auf deine Reise.«

Er lachte auf und schüttelte kurz den Kopf. »Es mag sein, dass ich noch nicht ganz wach bin, aber … hast du mich gerade darum gebeten, dass ich dich hier einziehen lasse?«

Ich schluckte. Und schwieg ein paar Sekunden. Nate ebenfalls. Er sah mich nur an. Nicht abwartend, sondern eher, als hätte ich nicht mehr alle Tassen im Schrank. »So ausgedrückt hört es sich echt schräg an«, gab ich zu und verfluchte mich innerlich, dass ich mich so verunsichern ließ.

Er lachte erneut trocken auf. »Jaha, ziemlich … schräg.«

Ich durfte mich davon nicht entmutigen lassen. Nicht, wenn ich es ernst meinte. Also wagte ich einen weiteren Vorstoß und setzte alles auf eine Karte. »Ich weiß, aber pass auf: Ich hab dir erzählt, dass ich vom Karussell abgesprungen bin und neu anfangen will. So wie du. Ich meine, was wäre perfekter, als wenn wir uns zusammentun? Du hast den Bus …« Ich zeigte hilflos durch den wirklich wunderschön umgebauten Raum. »Es ist genug Platz für zwei. Ich kann ein bisschen Kohle und gute Laune beisteuern. Und meine Playlist. Ich singe auch nicht, versprochen. Ich kann navigieren oder Kaffee holen. Oder Bier. Was dir lieber ist. Und das hat nichts mit … letzter Nacht zu tun. Hey, das war wirklich … schön«, sagte ich und entlockte ihm damit ein kleines Lächeln, »aber das heißt sicher nicht, dass ich jetzt eine Beziehung mit dir will oder so.«

»Oh, wow, okay … Also lass mich sehen, ob ich das richtig verstehe: Du willst, dass ich dich mitnehme, und fällst dafür nicht wieder über mich her?«

Seine Worte überraschten mich, bis ich das Schmunzeln auf seinen Lippen sah. »Ganz genau. Willst du es schriftlich?« Er winkte mit hochgezogenen Augenbrauen ab. »Ich will einfach nur hier raus und was von der Welt sehen. Zu mir selbst finden. Frei sein. So wie du …« Ich redete mich gerade um Kopf und Kragen. Aber schließlich ging es hier auch um was.

Nate sagte eine ganze Weile nichts, sondern sah mich nur an. Wieder mit diesem Blick, der mir keinen Aufschluss darüber gab, was in ihm vorging, und der mich ganz nervös machte.

»Welche Songs?«

»Elton John«, sagte ich ganz automatisch.

Seine Augenbrauen schossen in die Höhe. »Elton John?« *Weiß er etwa nicht, wer Elton John ist? Das* war schräg.

»Elton John ist ein britischer Sänger. Und ein Komponist. Er spielt Klavier und«, ich hob den Zeigefinger in die Luft, »er ist sogar zweifacher Oscar-Preisträger.« Das alles wusste ich so genau, weil meine Mom ihn rauf und runter gehört hatte. Sie war der größte Elton-John-Fan auf Erden gewesen.

»Glaub mir, ich weiß, wer *Sir* Elton John ist. Ist nur nicht so mein Ding …«

Ich verkniff es mir, die Augen zu verdrehen, sondern leierte runter, was ich sonst noch so kannte. »Ava Max? Alisia Cara? Tupac? Ich hätte auch was von Sia oder David Guetta im Angebot. Oder beide zusammen? Oder wie wäre es mit Ed Sheeran?«

Ich war mir nicht sicher, ob Nate Ed Sheeran viel abgewinnen konnte. »Pink hätte ich auch noch zu bieten«, setzte ich schnell hinterher.

»Linkin Park?«

»Alle Alben«, versprach ich und verfluchte mich dafür. Ich würde die Nacht damit verbringen, alle Songs von Chester Bennington in einer Playlist zusammenzustellen.

Aber Nate nickte zufrieden, bevor er mich wieder fragend ansah. »Kaffee oder Tee?«

»Egal. Ich mag beides.«

»Kalt oder warm?«

»Ich passe mich an.«

»Führerschein?« *Meine Güte, gab er sich denn nie zufrieden?*

»Ich bin in einer Kleinstadt aufgewachsen, ich habe den Lappen mit sechzehn gemacht. Ich kann fahren. Auch so was hier«, versicherte ich ihm. Einmal war immer das erste Mal.

Wieder nickte er. »Ich muss verrückt sein. Eindeutig verrückt.« Er sah mich an, schüttelte unmerklich den Kopf, und ich dachte schon, ich hätte verloren. Doch dann zeigte er auf ein Schrankfach über dem Bett. »Das ist noch frei, da kannst du dein Zeug verstauen. Wenn du morgens die Erste bist, die wach ist – wovon ich ausgehe –, dann holst *du* Wasser und kochst Kaffee. Die Macht über Netflix und Co. habe ich. Dusche und Klo werden nur im äußersten Notfall benutzt. Und du machst es ebenso sauber wie ich. Wir wechseln uns beim Fahren *nicht* ab und schlafen …« Er zeigte auf das einzige Bett in dem Camper. »Da du dich letzte Nacht über den Platz nicht beschwert hast, kannst du mit mir im Bett schlafen. Es sei denn, du hast ein Zelt, das du neben dem Bus aufbauen möchtest. Wie gesagt – ich muss verrückt sein.«

# 12. Nate

Ihr kleiner Hintern steckte in engen weißen Jeans, und ich konnte nicht anders, als darauf zu starren, als wir wenige Stunden später vor dem Diner standen, um uns von Piper zu verabschieden.

Warum ich mich auf das alles einließ? Ich hatte keinen blassen Schimmer. Noch immer war ich überrascht über Megans Bitte. Und darüber, dass sie sich mit meinen unsinnigen Regeln einverstanden erklärt hatte, die ich nur aufgestellt hatte, um ihr die Chance zu geben, einen Rückzieher zu machen. Sie hatte Glück, dass sie an mich geraten war und ich kein Typ war, der Frauen verschleppte und nach Gebrauch irgendwo zurückließ oder gar in der Wüste verscharrte. Dass sie sich darüber überhaupt keine Gedanken gemacht hatte, zeigte mir nur, wie verzweifelt sie wirklich auf der Suche nach ihrer Freiheit sein musste. Und da ich wusste, wie sich der Wunsch nach einem Neuanfang anfühlen konnte, ließ ich mich einfach auf das Abenteuer ein. Und ich müsste lügen, wenn ich sagen würde, ich freute mich nicht darauf. Sie gefiel mir, und ich konnte mir unangenehmere Gesellschaft vorstellen. Es war ein guter Deal für beide Seiten.

»Ich will deine Nummer, Nate.« Piper stand wie aus dem Nichts vor mir und hielt ihr Handy in der Hand. Ihre dunklen Augen funkelten, und ihr Blick ließ mich erahnen, was sie mit mir machen würde, sollte ich ihrer Freundin irgendwas antun.

»Du würdest mir ohne mit der Wimper zu zucken die Eier abschneiden, richtig?«, vermutete ich.

»Und sie dir in den Mund stopfen, nachdem ich dir deine

Eingeweide durch den Hintern gezogen habe«, erwiderte sie, ohne eine Miene zu verziehen. »Also bring sie heil wieder.«

Ich war angetan von so viel Fürsorge gegenüber ihrer Freundin und nannte ihr ohne Widerrede meine Nummer. Im Gegenzug verlangte ich ihre.

»Wer weiß, ob ich diese Irre irgendwann loswerden muss – dann rufe ich dich an«, versuchte ich witzig zu sein, aber das funktionierte nicht. Pipers Miene blieb weiterhin starr. Nur Megan verzog ihr Gesicht.

»Hey, ich bin auch noch da. Tut nicht so, als wäre ich ein Kleinkind, das nicht selbst reden kann.«

Nachdem auch ich eine Handynummer zur Sicherheit abgespeichert und mich nur halb so herzlich von Piper verabschiedet hatte wie Megan, drückte Piper ihr noch eine Papiertüte mit dem Aufdruck des Diners in die Hand. »Lunch für euch. Und das …« Ich sah, wie Piper Megan ein buntes geflochtenes Armband anlegte. »Hab ich selbst gemacht. Eins für dich, eins für mich. Also … Wenn du dich mal einsam fühlst … Ich bin immer bei dir. Versprochen. Vergiss mich nicht, okay? «

»Oh Pipes …« Wieder fiel Megan ihrer Freundin um den Hals. »Du wirst mir fehlen. Danke.«

»Wenn das so weitergeht, dann kommen wir nie von hier weg«, stöhnte ich auf, obwohl ich die Geste sehr rührend fand, und drängte zum Aufbruch. Ich wollte starten, bevor die Touristenmassen die Straßen vom Pier an verstopften.

Piper begleitete uns nicht zum Bus, sie hatte im Diner genug zu tun. Als wir vor Harriet standen, grinste ich.

»Du erwartest jetzt aber nicht, dass ich dich über die Schwelle trage oder so was?« Megan verdrehte die Augen und schüttelte mit einem ziemlich übertriebenen Grinsen den Kopf. »Harriet, öffne dich«, sagte ich dann und entlockte Megan damit ein helles Lachen. Ihr Gesicht leuchtete auf, wenn sie lachte. In dieser Sekunde wurde mir klar, wie wunderschön sie war, und ich musste meinen Blick förmlich von ihr losreißen, als sie einstieg.

Megan verstaute das umfangreiche Lunchpaket im Kühlschrank und setzte sich dann auf ihren Platz zu meiner Rechten. Es war ungewohnt, jetzt jemanden neben mir zu haben, zumal sie wegen der großen Treppe ziemlich dicht neben mir saß. So dicht, dass ihr frischer, blumiger Geruch in meine Nase zog und mich an unsere gemeinsame Nacht erinnerte. *Reiß dich gefälligst zusammen!*, ermahnte ich mich stumm, aber energisch und unterdrückte das wohlige Gefühl in meinem Bauch, das von da aus in den unteren Bereich ziehen wollte. Wie sollte ich ihr Seriosität vermitteln, wenn ich mit einer Latte neben ihr saß? Gott, das war alles eine echt beschissene Idee!

»Okay«, sagte sie, schnallte sich an und klatschte dann wie ein kleines, aufgeregtes Mädchen in die Hände. »Kann losgehen.« Ihr Lächeln war echt. Und zusammen mit dem süßen Grübchen absolut umwerfend.

»Bereit?« Ich warf ihr nur einen kurzen Blick zu, sie erwiderte ihn aber ernst und nickte.

»Bereit.«

»Na dann.« Ich war mir sicher, ich würde diesen Tag irgendwann verfluchen.

Harriets Motor startete mit dem vertrauten Tuckern, aber der Gang hakte.

Ich grinste schief. »Es ruckelt immer ein bisschen, wenn man das Leben in den nächsten Gang schaltet«, sagte ich und sah sie an.

Megans Augen wurden groß. Aber dann nickte sie. »Stimmt. Versuch's noch mal, irgendwann muss es ja klappen.«

»Das wird es«, bestätigte ich. Und nachdem ich erneut den Gang eingelegt und dann Gas gegeben hatte, rollten wir langsam vom Parkplatz. Auf dem Boulevard sah Megan lange in den Seitenspiegel, bis wir das Diner schließlich aus den Augen verloren.

»Bist du dir sicher, dass du hier weg willst?«, fragte ich sie. Die letzte Chance, sie zurückzulassen.

»Warum fragst du?« Sie errötete etwas, fast so, als hätte ich sie ertappt.

»Wenn du das mit mir durchziehen willst, dann sind wir ab sofort ein Team. Ich will sicher sein, mich auf dich verlassen zu können. Egal wann, egal wo, egal in welcher Situation«, erklärte ich ihr.

»Ich bin mir sicher«, unterbrach sie mich, und ihr Blick, den ich dabei auffing, unterstützte ihre Worte.

»Gut. Also dann sind wir ab jetzt wohl so was wie Partner.«

Irgendwie erleichtert grinste ich und erwiderte ihre Ghettofaust, die sie mir entgegenhielt. »Partner.«

Wir starteten in Santa Monica, dem Start- oder auch Endpunkt der Route 66, in Richtung Beverly Hills.

»Ich schätze mal, du hast noch nicht viel von der Gegend hier gesehen, oder?«, wandte ich mich an Megan.

»Nein. Pipers Wohnung, die Malls und das Diner. Ich nenne es das Bermuda-Dreieck«, gab sie lachend zu. »Wohin fahren wir zuerst?« Sie war so aufgeregt und voller Vorfreude, mit der sie mich jetzt auch ansteckte.

»Als Erstes zeige ich dir meine Stadt.«

»Wohnst du schon immer hier?«

»Jetzt ja nicht mehr. Jetzt führe ich eine innige Wohngemeinschaft mit Harriet. Aber ich habe hier gelebt. Seit meiner Geburt vor zweiunddreißig Jahren.«

Ein amüsierter Seitenblick traf mich. »Im besten, heiratsfähigen Alter.«

»Mich wird keine Frau vor den Altar schleppen, das kannst du mir glauben.«

»Gibt es dafür Gründe?«

»Ich habe genügend Ehen aufsteigen und in Rosenkriegen wieder untergehen sehen. Glaub mir – das ist es nicht wert.«

Daraufhin sagte sie nichts, und ich war froh darüber, mit ihr keine Grundsatzdiskussion über den Sinn und Unsinn einer Ehe führen zu müssen.

Ich bog die nächste Straße links ab und fuhr in Richtung Beverly Hills. Während wir auf dem mit Palmen gesäumten Santa Monica Boulevard entlangfuhren und Megan sich fast die Nase am Fenster plattdrückte, versorgte ich sie mit Infos, wie sie sonst nur Stadtführer weitergaben.

»Beverly Hills ist eine eigene Stadt. Genau wie Hollywood. Beide sind vollständig von Los Angeles umgeben und werden deswegen fälschlicherweise in der Regel als Stadtteile von L.A. angesehen.«

»Danke für die Infos, Guide«, gab Megan mir mit leiser Ironie zu verstehen, dass diese Infos nicht neu für sie waren.

Ich lachte und ersparte mir also weitere Informationen und verzichtete auf einen Abstecher zu den Universal Studios in Hollywood. Die hatte ich schon zu oft gesehen und wollte ganz bestimmt nicht auf alte Kollegen treffen. So lenkte ich den Bus am Runyon Canyon Park vorbei und über Glendale in Richtung Pasadena.

»Hey, Nate …«

»Ja?«

»Ich … danke noch mal, dass ich mitkommen darf.« Sie sah mich an, und ich konnte das zarte Rot auf ihren Wangen erahnen. Das war verdammt niedlich und verursachte ein flaues Gefühl in meinem Magen. Flau im Sinne von … schön. Schnell sah ich wieder auf die Straße.

»Ich glaube, wir werden eine gute Zeit haben«, erwiderte ich und beschwor meinen Puls, sich zu beruhigen.

»Das denke ich auch. Du bist echt nett. Also ich meine, du

bist eben kein Arsch und …« Sie unterbrach ihr Gestammel und griff sich mit der Hand an die Stirn. »Oh Mann! Was ich meine, ist … Ich … glaube wirklich, du bist in Ordnung.«

Ich unterdrückte ein Schmunzeln, mir war bewusst, wie sehr sie um diese Worte gekämpft hatte. Das lenkte von meiner eigenen Unsicherheit ab, und das sollte ich honorieren. »Danke. Du bist aber auch keine so schlechte Begleitung«, gab ich mit einem Lächeln zurück.

»Danke für die Blumen«, sagte sie und ein strahlendes Grinsen erschien auf ihrem Gesicht. Mein Puls …

»Und wie war das jetzt mit deiner Playlist?«, wechselte ich schnell das Thema, um die Sprache weg von dem zu bringen, was sich auf irgendeine Art und Weise noch peinlich anfühlte. Woran lag das? Vielleicht waren wir ja beide krampfhaft darauf bedacht, nicht an die Nacht zu denken, die uns hierhingebracht hatte? Mir zumindest ging sie nicht aus dem Kopf. Und ja, verdammt – sie war es wert, dass man über sie nachdachte. Denn sie war schön gewesen. Wirklich schön.

»Oh, klar.« Sie griff nach ihrem Handy und drückte ein paarmal darauf rum. »Kann ich das hier irgendwie verbinden?«

Ich führte sie durch die Verbindung mit Harriets Bluetooth-Lautsprechern, und kurz nach der Kopplung kamen sogar Töne daraus. Ich horchte, und nach ein paar Klängen ertönte die Stimme von … »Lady Gaga?« Ich sah sie fragend an.

»*Sine From Above.* Mit Elton John.«

»Aha …« Elton John war in meinen Augen was für alte Leute. Egal wie viele Oscars er gewonnen hatte.

»Hör einfach zu, du wirst es lieben. Versprochen.« Sie hörte nicht auf zu grinsen und ich nicht damit, den Kopf zu schütteln. Ebenfalls mit einem verhaltenen Grinsen.

Nachdem der Song endlich Fahrt aufnahm und Elton anfing zu singen, musste ich doch tatsächlich mit dem Takt wippen und zugeben, dass der Song nicht die schlechteste Wahl war. Megan schmunzelte zufrieden.

»Ich hab ihn live gesehen«, meinte sie, und ich hörte ein bisschen Wehmut in ihrer Stimme.

»Ich nicht. Live macht Musik noch mal so viel mehr Spaß, oder?«, gab ich zurück und die nächsten Minuten waren die Konzerte, die wir besucht hatten, unser Thema. »Unser Musikgeschmack ist tatsächlich ganz ähnlich«, fiel mir auf. »Bis auf Elton John.« Den konnte ich mir nicht verkneifen.

»Sonst wäre ich auch nie mit dir mitgefahren. Und Elton wirst du noch lieben lernen«, behauptete sie herausfordernd.

»Du meinst, ich habe den Beifahrersitz nur wegen ein paar Songs an dich abgetreten, auf die wir beide abfahren?«

»So sieht's wohl aus«, stimmte sie mit einem lapidaren Achselzucken zu. Und dann brach sie in ein fröhliches Lachen aus, was ihr ganzes Gesicht zum Strahlen brachte. Als ich sie kurz dabei beobachtete, fiel mir wieder auf, wie hübsch sie war. Da waren ihre großen blauen Augen, deren Blick manchmal so unschuldig wirkte und dann wiederum den Eindruck erweckte, sie wüsste ganz genau, was sie wollte. Und ab und an, als liefe sie vor irgendwas davon. Die vollen Lippen hatten sich auf meinen so gut angefühlt, dass ich das wohl so schnell nicht vergessen würde. Außerdem wusste ich, wie ihr Haar roch und wie es war, ihre samtweiche Haut zu berühren. Die Erinnerung an die letzte Nacht war wieder gegenwärtig, und ich hatte Mühe damit, sie in die hinterste Ecke meiner Gedanken zu verbannen.

»Buch oder Film?«, fragte ich sie, worauf sie mir einen verwirrten Blick zuwarf. »Ich würde dich einfach gerne besser kennenlernen«, gab ich zu.

»Buch«, antwortete sie schließlich mit einem Schulterzucken und setzte ihre Füße gegen das Armaturenbrett. »Film oder Serien?«, fragte sie im Gegenzug.

Ich seufzte. »Ich bin ein absoluter Serienjunkie.«

»Du stehst also auf Cliffhanger?«

»Irgendwann lösen sich auch die fiesesten Cliffhanger auf.« Das wusste ich aus erster Hand.

»Hund oder Katze?«, schoss sie gleich die nächste Frage hinterher.

»Keins von beiden.«

»Du magst keine Tiere?« Geschockt sah sie mich an.

»Doch, ich liebe Tiere. Besonders wenn sie klein sind. Aber ich würde mir keines halten wollen. Dafür bin ich zu wenig zu Hause und könnte mich einfach nicht kümmern.« Das verstand sie.

»Sport oder Couch?« Mir war mein Körper wichtig und ich hatte bisher täglich Sport gemacht. Entweder hatte ich mich um meine Ausdauer oder um Muskelaufbau gekümmert. Seit ich den Bus gekauft hatte, kam ich nur noch wenig dazu.

»Bisher hatte ich beruflich immer genügend Bewegung und zu wenig Zeit für extra Sport«, war ihre ehrliche Antwort.

Ich ließ meinen Blick kurz über ihren sexy Körper schweifen. »Aber geschadet hat es dir nicht.«

Sie grinste. »Schokolade oder Jelly Beans?«

»Chips. Wenn du schon fragst. Und du?«

»Ich bin ein Schokojunkie. Bier oder Wein?«

»Beides.«

Sie verdrehte lachend die Augen. »So geht das Spiel nicht.«

»Welches Spiel?«, fragte ich unschuldig.

Die nächsten Fragen brachten noch wenige Infos zu Tage, bevor ein Anruf die Musik unterbrach. Auf Megans in die Halterung gestecktem Telefon leuchtete der Name *Hunt* auf.

Megan schreckte auf und griff nach dem Telefon. »Oh, da muss ich rangehen«, entschuldigte sie sich.

Ich versuchte, nicht zuzuhören, als sie mit diesem Hunt sprach, konnte aber nicht verhindern, den einen oder anderen

Gesprächsfetzen aufzuschnappen, obwohl sie sich alle Mühe gab, möglichst leise zu reden. Es schien um irgendein Hotel zu gehen.

»Sorry«, entschuldigte sie sich noch mal, bevor sie das Telefon wieder in die Halterung steckte und die Playlist weiterlaufen ließ.

»Probleme?«, fragte ich nach, bemüht, nicht allzu viel offensichtliches Interesse in die Frage zu legen.

Sie winkte ab. »Nur mein Bruder. Nichts Wichtiges.«

*Bruder. Puh …* »Hast du mehrere Geschwister?«

»Nein. Nur Hunter. Er ist vier Jahre älter als ich. Einunddreißig und irgendein wichtiges Tier im Big Apple«, erklärte sie, und endlich wusste ich auch genau, wie alt sie war.

»Definiere wichtiges Tier. Bürgermeister? Chef des FBI? CIA? KGB?«

»Der KGB ist russisch«, belehrte sie mich mit einem amüsierten Augenrollen.

»Notiere: Er ist nicht beim KGB.«

Megan lachte. »Nein, ist er nicht. Er ist CEO von irgendeinem Telekommunikationskonzern. Handys und so«, setzte sie erklärend hinterher.

»Das nenn ich wichtig. Er könnte glatt beim KGB anfangen.«

Sie grinste. »Piper hat erwähnt, dass du im Filmbusiness bist. Stimmt das?«

»Das hat Piper gesagt?«

»Hat sie. Also lenk nicht wieder ab.« Sie drehte sich etwas in dem Sitz und zog ein Bein unter ihren Hintern, sodass sie mich nun die ganze Zeit ansehen konnte.

Theatralisch seufzte ich auf, dann gab ich mich geschlagen. Warum sollte ich auch lügen, dazu hatte ich keinen Grund.

»Ich bin Agent in Hollywood.«

Megs Augenbrauen rutschten nach oben. »Aber du orientierst dich gerade um?«

»Richtig.«

»Glaub ich nicht.«

Ich seufzte. »Ist nicht gelogen, ich schwör.« Dann hob ich die rechte Hand und legte einen Fingerschwur ab.

»Nenne Namen.«

»Elton John nicht.« Sie rollte mit den Augen. »Der Rest ist Betriebsgeheimnis.«

»Pffff … Dann glaube ich dir kein Wort.«

Ich überlegte. »Kennst du *Tears & Ashes?*«, nannte ich die Serie, in der mein bester Freund die Hauptrolle gespielt hatte.

»Klar, wer kennt die Serie nicht.« Sie klang fast entrüstet, und daher ging ich davon aus, dass sie Fan der Serie war. Oder eher Fan von Tristan Hall. »Sag nicht, damit hast du irgendwas zu tun?«

»Irgendwas vermutlich schon«, sagte ich und grinste nur vage. Megan sah mich an, ich spürte ihren Blick auf mir ruhen. Sie wollte mehr wissen, aber ich schüttelte den Kopf und verschloss meinen Mund mit einem imaginären Schlüssel. Mit verschränkten Armen ließ sie sich in den Sitz zurückfallen und starrte auf die Straße. Ich lachte leise. Sie war wirklich süß.

»Auf was hast du Hunger?«, fragte ich Megan, während ich Harriet auf der Suche nach einem Parkplatz durch die Straßen der Stadt steuerte.

»Lenkst du schon wieder ab?«

»Nein, ich versuche nur, nicht mit dem Gesetz in Konflikt zu geraten, weil ich während der Fahrt in meinem iPhone nach Bildern suche, die dich überzeugen könnten.«

Sie lachte laut auf. »Nie um eine Ausrede verlegen, was? Hm, wie wäre es mit einem schönen Platz, und wir schauen, was Piper uns eingepackt hat?«, erinnerte sie mich an das Lunchpaket im Kühlschrank. Also brachte ich uns an den

Stadtrand und stellte den Motor schließlich auf dem Parkplatz zum Bailey Canyon Trail in Sierra Madre ab. Während sie die Tüte von hinten holte, nahm ich mein Handy, sprang aus dem Bus und lud zwei faltbare Campingstühle aus der hinteren Klappe. Diese positionierte ich samt einem kleinen Klapptisch so neben dem Bus, dass wir einen wunderbaren Blick auf die vor uns liegende Gebirgskette San Gabriel genießen konnten. Ich sog den Geruch von Land und Freiheit ein und streckte mich ausgiebig. Ja, es fühlte sich richtig an, hier zu sein. Absolut richtig.

Danach reichte ich Meg mein Handy.

Sie nahm es, setzte sich und nach nur wenigen Sekunden quiekte sie entzückt auf.

»Tristan Hall und du …«

»Na ja, er kocht auch nur mit Wasser, ein ganz normaler Typ. Echt. Wir kennen uns seit gefühlt hundert Jahren«, sagte ich und erklärte ihr beim Essen von Sandwiches und Salat mit Hühnchen die Zusammenhänge unserer Freundschaft. »Er war der Erste, den ich damals betreuen durfte, und dank seiner Popularität sind ihm viele weitere bekannte Gesichter gefolgt.«

»Wer zum Beispiel?«, wollte sie wissen und ignorierte damit meine vorherige Aussage, dass es ein Geschäftsgeheimnis sei. Aber letztlich konnte sie das auch bei Google finden.

»Brad Fillis, John Trues, Cory Geldmann, Fionna Skyder«, nannte ich nur ein paar der Namen, die die letzten Jahre durch Film und Medien gerauscht waren.

Megans anfängliche Begeisterung über meinen aufregenden Job in der Welt des Glamours legte sich nach und nach, vor allem, als sie verstand, warum ich aus dem Rampenlicht in den Schatten getreten war.

»Das kann ich gut verstehen. Es kommt der Zeitpunkt, da möchte man auch einfach mal nur man selbst sein«, sagte sie, und ihr trauriger Blick in Richtung der Berge unterstützte meine Ahnung nur, dass sie vor irgendwas auf der Flucht war. Vielleicht würde sie es mir irgendwann anvertrauen. Und bis es so weit war, versuchte ich, sie als Reisebegleiterin zu sehen und nicht als Frau, die ich vielleicht mehr begehrte, als es gut war.

# 13. Megan

Zum Ende des Tages fuhren wir auf einen Campingplatz am Rande der Mojave-Wüste, auf dem wir übernachten wollten.

Wir hatten Glück und konnten uns einen Platz am Rand aussuchen, wo wir ganz alleine waren und einen schönen Ausblick hatten. Es war nicht so, dass ich dabei Hintergedanken gehabt hätte. Auch wenn ich seit der Abfahrt darüber nachdachte, wie es nach der letzten Nacht wäre, erneut gemeinsam in einem Bett zu liegen. Zwar hatten wir mehr oder weniger geklärt, dass nichts passieren würde – wir waren schließlich kein Paar oder so –, aber ein bisschen Schiss hatte ich, das musste ich zugeben.

Den ganzen Weg über hatte ich immer wieder Fotos aus dem Fenster heraus geschossen, weil der Anblick der Landschaft so überwältigend für mich war. Als wir uns vor Harriet setzten, sortierte ich die Bilder auf der Kamera. Es waren einige Selfies und Bilder von Nate und uns beiden darunter, die ziemlich gut geworden waren. Wir hatten viel Spaß dabei, sie uns anzusehen. Vielleicht sollte ich ein Reisetagebuch führen? Für Pipes. Ich strich über das Armband und für einen kurzen Moment vermisste ich meine Freundin. Aber wie sie gesagt hatte: So war sie immer bei mir.

Den Abend verbrachten wir damit, Würstchen über der Feuerschale zu grillen, kaltes Bier zu trinken und uns Stück für Stück, Wort für Wort, Frage für Antwort näher kennenzulernen. Ich war erstaunt, wie vielfältig Nate war.

»Kino oder Netflix?«, begann ich unser Spiel von Neuem und nahm den Stock entgegen, auf dem Nate das Marshmallow für mich übers Feuer gehalten hatte. Die Idee, diese Schaumstückchen zu grillen, war von ihm gekommen. Er sagte, es erinnere ihn an seine Kindheit.

Ich betrachtete ihn verstohlen von der Seite, während der Schein des Feuers Schatten auf sein Gesicht warf. Ich konnte nicht verhindern, dass meine Gedanken fast vierundzwanzig Stunden zurückwanderten und mein Blick immer wieder auf seinen Lippen landete, die ich einfach so geküsst hatte. Das war – auch noch im Nachhinein – die beste Entscheidung seit langer, langer Zeit gewesen. Oh Gott, ich musste aufhören, daran zu denken, sonst würde ich den Abend nicht überleben. Schnell stopfte ich mir das klebrige Schaumteil in den Mund und bemühte mich, Nates Worten zu folgen.

»Kino. Es gibt nichts besseres, als gute Filme auf riesiger Leinwand zu sehen.«

Ich nickte zustimmend und schluckte das Marshmallow runter. »Du warst sicher schon bei einigen Filmpremieren dabei, oder?«

»Das Leben im Rampenlicht ist Fluch und Segen zugleich«, antwortete er und sah in den immer dunkler werdenden Himmel. Sein Profil war markant, sein Kinn ein bisschen nach vorne gereckt, als wollte er der Welt beweisen, dass er es mit ihr aufnehmen konnte. »Erst will man unbedingt berühmt werden und alle Annehmlichkeiten dieser glitzernden Welt genießen. Und wenn man dann im Licht steht, dann hat man irgendwann die Schnauze voll davon und sehnt sich nach Ruhe.«

»Warum?«, fragte ich, und obwohl wir das Thema schon gestern angerissen hatten, war ich weiterhin neugierig. Ich wollte mehr von Nate sehen, mehr hinter die Fassade blicken, ihn verstehen lernen. Ich redete mir ein, dass es nur unserem Zusammenleben in den nächsten Wochen geschuldet war. Um besser auf Launen oder Macken reagieren zu können. Aber insgeheim ahnte ich, dass mehr dahintersteckte.

»Weil es anstrengend ist. Du hast kein Privatleben mehr, an allem, was du tust, nimmt die Welt irgendwie teil. Und schnell sehnt man sich nach dem normalen, ach so langweiligen Leben zurück.«

»Standest du auch vor der Kamera?«, hakte ich nach, weil es sich für mich so anhörte, als würde er ein Leben als Superstar führen. Ich wusste nicht, ob Agenten in der Regel auch so berühmt waren. Ich jedenfalls kannte keinen einzigen mit Namen. Doch er schüttelte den Kopf.

»Glücklicherweise nicht. Aber als Agent der Großen war mein Leben nicht gerade entspannt. Du ersetzt oft genug nicht nur die Familie, weil die Stars ständig auf Achse sind, sondern auch mal den Friseur, den Steuerberater oder einen Psychologen. Du bist hautnah dabei, teilst Freud und Leid mit deinen Schützlingen und fängst vieles ab, damit er an dem Druck und Stress nicht zerbricht, Zeit für seinen eigentlichen Job hat. Die Schauspielerei. Versteh mich nicht falsch – ich habe diesen Job geliebt und eine wirklich geile Zeit gehabt, aber wie heißt es? Man soll aufhören, wenn es am schönsten ist. Und deswegen habe ich vorerst einen Schlussstrich gezogen.«

»Das heißt, du willst irgendwann wieder zurück?«

Er sah lange stumm nach oben, bevor er den Kopf zu mir drehte und mir antwortete. Seine Lippen waren leicht geöffnet, und seine Zunge befeuchtete sie kurz, bevor er sprach. »Ich weiß es nicht. Die Agentur gehört mir, meine Mitarbeiter kümmern sich um alles, schmeißen den Laden schon.« Er sah mich an. »Würdest du zurückgehen in ein Leben, das dich unglücklich macht?«

Die Frage traf mich unvorbereitet und doch ganz genau da, wo es wehtat. Ich befand mich ja in einer ähnlichen Situation. Ich schluckte, befreite mich aus seinem Blick und starrte ins Feuer. »Nein. Niemals«, sagte ich leise. Der Schmerz kam leise, zusammen mit der Erinnerung an mein altes Leben, aus dem ich geflohen war, das ich versucht hatte zu vergessen. Er wurde schnell lauter, holte mich ein und drohte, mich zu übermannen. Das durfte ich nicht zulassen. Nicht hier vor Nate. Hastig stand ich auf und entschuldigte mich kurz, um zu den Toiletten zu gehen. Die Viertelstunde reichte mir, um mich wieder zu beruhigen, Doug und die Nacht vor meiner Flucht in die hintere Ecke zu schieben, die Tür zu schließen und ihr den Rücken zuzukehren. Ich wollte nicht mehr daran denken. Ich wollte nach vorne sehen.

Als ich zurück war, lenkte Nate das Thema weg von den schweren Gedanken – als hätte er gespürt, dass es mir nicht guttat – und bei Fragen wie Tom oder Jerry, Ballerina oder High Heels und Gin oder Whiskey kehrte die Unbeschwertheit schnell wieder zurück. Ich mochte dieses Frage-Antwort-Spiel. Noch nie zuvor hatte ich es gespielt und würde es vermutlich mein Leben lang mit Nate und diesem Trip verbinden.

Ich fühlte mich wohl in Nates Gegenwart und immer dann, wenn unsere Blicke sich trafen, sogar ab und an länger als normal ineinander verhakten, stoben kleine Funken in meinem Bauch auf, die mich kitzelten. Und mehr als einmal klopfte zaghaft der Gedanken an, wie mein Leben wohl mit einem Mann wie Nate an meiner Seite verlaufen wäre.

Die Dämmerung verschlang die Aussicht, während ich erfuhr, dass er lieber Turnschuhe statt maßgeschneiderter Budapester trug. Dass er gerne joggen ging und es hasste, in L.A. mit dem Auto zu fahren. Dass er beruflich bereits in fast jedem Bundesstaat gewesen war, aber sich seinen Traum, nach Europa zu reisen, noch nicht hatte erfüllen können.

Und je dunkler der Himmel über uns wurde, umso mehr lernte ich ihn kennen. Es war, als wäre jeder einzelne auftauchende Lichtpunkt am Himmel ein neues Geheimnis, das Nate mit mir teilte.

»Der Himmel ist unglaublich«, raunte er, und wir lehnten

uns auf den bequemen Campingstühlen zurück, mit uneingeschränktem Blick auf die Weite des Universums. Es war ein wahnsinniges Gefühl, hier am Rand der Wüste den wunderschönen Sternenhimmel zu betrachten. Ohne die Lichter einer Stadt, die den Blick in den Himmel verschleierten, fühlte ich mich wie in diesem Planetarium, das ich in meiner Schulzeit mal besucht hatte. Der Himmel war nachtschwarz, und die Sterne strahlten mit einer wahnsinnigen Leuchtkraft ihr Feuer auf uns nieder. Ich war mehr als beeindruckt und genoss es, in eine Wolldecke gewickelt direkt neben Nate zu sitzen und dieses unglaubliche Naturschauspiel zu betrachten. Ich fühlte mich sehr wohl und willkommen in seiner Gegenwart. Und am Ende des Abends wusste ich nicht, was beeindruckender gewesen war: der gigantische Sternenhimmel oder das zarte Knistern, das sich unleugbar zwischen Nate und mir befunden hatte.

Immer wieder bemerkte ich aus dem Augenwinkel, wie er seinen Kopf in meine Richtung drehte und mich ansah. Dieses Gefühl, seinen Blick auf mir zu spüren, brachte die kleinen Funken dazu, zu wachsen und sich noch weiter in meinem Innersten zu verteilen. Mir war dieses aufregende Gefühl anfangs fremd gewesen und hatte mich verunsichert, aber nach und nach genoss ich es einfach. Viel zu lange hatte ich es an Dougs Seite eingebüßt. Es wurde Zeit, endlich nach vorne zu sehen und das Leben wieder zu genießen. Und Nate machte es mir unwahrscheinlich leicht. Er war so … locker. So selbstbewusst und freundlich. Und heiß. Ja, verdammt, er war heiß. Und das wiederum machte es nicht einfacher.

Nach einem weiteren Bier und noch vielen Entweder-oder-Fragen war es schließlich an der Zeit, ins Bett zu gehen. Ich für meinen Teil hatte es so lange wie möglich hinausgezögert und kam mit gemischten Gefühlen von den Waschräumen zurück. Die Ungewissheit, ob wir wirklich nur schlafen würden, machte mich fertig. Ich war es gewesen, die genau das vorgeschlagen hatte, und nun konnte ich nicht aufhören, darüber nachzudenken, was wäre wenn …

Praktischerweise lag ich schon im Bett, als Nate zurückkam, und stellte mich einfach schlafend. Doch während er schon tiefe Atemzüge von sich gab, kaum dass sein Kopf das Kissen berührte, lag ich neben ihm noch lange wach. Ihn so nah neben mir zu spüren, mir des Kribbelns bewusst zu sein, das er in mir auslöste, aber genau zu wissen, dass es keine Wiederholung dieser einen Nacht geben würde – das machte mich kirre und ließ meine Gedanken einfach nicht stillstehen. Immer wieder sah ich sein Gesicht in der Dunkelheit vor mir. Ich bräuchte nur die Hand auszustrecken, um ihn berühren zu können, und allein beim Gedanken daran zog sich meine Brust zusammen. Dieser süße Schmerz ließ mich nicht zur Ruhe kommen und darüber nachdenken, was ich eigentlich wollte. Ich hatte mich auf diesen Trip gewagt, weil ich zu mir selbst finden wollte. Nicht, um einen neuen Mann zu finden. Es war völlig idiotisch, sich über Neigung und Zuneigung Gedanken zu machen, denn es war geklärt, dass wir so was zwischen uns nicht zulassen würden. Punkt.

Über diese Gedanken musste ich irgendwann eingeschlafen sein, dabei allerdings wohl vergessen haben, dass wir kein Paar waren. Denn als die Sonne über den Gebirgen aufging, fand ich mich in Nates Arm wieder, der auf dem Rücken so dicht neben mir lag, dass kein Blatt mehr zwischen uns gepasst hätte. Erschrocken hielt ich die Luft an, als ich registrierte, dass ich mein Bein um seines geschlungen hatte und meine Hand auf seiner Brust lag. Ich konnte seinen Herzschlag unter meinen Fingern spüren, wie auch das Auf- und Absenken seines Brustkorbs. Oh nein! Wie hatte das nur passieren können?

Als ich wieder Luft holen musste, bevor ich erstickte, atmete ich eine volle Ladung verschlafenen Nate ein, und verdammt … das war so gut! Sofort setzte das Kribbeln den Weg durch meinen Körper fort, etwas, das ich gestern noch versucht hatte, mir zu verbieten. Aber es schien aussichtslos – mein Körper war mit meiner Entscheidung nicht einverstanden. Ich musste hier raus, wenn ich keinen Rückfall provozieren wollte. Also drehte ich mich so vorsichtig wie möglich aus seinem Arm und schlich ein weiteres Mal aus diesem Bett und aus seiner Nähe, die mir viel zu sehr gefiel.

Hastig griff ich mir meine Jogginghose und ein Shirt und stürzte zum Ausgang, wobei ich wieder einmal betete, dass ihn das Geräusch der Tür nicht wecken würde. Aber da brauchte ich mir keine Sorgen zu machen. Er schlief tief und fest.

Ich stieg aus, und die kühle Luft, die mir entgegenschlug, beruhigte mich sofort. Wenige tiefe Atemzüge später bestaunte ich mit offenem Mund die Landschaft vor mir. Der Blick raus auf die Mojave-Wüste war unglaublich. Sie erstreckte sich über Kalifornien und Nevada und zog kleine Ausläufer bis nach Utah und Arizona. Das hatte ich nachgelesen. Sie war nach dem Indianervolk der Mojave benannt und eine sogenannte Regenschattenwüste. Weil sie von Gebirgen umgeben war, die Wolken stauten und sie abregnen ließen, sodass für das Land dahinter kein Wasser mehr übrig blieb.

Nachdem ich den Anblick in mich aufgesaugt hatte, ging ich fröstelnd zum nahegelegenen Waschhaus, um zu pinkeln und zu duschen. Zurück am Bus schlüpfte ich in den dicken Hoodie, der auf meinem Sitz lag, machte anschließend Kaffee, wie Nate in seinen Regeln festgelegt hatte, und setzte mich dann eingewickelt in eine Wolldecke in die offene Tür auf die Eingangsstufen, um der Sonne über der Wüste beim Aufgehen zuzusehen. Es war wirklich noch arschkalt, aber der Anblick war so wunderschön und entschädigte für alles. Kurzentschlossen machte ich ein Foto und öffnete Instagram.

*Selbst die dunkelste Nacht wird enden und die Sonne wird*

*aufgehen*, schrieb ich ein Zitat aus *Les Misérables* dazu und setzte noch ein paar passende Hashtags darunter, bevor ich es hochlud.

Danach öffnete ich meinen Posteingang, aber es gab keine neuen Nachrichten. Harvey hatte meine letzten Nachrichten nicht einmal gelesen, zumindest wurde mir das nicht angezeigt.

Kurzerhand machte ich ein Selfie von mir vor der aufgehenden Sonne, und nur weil mein Gesicht kaum erkennbar war, schickte ich es ihm und schrieb dazu:

> Ich wünschte, ich könnte diesen Anblick auf die vor mir liegende Wüste mit dir teilen.

Ich war noch immer traurig darüber, dass die unvorhergesehene Begegnung mit Harvey so geendet hatte. Mir fehlten unsere Chats, seine Nähe, obwohl er so weit weg war. Er fehlte mir. Er hatte sich von mir zurückgezogen, weil ich verheiratet war. Das ehrte ihn und ich musste das akzeptieren. Aber falls er irgendwann zurückkommen sollte, wollte ich, dass er wusste, dass es mir jetzt gut ging. Aber auch, dass ich ihn vermisste.

> Du fehlst mir. Sehr. Aber du sollst wissen, dass es mir mittlerweile besser geht. Ich bin endlich frei und habe den Absprung geschafft. Und dafür bin ich sehr dankbar.
> Ich kann die Zeit nicht zurückdrehen und ändern, was passiert ist. Aber ich habe die Chance, den Rest meines Lebens zu ändern. Und genau das mache ich jetzt.
> Ich habe mich jemandem angeschlossen, der auch auf der Suche nach Freiheit ist. Vielleicht hilft es mir, wieder atmen zu können, wieder zu leben.
> Ich wünschte nur, du wärst bei mir und ich könnte dich daran teilhaben lassen. Du fehlst mir.

Ich schickte den Text noch hinterher, loggte mich aus alter Gewohnheit aus und schloss die App, als ich eine Regung aus dem Inneren des Busses hörte.

»Megan?«

»Ich bin hier«, rief ich über die Schulter zurück, ohne den Blick von dem Anblick vor mir zu nehmen. Das half mir, ruhig zu bleiben, denn meine Fantasie in Bezug auf Nate wollte schon wieder mit mir durchgehen. Schnell nippte ich an meinem heißen Kaffee und verbrannte mir prompt die Zunge. Karma.

»Wieso ist die Tür auf? Das ist rattenkalt hier«, beschwerte Nate sich.

Ich lachte. »Sei nicht so ein Weichei, komm her und genieß den Ausblick. Ich habe auch Kaffee.«

Er grummelte noch eine Weile, doch dann hörte ich Schritte auf dem Holzboden und kurz darauf stand er, eingewickelt in seine Decke, hinter mir und sah hinaus. Die frische Luft von draußen vermischte sich mit dem Schlafgeruch von Nate. Ich atmete tief ein und sah dann zu ihm hoch. »Und? Hab ich zu viel versprochen?«

»Nein«, sagte er leise und schien genauso angetan wie ich. Und ich war angetan von seinem Anblick. Die dunklen Bartschatten hatten sich ausgebreitet und bedeckten nun sein halbes Gesicht. Das gab ihm etwas Verwegenes. Seine dunklen Haare waren vom Schlaf noch ganz zerwühlt, und als er in dem Moment die Decke zurechtzog, erhaschte ich einen Blick auf seinen flachen muskulösen Bauch. Was mich aufkeuchen und weggucken ließ. Und beten, dass Nate mich beim Anhimmeln nicht ertappt hatte.

»Wie hast du geschlafen?«, fragte er mich. Sein Blick war unergründlich, und ich konnte nicht erahnen, ob er wusste, dass ich in seinem Arm gelegen hatte oder nicht.

»Gut«, sagte ich daher nur und vermied jeglichen weiteren

Blickkontakt. Seine Anwesenheit machte es mir schwer, klar zu denken.

Nach dem Naturschauspiel verschwand Nate ebenfalls zum Duschen, und ich atmete erleichtert auf. Während er fort war, bereitete ich das Frühstück vor mit den Lebensmitteln, die wir am Tag zuvor in einem kleinen Supermarkt auf dem Weg eingekauft hatten. Die Sonne kam heraus und vertrieb die Kälte der Nacht. Schnell wurde es warm und ich freute mich auf den neuen Tag.

»Wohin fahren wir heute?«, fragte ich, als wir zusammen frisches Brot und Eier aßen, die ich versucht hatte, so auf dem kleinen Gasherd im Camper zuzubereiten, wie er sie auch in Pipers Diner gegessen hatte. Ich hatte mich zwar grob mit der Route beschäftigt, aber das hieß nicht, dass ich mir alles merken konnte.

»Nach Kingman, Arizona. Zur Route-66-Hauptstadt.« Ich zog fragend die Augenbrauen hoch. »Der noch gut erhaltene Streckenabschnitt zwischen Kingman und Seligman wird als Geburtsort der Route 66 bezeichnet«, erklärte er mir geduldig.

»Hast du das auswendig gelernt?«

»Merkt man das?«

»Unwesentlich.«

Er lachte und ich bekam Gänsehaut. Schnell wandte ich meinen Blick von ihm ab, aber es war zu spät. Sein Lächeln hatte sich schon in meine Netzhaut eingebrannt.

»Wir überqueren die Bundesgrenze vorher direkt über dem Colorado River«, führte Nate weiter aus und zeigte mir unsere Optionen auf dem iPhone. »Entweder fahren wir auf der 40 direkt an der Wüste vorbei – die 40 ist übrigens die alte Route 66 –, oder wir machen einen Schlenker nach Süden, nehmen den Weg über die 10 und halten noch mal im Joshua-Tree-Nationalpark an.« Davon hatte ich schon gehört, dort standen die größten Yuccapalmen, die auch Joshuabaum genannt wurden.

Außerdem sollte der Park landschaftlich gesehen ein Erlebnis sein. Aber …

»Ich würde gerne mal die Wüste sehen«, entschied ich und fand es unglaublich lieb von ihm, dass er mich hatte wählen lassen. »Vorausgesetzt, die Klimaanlage funktioniert.«

Nate schmunzelte und strich sich über das unrasierte Kinn. »Okay. Dann nehmen wir die Original-Route«, beschloss er und legte das Handy weg.

»Noch Kaffee?«, fragte ich und hob die blaue Emaillekanne an. Nate hielt mir seinen Becher hin und ich schenkte uns beiden nach. Immer wieder spürte ich seinen Blick auf mir. Als ich es nicht mehr aushielt, so zu tun, als würde ich es nicht merken, drehte ich meinen Kopf zu ihm herum und sah ihm geradewegs in die Augen.

»Hab ich Marmelade am Kinn oder warum siehst du mich so an?« Meine Stimme zitterte ein wenig, und ich betete, dass er es nicht merkte.

Im ersten Moment schien er ertappt, aber dann setzte er ein wirklich niedliches, fast verlegenes Lächeln auf. »Ich könnte dich jetzt ärgern und Ja sagen, aber …« Er schüttelte den Kopf und sein Blick jagte mir einen angenehmen Schauder über den Rücken. »Ich mag es einfach, dich anzusehen«, sagte er.

Ich zog verwundert über seine Offenheit die Augenbrauen hoch. »Oookay …?« Das Prickeln in meinem Bauch, was mich letzte Nacht nur schwer hatte einschlafen lassen, kam mit voller Wucht zurück und hielt mich gefangen. Mir wurde heiß, und ich wusste, dass die Hitze in meinem Gesicht zu erkennen war.

Wir saßen ungefähr einen Meter voneinander entfernt, jeder auf seinem Stuhl, aber eigentlich wartete ich nur darauf, dass diese Anziehungskraft uns zueinanderzog. Doch ich senkte mit aller Kraft, die ich aufbringen konnte, den Blick und befahl meinem Unterleib, sich verdammt noch mal zu beruhigen.

Nates Räuspern und dass er kurz darauf aufstand und in den Bus stieg, signalisierten mir, dass auch er Abstand brauchte. Auch er hatte ihn gespürt. Diesen verdammten Magnetismus zwischen uns, der es uns unmöglich machen würde, so zu tun, als wäre da nichts.

Ich blieb noch ein paar Minuten sitzen, versuchte krampfhaft, meinen Atem und meine Libido unter Kontrolle zu bekommen, und rief mir wieder und wieder ins Gedächtnis, dass es keine Wiederholung dieser Nacht geben würde. Bis das Klingeln meines Handys mich aufschreckte.

»Sandy«, meldete ich mich, denn ihr Bild und Name waren auf dem Display erschienen. »Hey, was ist los?«

»Was los ist? Dein Bruder ist los«, kam sie gleich zur Sache. »Seit er angekommen ist, tobt er und würde vermutlich auch jeden Stein umdrehen, sollte es nur die kleinste Möglichkeit geben, dich darunter zu finden.«

»Oh, oh.« Ich kannte Hunt und wusste – wenn er wütend war, dann ging man ihm besser aus dem Weg. Genau das riet ich jetzt auch Sandy und entfernte mich dabei ein Stück weit vom Bus. Ich wollte nicht, dass Nate alles mitbekam. So sehr ich ihn auch mochte, meine Probleme gingen ihn nichts an. Als Hunt mich kurz nach unserer Abfahrt aus L.A. angerufen hatte, da hatte er mich nur dafür beglückwünscht, dass ich es mir mit dem Verkauf anders überlegt hatte. Sandy hatte mit ihm gesprochen, wie sie gesagt hatte. Aber es war kein Wort über einen Besuch gefallen. Und der überraschte mich nun doch.

»Kannst du mir mal sagen, warum er glaubt, dass du hier wärst? Hast du ihm nicht erzählt, dass du bei Piper bist?«

»Ich … äh … Ich habe ihm gesagt, dass ich vorhabe, dorthin zu fahren, aber … Da bin ich auch gar nicht mehr«, gab ich schließlich zu. Die Situation erforderte die Wahrheit, schließlich war Sandy diejenige, die mich deckte.

»Bitte was?«

»Ich bin … irgendwo in der Mojave-Wüste«, sagte ich und konnte mir bei ihrem ungläubigen Ausruf gut vorstellen, wie sie die Augen aufriss und sich die Hand vor den Mund schlug.

»Wie bist du denn dahin gekommen?«

»Mit einem Schulbus«, hörte ich mich sagen.

Sie quiekte ins Telefon, und wenn ich nicht genau gewusst hätte, dass Sandy immer die Ruhe selbst war, dann hätte man meinen können, es wäre ein hysterisches Lachen gewesen. »Dein Bruder hat gesagt, dass er sich nicht von hier wegbewegt, solange du nicht da bist.«

»Oha.«

»Und als ich angedeutet habe, dass das vielleicht länger dauern könnte, als ihm lieb wäre, meinte er – O-Ton: ‚Wenn ich ein Weltunternehmen führen kann, dann werde ich ja wohl mit einem Hotel klarkommen!' Scheiße, Meg! Ich glaube, deinen Bruder werden wir so schnell nicht mehr los. Es sei denn, du kommst ganz bald zurück.« Wir wussten beide, dass das vorerst keine Option war.

»Du meinst, *er* will sich jetzt um die Geschäfte des Middleton Inn kümmern?«

»Ich denke, ja, aber ich gebe nur wieder, was er gesagt hat. Vielleicht klärst du das mit ihm selbst?«, bat sie mich fragend.

»Das mache ich, Sandy. Und … Hast du was von Doug gehört?«, fragte ich zögernd.

»Sagen wir mal so: Er ist nicht wutschäumend hier aufgetaucht, um dich zu suchen. Und wie ich gehört habe, scheint er auch nicht woanders nach dir zu suchen. Vermutlich weiß er, was er getan hat.«

Ich schnaubte. »Er glaubt, dass er im Recht war und dass ich gefälligst zu ihm zurückgekrochen –«

»Megan?«, unterbrach mich Nates Rufen. Ich drehte mich um und trat schnell aus dem Schatten des Busses. Er sah mich, dann erkannte er, dass ich telefonierte, und hob nur kurz die Hand, bevor er wieder im Inneren verschwand.

»Pass auf, Sandy, ich kann dir jetzt nicht alles erklären«, sagte ich hastig, »aber mir geht es gut, und ich melde mich bald ausführlicher bei dir. Und auch bei Hunter. Sag ihm das. Aber nicht das mit der Wüste, okay?« Wenn mein Bruder erfuhr, dass ich mit einem Fremden quer durch das Land reiste, um mich selbst zu finden, dann würde er mich schneller ausfindig machen, als mir lieb war. Davon konnte ich ausgehen.

Ich verabschiedete mich von Sandy und ging dann zum Bus zurück, wo Nate das Frühstücksgeschirr spülte. Schnell griff ich mir ein Handtuch und trocknete das Geschirr ab.

»Probleme?«, fragte er und ich erinnerte mich an das erste Telefonat mit Hunt, was ich in seinem Beisein geführt hatte.

»Wie man's nimmt«, gab ich zögernd zurück. Eigentlich hatte ich doch nichts zu verstecken, ich verstand selbst nicht, warum ich mich so zierte. Vielleicht, weil ich mein bisheriges Leben – bis auf meine Kindheit und das Hotel – als nicht erwähnenswert empfand.

Nate erwiderte nichts. Er trocknete wie ein Hausmann die Spüle, dann lehnte er sich rücklings gegen die Arbeitsfläche und sah mich an. »Ich erwarte nicht, dass du mir deine Geheimnisse mitteilst, Megan. Ich möchte nur für dich da sein und mir nicht blöd dabei vorkommen, wenn ich dich aus Versehen beim Telefonieren erwische.« Er setzte das letzte Wort mit seinen Fingern in imaginäre Anführungszeichen. »Mehr nicht. Okay?«

Der kurze Flashback in mein altes Leben hatte mich doch mehr mitgenommen, als ich gedacht hatte, und ich schluckte den Kloß in meinem Hals mit aller Kraft runter. Nein, ich würde nicht zusammenbrechen. Nicht vor Nate. Also nickte ich nur und begann, ihm von mir zu erzählen.

»Aufgewachsen sind mein Bruder und ich in einem kleinen

Ort in New Hampshire. Mom hatte das Hotel, das Middleton Inn, aber sie war immer für uns da. Unseren Dad kennen wir beide nicht, sie hat auch nie über ihn geredet. Wir haben auch nichts vermisst. Wir hatten echt eine tolle Kindheit«, erinnerte ich mich und setzte mich auf das Sofa gegenüber der Küchenzeile, an der Nate noch immer lehnte und mich aufmerksam ansah. »Bis meine Mom starb. Sie war schwer herzkrank und hat uns verlassen, als ich gerade meinen Highschool-Abschluss gemacht hatte.«

»Das tut mir sehr leid«, sagte Nate leise. Ich nickte nur.

»Hunter war da schon längst in New York und nach seinem Studium dann der aufstrebende Stern in der funkelnden Geschäftswelt. Keine Ahnung, was er da genau gemacht hat, aber es war auf jeden Fall der Weg zu seiner jetzigen Karriere. Nach Moms Tod hatten wir dann die Wahl: Entweder wir verkauften das Hotel und teilten das Geld unter uns auf und ich ging aufs College. Oder wir behielten das Hotel, und ich führte es weiter.«

»Ihr habt es behalten?«, folgerte Nate, als ich stoppte. Wieder nickte ich nur.

»Ich war quasi im Middleton Inn aufgewachsen, kannte den Betrieb und die Angestellten. Ich fuchste mich in den ganzen Büromist ein und kam ganz gut klar.«

»Bis …?«

Ich sah ihn an und fragte mich, wie ein Mann so feinfühlig sein konnte. Sein Blick war so offen und warmherzig, und ich fühlte mich richtig schlecht, als ich wieder einmal abblockte. »Bis ich irgendwann nicht mehr klarkam.«

Nate nickte, als Zeichen, dass er meine Botschaft verstanden hatte: Bis hierher und nicht weiter. Mehr konnte ich ihm nicht erzählen. Nicht jetzt. Dafür steckte der Stachel der Demütigung einfach noch zu tief.

Nate stieß sich von der Küchenzeile ab und hockte sich

dann vor mich. Ich zuckte im ersten Moment zurück, weil ich nach Dougs Ausraster eines verinnerlicht hatte: Wenn ein Mann dir zu schnell zu nahe kommt, sei auf der Hut. Nate erschrak genauso wie ich.

»Hey, ich tue dir nichts«, versicherte er mir prompt.

Mein Gott, es war Nate! »Ich weiß. Sorry, ich … Tut mir leid.«

Er ging nicht mehr darauf ein, aber sein Blick war ziemlich eindeutig. »Ich wollte dir nur sagen, dass ich dich für eine ziemlich starke Frau halte und du irgendwann auch mit dem klarkommst, was dich jetzt noch aufhält. Aber vielleicht hilft dir unser Trip, vielleicht hilft es dir, dich ab und zu mal bei mir auszukotzen. Ich habe immer ein offenes Ohr, solltest du reden wollen. Du musst nicht, aber wenn … ich bin hier. Okay?«

Ich konnte nicht anders. Seine Worte hatten mich tief berührt, und statt einer Antwort legte ich meine Hände auf seine Wangen und küsste ihn. Nate erwiderte den Kuss zögernd, doch dann verloren wir uns beide darin. Und ich war froh, dass ich den ersten Schritt getan hatte und das Gefühlsversteckspiel irgendwann vielleicht endlich ein Ende haben würde.

# 14. Nate

Megan zu küssen, sie zu berühren und zu liebkosen war anders. Sie war anders. Nicht vergleichbar mit den Frauen, mit denen ich bisher Zeit verbracht hatte. Megan war besonders.

Als sie mich küsste, plötzlich und ohne Vorwarnung, war es, als würde sie damit einen Schalter in mir umlegen. Von der Sekunde an konnte ich nicht mehr aufhören, sie zu begehren.

Ich hob sie hoch und brachte sie ins Bett. Dort schälte ich sie aus ihren Klamotten, bis sie nackt vor mir lag. Ihre schlanke Figur strahlte so einen Sexappeal aus, dass ich mich zusammenreißen musste, nicht gleich hemmungslos über sie herzufallen. Aber das war es nicht, was ich wollte. Ich wollte sie genießen. Jeden Moment auskosten, jeden Quadratzentimeter ihrer Haut mit Küssen bedecken. Ihren Duft in mich aufsaugen und eins mit ihr werden.

Das Unterfangen, nicht da weiterzumachen, wo wir in unserer ersten Nacht angefangen hatten, war von Anfang an zum Scheitern verurteilt gewesen. Das wusste sie genauso gut wie ich. Zwischen Megan und mir war eine ganz starke Anziehung, die es mir unmöglich machte, sie *nicht* zu wollen. Ich wollte sie. Und das mehr als alles andere. Aber ich hielt mich zurück, kniete mich vor das Bett, spreizte ihre Beine und streichelte sie sanft, bis sie aufstöhnte und erzitterte. Sanft zog ich sie bis an den Rand zu mir heran und versenkte meinen Mund zwischen ihren Schenkeln. Ihr Keuchen leitete mich und zeigte mir, was ihr gefiel. Ich teilte ihre glatten Schamlippen und neckte ihre Klit, saugte und blies sie und ließ meine Zunge um den kleinen geschwollenen Punkt herum kreisen.

Gleichzeitig streifte ich meine Shorts und mein T-Shirt ab, griff in die Schublade am Bett und holte ein Kondom heraus. Als Megan sich aufbäumte, nahm ich meine Finger zu Hilfe, schob sie in sie und entlockte ihr damit kleine Schreie, die mich noch verrückter nach ihr machten. Ich verließ ihre heiße Mitte und richtete mich auf. Meine Lippen fanden den Weg von ihrer Scham über ihren Bauch zu ihren Brüsten, deren Knospen hart und aufgestellt meine Liebkosungen zu genießen schienen. Megan krallte ihre Finger in mein Haar und hielt sich an mir fest, während ich mich langsam weiter nach oben bewegte, sie leidenschaftlich küsste und dann denselben Weg zurück wählte.

Dann kniete ich zwischen ihren Beinen, legte sie über meine Schultern und brachte meinen Schwanz an ihre glänzende Spalte. Ich sah sie an, wollte ihren Blick auffangen, doch ihre Augen blieben geschlossen. Ihre Nägel bohrten sich in das Laken und ihre Hüften hoben sich mir entgegen, als ich langsam in sie eindrang.

Sie fühlte sich so gut an, ihre Haut war so weich, sie war so eng, dass ich fast zerbarst. Ich schob mich in sie, zog mich aus ihr heraus. Immer wieder. Und sie genoss es genauso sehr wie ich. Doch bevor ich platzte, zog ich mich aus ihr heraus, legte mich neben sie und wechselte mit ihr die Position. Ich brauchte sie jetzt nah bei mir. Ihre großen Augen weiteten sich, als ich sie an den Hüften packte und sie mich wie von selbst ins sich aufnahm.

»Alles okay?«, fragte ich und bewegte mich nicht.

Sie biss sich auf die Unterlippe und bejahte stumm. Dabei sah sie so unschuldig aus, dass ich mich nicht an ihr sattsehen konnte. Langsam, ganz langsam brachte ich ihr meine Hüften entgegen, während ich ihre ganz fest hielt. Ihre Wangen waren gerötet, die Haare hatten sich aus ihrem Zopf gelöst, fielen ihr ins Gesicht und die Höfe ihrer festen Brüste waren tiefdunkel geworden. Ich kam hoch, setzte mich auf und begann erneut, an ihren aufgestellten Nippeln zu saugen. Ich entlockte ihr damit kleine spitze Schreie, die wie Musik in meinen Ohren klangen. Megans Arme schlangen sich um meinen Hals, als ich den Kopf hob, um erst ihr Dekolleté, dann ihren Hals und schließlich ihr Gesicht mit gierigen Küssen zu bedecken. Als unsere Lippen sich trafen und unsere Zungen miteinander spielten, begann sie, mich zu reiten. Immer tiefer, immer fester und immer schneller brachten unsere Bewegungen mich an den Rand der Erlösung, die so laut nach mir schrie.

Wir verloren uns gleichzeitig in einem Strudel der Ekstase, und als wir keuchend vor Erschöpfung eng umschlungen auf dem Bett zusammenbrachen, wusste ich, dass dieser Trip das Schönste werden würde, was ich je erlebt hatte.

Das Durchqueren der Wüste war fast genauso schön wie der Sex mit Megan. Aber nur fast.

Die Stimmung zwischen uns hatte sich verändert. Das war spürbar, als wir einige Stunden später durch die Ausläufer der Mojave-Wüste fuhren. Immer wieder fanden sich unsere Blicke und die Finger auf dem Schenkel des anderen wieder. Ich genoss es, wenn sie ihre Hand auf mein Bein legte und sachte, fast zaghaft mit dem Daumen über den Stoff meiner Shorts strich. Manchmal streifte sie dabei auch meine nackte Haut unterhalb des Saums, und ich spürte die Berührung wie heiße Nadelstiche. Wiederkehrend lächelten wir uns an, warfen uns verstohlene Blicke zu, und ein gutes Gefühl nistete sich in meiner Brust ein.

Wir ließen die Playlist laufen und Songs von Bob Seger bis Led Zeppelin begleiteten uns die Meilen durch die einsame Wüste. Das war ein Roadtrip nach meinem Geschmack. Die Sonne brannte erbarmungslos vom strahlend blauen Himmel, außerhalb des Busses herrschten gut fünfunddreißig Grad, wovon wir hier drinnen nicht viel merkten. Die Klimaanlage lief auf Hochtouren.

»Ich bin froh, dass wir uns begegnet sind«, sagte ich und sah auf die Straße, die weit und leer vor uns lag. Wir schienen die einzigen Menschen auf der ganzen Welt zu sein.

Kaum spürbar drückte ihre Hand meinen Schenkel etwas fester. »Ich auch«, hörte ich sie sagen. »Das war alles überhaupt nicht geplant«, setzte sie hinterher und lachte dieses leicht ungläubige Lachen. Als ich sie ansah und ihr Blick direkt meinen traf, funkelten ihre Augen, ihre Wangen waren etwas gerötet und sie sah einfach nur glücklich aus.

Nach rund zwei Stunden Fahrt machten wir einen Stopp, um einige Fotos zu schießen. Die trockene Hitze erwischte uns frontal. Ich setzte mir ein Cap von den Lakers auf und reichte ein zweites an Megan.

»Basketball oder Football? Auf was stehst du mehr?«, fragte sie mich und zog sich ihren Zopf durch die hintere Öffnung des Caps.

»Ich stehe auf so vieles«, sagte ich, ging auf sie zu und hob sie hoch, um mich mit ihr um die eigene Achse zu drehen. Megan lachte und legte dabei den Kopf in den Nacken. Sie war so wunderschön und fühlte sich so verdammt gut an. Ihre festen Brüste pressten sich an meinen Oberkörper, als ich sie langsam wieder herunterließ. Ihr Gesicht berührte meins und sorgte dafür, dass ich gar nicht anders konnte, als sie zu küssen.

Wir knutschten wie Teenager – ich fühlte mich auch wie einer – bevor sie juchzend vor mir weglief. Ich fing sie ein, wir alberten herum und posierten dann abwechselnd vor dem Hintergrund der Regenschattenwüste. Dabei ließen wir uns immer wieder verschiedene Posen einfallen, dazwischen knutschten wir weiter und weiter. Und wir wurden immer sicherer, was das Berühren anging. War es am Anfang noch Unsicherheit gewesen, die uns dabei begleitete, so fanden wir immer mehr zu einer Einheit zusammen, die einander immer weniger fremd wurde. Megan und ich – das wurde nach und nach zu einem vertrauten Gefühl, als würden wir uns schon ewig kennen. Noch nie zuvor hatte ich so etwas erlebt. Noch nie zuvor hatte ich so gefühlt.

Irgendwann alberten wir nur noch miteinander herum, und als Megan das Gesicht in die glühende Sonne streckte und aus vollem Hals lachte, drückte ich ab. Dann schoss sie noch ein paar Selfies von uns beiden, und dabei entstand sogar eines, auf dem wir uns küssten. Ich ließ es mir von ihr auf mein Handy schicken und setzte es sogleich als Bildschirmschoner ein. Auch so etwas hatte ich noch nie zuvor gemacht. Megan legte Seiten in mir frei, die ich lange versteckt gehalten hatte. Selbst vor mir.

Was mir an Megan so gefiel, war ihre spielerische Art. Ihre Ausgelassenheit zog mich mit sich, und seit wir L.A. verlassen hatten, öffnete sie sich jeden Tag ein bisschen mehr. Und sie wurde mit jeder Minute freier. Die Reise tat ihr gut. Vielleicht lag es auch ein kleines bisschen an meiner Anwesenheit. Ich hoffte es zumindest.

Nachdem wir uns verausgabt hatten, kehrten wir verschwitzt und ausgetrocknet wieder in den Bus zurück und fuhren nach dem Leeren von je einer Wasserflasche mit der Klimaanlage auf höchster Stufe weiter in Richtung Kingman.

»Auf so eine bescheuerte Idee, mitten in der Wüste eine Fotosession zu machen, können wohl auch nur zwei bekloppte Touristen kommen«, meinte Megan lachend und drückte sich mit dem Finger auf den Arm. »Guck, ich hab einen Sonnenbrand.«

Das Herzstück an der Route 66 erreichten wir nach etwas über zwei Stunden Fahrtzeit. Kurz vor Kingman teilte sich die Strecke und wir fuhren auf das legendäre Teilstück der Motherroad. Wir suchten einen Parkplatz für den Bus und beschlossen, die Stadt zu Fuß zu erkunden. Laut Reiseführer sollten in diesem Ort einige Sehenswürdigkeiten lohnenswert sein. Auch hier, knappe einhundert Meilen von der Wüste entfernt, knallte die Sonne auf uns herab, wenn auch lange nicht so erbarmungslos. Ein riesiges Thermometer an einem der Gebäude zeigte nur sechsundzwanzig Grad an. In der Wüste waren es zehn Grad mehr gewesen.

Die Stadt Kingman mit ihren Leuchtschildern, den roten Zapfsäulen und dem Retrolook war definitiv einen Besuch wert. Staunend spazierten wir Hand in Hand durch die Stadt, fotografierten die Route-66-Deko an und vor den Häusern, wunderten uns über die Farbwahl einiger Gebäude und kehrten hungrig im wohl legendären Mr. D'z Route 66 Diner ein. Das wunderbar kitschige pink und türkis gestrichene Gebäude war nicht zu übersehen, und schon vor der Tür hatte man den Eindruck, in den Fünfzigerjahren stehen geblieben zu sein. Im Inneren erwischte uns die gute alte Zeit dann mit voller Wucht. Schwarz-weiß gekachelter Linoleumboden, weiße Tische, rote Stühle mit Stahlgestell und am Fenster Nischen mit wahlweise türkisen oder pinken Sitzbänken. An den Wänden hingen unzählige gerahmte Fotos von Autos, Menschen, Stars und Sternchen. Neben dem Retro-Tresen, der gesäumt war von türkisen Barhockern, stand eine mannshohe Tanksäule vor dem Fenster, die irgendwann mal zu einem Kaugummiautomaten umfunktioniert worden war. Und daneben fand sich eine alte Musikbox, die Songs aus den Fünfzigern spielte. Megan und ich staunten nicht schlecht über so viele Skurrilitäten in diesem kleinen Diner.

Von der Bedienung, einer älteren Ausgabe der berühmten Marylin Monroe, erfuhren wir, dass das Diner ursprünglich mal eine Tankstelle gewesen war. »Aber mit Essen lässt sich einfach mehr Umsatz machen.«

Wir bestellten Burger und Pommes und hatten nach kürzester Zeit jeder einen Teller mit einer riesigen Portion vor uns stehen. Ausgehungert fielen wir darüber her, fütterten uns gegenseitig und küssten uns immer wieder über den Tisch hinweg. Die amüsierten Blicke von Marilyn und einigen anderen Gästen entgingen mir nicht, aber das war mir ziemlich egal. Wir waren nun mal frisch verliebt – na und?

Ich stutzte, während dieser Gedanke durch meinen Kopf schoss wie ein Blitz. Verliebt? Waren wir wirklich verliebt? War ich verliebt? Oder war es einfach nur ein unbedeutender Flirt, der sich im Sande verlaufen würde, sobald wir unseren Trip beendeten?

Mitten in diese Gedanken platzte ein Anruf auf Megans Handy. Sie entschuldigte sich, stand auf und nahm das Gespräch auf dem Weg nach draußen an, wo ich sie durch die großen Fenster dabei hin und her laufen und wild gestikulieren sah. Ob sie wieder mit ihrem Bruder telefonierte? War das wirklich ihr Bruder oder hatte sie mich damit einfach nur ruhigstellen wollen?

»Ist alles okay mit dir?«, riss Megans Stimme mich aus meinem verworrenen Gedankenspiel. Mein Kopf flog hoch, und ich rieb mir kurz über das Gesicht, während Megan wieder in die Nische rutschte und sich mir gegenüber setzte.

»Was? Ja. Ja, alles okay. Ich habe nur gerade … an … ein paar Dinge gedacht, die ich noch regeln muss. Beruflich«, setzte ich hinterher. Megan sagte zwar nichts, aber ihr Blick verriet mir, dass sie mir nicht glaubte. Kein Wort. »Sorry, aber wir müssen uns ja nicht alles erzählen«, platzte es plötzlich aus mir raus, weil ich mich ertappt fühlte. Erschrocken wich sie vor mir zurück und im selben Moment tat es mir unbeschreiblich leid, dass ich sie so angeblafft hatte.

»Nein, müssen wir nicht«, gab sie ziemlich reserviert zurück und sah mich abschätzend an.

»Ich … Tut mir leid, das war echt blöd von mir«, entschuldigte ich mich zerknirscht. Ich merkte, dass nicht nur Megans Blick auf mir ruhte, sondern auch der von Marylin. Mein schlechtes Gewissen wuchs. »Es tut mir leid, wirklich.«

»Schon okay.«

»Nein, ist es nicht. Weißt du, ich bin nicht gut in so was. Was ich meine ist, ich habe so was wie das hier … mit dir … noch nie gemacht. Wir teilen Harriet und einen Abschnitt unseres Lebens und … So viel Nähe erfordert ein gewisses Maß an Toleranz, Vertrauen und Ehrlichkeit. Finde ich zumindest.« Ich wartete, ob sie mir zustimmte, und langsam nickte sie.

»Aber du hast recht, wir müssen uns nicht alles erzählen. Wir sind ja kein Paar oder so.«

»Das hat nichts damit zu tun, Megan. Es ist nur … Ich habe einfach das Gefühl, dass du nicht ganz ehrlich zu mir bist.«

Sie runzelte die Stirn, griff sich in ihre Haare, hielt sie im Nacken kurz zusammen, sah sich um und atmete einmal tief durch, bevor sie ihre Hände wieder auf dem Tisch ablegte. Ihre blauen Augen sahen mich eindringlich an. »Ich bin ehrlich zu dir, wenn ich sage, dass ich dich mag. Ich bin ehrlich zu dir, wenn ich nachts deinen Namen schreie. Ich bin ehrlich zu dir, wenn ich mit dir lache, und ich bin verdammt noch mal auch ehrlich zu dir, wenn du mich etwas fragst. Und ich habe dir ganz ehrlich gesagt, dass ich nicht über alles reden will. Also sag mir nicht, dass ich nicht ehrlich zu dir bin.« Ihre Stimme war leise, aber ihr Klang fest und entschlossen.

Ich musste schlucken. Das war nicht das, was ich erwartet hatte. So offene Worte, die auch noch die Wahrheit waren. Also nickte ich nur stumm und nahm einen Schluck von meiner Cola. Gerade als sie nach ihrem Burger greifen wollte, legte ich meine Hand auf ihre. »Du hast recht, Megan. Das war nicht fair von mir. Du *bist* ehrlich. Genaugenommen bist du sogar der ehrlichste Mensch, der mir in den letzten Jahren begegnet ist. Du sagst, was du denkst, und wenn du nicht reden willst, dann sagst du das auch, anstatt zu lügen. Du hast recht, und ich bin ein Idiot.«

Megan atmete ein, hielt die Luft an und atmete wieder aus. Dann grinste sie kaum sichtbar, und ihre Augen funkelten mich an. »Da möchte ich ungern widersprechen. Und da du das jetzt so schön eingesehen hast, geht das Essen auf dich.« Jetzt verzog sie ihre schönen Lippen zu einem breiten Grinsen, und ich konnte nicht anders, als laut aufzulachen.

»Nachtisch?«, fragte ich sie.

»Was für eine Frage.«

Ich zog ihre Hand an meinen Mund und küsste sie, dann sah ich mich nach Marylin um, doch die schien alles mitbekommen zu haben, denn im Vorbeigehen reichte sie uns mit einem wissenden Lächeln die Dessertkarte.

»Kingman ist so retro, ich möchte unbedingt mehr von dieser Stadt sehen«, schwärmte Megan nach dem Essen und schnappte sich eins der Prospekte über die Stadt, die in einem Plexiglasständer auf jedem der Tische steckten. Während wir zum Nachtisch jeder einen frisch gemixten Milchshake genossen, planten wir also nebenher ein paar Aktivitäten in der Stadt. Und die Stimmung war wieder so verliebt, wie sie noch vor unserer kleinen Auseinandersetzung gewesen war.

Nach dem Lunch besuchten wir das historische Route-66-Museum, in dem wir mehr über die Mutter aller Straßen erfuhren und originale Cadillacs in allen möglichen Pastellfarben bewunderten. Wir kamen am Lokomotive Park vorbei und an einigen anderen historischen Punkten der Stadt, bis wir schließlich zum Abend hin wieder in den Bus stiegen und uns eine Stelle zum Übernachten suchten. Der kurze dunkle Moment von mittags war längst vergessen, und der Abend endete, wie der Morgen begonnen hatte.

Unsere Körper rieben sich nackt aneinander, kaum, dass wir die Tür hinter uns und die Jalousien an den Fenstern geschlossen hatten. Während meine Hände langsam Megans Körper erkundeten, gab sie sich mir ganz hin. Meine Zunge neckte ihre Haut von ihrem schlanken Hals, über ihre festen Brüste, saugte an ihren steifen Nippeln und glitt zu ihrem flachen Bauch bis zu ihrer geschwollenen, empfindlichen Klit. Mit ausgedehnter Langsamkeit leckte ich diese, bevor ich mich noch einen Schritt weiter wagte und mit der Zunge in ihre heiße Öffnung drang und sie erkundete. Hm, sie schmeckte so gut. Ich konnte nicht genug davon bekommen und ließ erst von ihr ab, als sie mir keuchend drohte, sonst zu explodieren. Doch das war zu früh, ich wollte sie noch viel mehr verwöhnen und ihr zeigen, was sie bisher verpasst hatte.

Von ihrem Stöhnen begleitet strich ich quälend langsam mit dem Mund über die Innenseiten ihrer Schenkel hinunter zu ihren Fesseln und wieder zurück, bis ich erneut an ihrer pulsierenden Mitte angekommen war. Sie stemmte ihre Fersen in die Matratze und bäumte sich auf, krallte ihre Fingernägel in das Laken, und als ich mich aufrichtete, bewegte sie sich, als wäre ich bereits in ihr. Ich fingerte sie, und während sie die Augen geschlossen hatte und meine Berührungen in ihrer Dunkelheit genoss, sah ich ganz genau hin und saugte alles in mir auf. Ihre geschwollene Perle zwischen ihren glatten rosa Schamlippen pulsierte, und aus ihrer Öffnung trat ihr eigener Saft aus, tropfte auf das Laken. Dieser Anblick war mehr, als ich ertragen konnte.

Sie wimmerte, als ich meine Finger aus ihr zog, aber wehrte sich nicht, als ich sie auf den Bauch drehte, auf die Knie zog und dann mit meinem bereiten und kondomgeschützten Schwanz von hinten in sie drang. Sie kniete auf allen vieren vor mir und die Laute, die sie von sich gab, trieben mich nur noch mehr an. Während ich sie nahm, stimulierte ich ihre Klit mit den Fingern und schon kurz darauf spürte ich, wie sie kam. Als ihre Vagina sich um meinen Schwanz krampfte, explodierte auch ich in ihr.

Wir brachen im Bett zusammen, und ich suchte ihren Mund, den sie bereitwillig öffnete, um mich zu küssen.

»Du bist der Wahnsinn«, flüsterte ich zwischen zwei Küssen und rollte mich neben sie.

»Du bist aber auch nicht übel«, gab sie leise zurück.

Sobald mein Schwanz wieder bereit war, fielen wir erneut übereinander her und schliefen ineinander verschlungen erst ein, als der Morgen über Arizona hereinbrach.

Schon wenige Stunden später wurde ich durch den Geruch von frisch gebrühtem Kaffee am Bett wieder geweckt und bedankte mich bei Megan, indem ich sie zum Orgasmus brachte. Wir duschten nacheinander im Bus, da es außerhalb keine Möglichkeit dafür gab. Nach einem ausgiebigen Frühstück, für das wir noch mal in das urige Diner zurückgekehrt waren, kauften wir noch ein paar Magnete und Blechschilder, die ich sogleich im Bus an die Wände brachte, und machten uns am frühen Nachmittag auf, unsere Route fortzusetzen. Begleitet von alten Countrysongs aus dem Radio, die wir aus vollem Hals mitgrölten, und dem Fahrtwind, der uns durch die geöffneten Fenster um die Nase wehte, erreichten wir nur etwa dreißig Meilen weiter Richtung Osten den Ort Hackberry.

Dort besuchten wir den General-Store. Er war bis in die späten Siebziger als Tankstelle genutzt, aber dann geschlossen worden, als die neue Interstate diesen Abschnitt der Route 66 umging. In den Neunzigern war sie wieder eröffnet worden, und mit dem Betreten des Geländes befand man sich in einer anderen Welt. Auf dem ganzen Grund standen rostige Oldtimer, alte Werbetafeln und Blechschilder sowie Tanksäulen aus den Vierziger- bis Sechzigerjahren. Im Store selbst kauften wir so viele Andenken, wie wir tragen konnten.

Wir brachten an diesem Tag noch weitere achtzig Meilen hinter uns und übernachteten in einem kleinen Städtchen namens Ash Fork, wo wir in einem kleinen Café an der Route zu Abend aßen und uns am nächsten Morgen den nächsten Kulturschock verpassten, indem wir das Historical Society Museum besuchten. Am Abend kamen wir nach weiteren siebzig Meilen und dem Verlassen der eigentlichen Route am Grand Canyon West an, der außerhalb des Grand Canyon National Parks lag. Und während der Bus auf der sandigen Steppe eines Campingparks stand, trieben wir es miteinander, bis wir irgendwann nachts erschöpft im Bett zusammenbrachen. Und ich tatsächlich ganz nah dran war, mir die Frage, ob ich wirklich verliebt war, selbst zu beantworten.

# 15. Megan

Am nächsten Morgen weckte mich frischer Kaffeeduft.

»Gute Morgen, Schönheit«, flüsterte Nate und hauchte mir einen Kuss auf die Schläfe.

Ich war müde und überhaupt nicht gewillt, wach zu werden, aber Nate lockte mich mit einem Versprechen.

»Der schönste Sonnenaufgang, den du je gesehen hast«, schwärmte er. »Aber nur, wenn du dich beeilst, sonst verpasst du alles.«

Ich streckte mich kurz, dann stolperte ich eingewickelt in die Decke aus dem Bett und stellte mich zu ihm an die Tür. Und er hatte recht. Der Himmel erwachte über den weit entfernten Felsen in der schönsten Mischung von Gelb- und Orangetönen, die ich je in dieser Konstellation gesehen hatte. Die Sonne ließ ihre Strahlen vorsichtig über die Bergspitzen im Osten blitzen und ich fragte mich, wie spät es überhaupt war.

»Kurz vor sechs«, gab Nate mir die Uhrzeit. Kein Wunder, dass ich so müde war, ich hatte gerade mal vier Stunden die Augen geschlossen gehabt. Aber dieser Anblick entschädigte für alles. Und Nates Anwesenheit so nah bei mir erst recht.

»Hast du überhaupt geschlafen?«, fragte ich und nippte am heißen Kaffee.

»Nur kurz. Aber das Licht … Ich konnte nicht anders.« Er sah in den Himmel und ich konnte ihn verstehen. Mein erster Impuls war, das Handy zu holen, um alles bildlich festzuhalten. Aber dann entschied ich mich dafür, den Moment einfach nur zu genießen. Und während die Sonne aufging und ich so nahe bei Nate saß, mich einfach nur wohl und auf sonderbare Weise beschützt fühlte, merkte ich, wie sich eine der Fesseln löste, in denen ich mich bisher gefangen gefühlt hatte. Es war ein Stück Freiheit, das ich hier gerade erlebte.

»Danke, dass du mich geweckt hast.« Ich drückte mich enger an Nate, und er hauchte mir einen Kuss auf die Stirn und hielt mich einfach nur fest.

Die Sonne wanderte über die Berggipfel, währenddessen saßen wir Schulter an Schulter unter einer gemeinsamen Decke auf Harriets Stufen und sahen diesem Schauspiel andächtig zu.

Vereinzelt krochen weitere Camper aus ihren Wagen, die auf dem riesigen Areal weiträumig mit genügend Abstand verteilt parkten, und genossen wie wir die atemberaubende Aussicht.

»Sonnenaufgang oder Sonnenuntergang?«, fragte er leise, ohne den Blick von der Natur vor uns zu nehmen.

»Sonnenaufgang. Ich liebe es, wenn ein neuer Tag anbricht«, antwortete ich. »Es ist immer wieder eine neue Chance, etwas in deinem Leben zu ändern.«

»Da gebe ich dir recht.«

Ich sah mich um und klopfte auf den Bus.

»Warum eigentlich Harriet?«, fragte ich. Er schmunzelte. »Das heißt übersetzt so was wie ›reiches Heim‹. Ich dachte mir, das passt irgendwie. Wo dieser Bus doch jetzt mein Zuhause ist.«

Das fand ich total süß, und ein Schauer überlief meine Haut. »Verstand oder Herz?« Ich drehte mich zu ihm und Nate sah mich mit diesem einen Blick an, der mich alles andere um mich herum vergessen ließ. So dauerte es eine ganze Weile, bis ich mich aus seinem wärmenden Blick lösen und ihm antworten konnte.

»Herz. Immer Herz.«

Über Nates Gesicht huschte ein Lächeln. Die Wärme in seinen Augen wurde stärker, und ich schmolz wie Eis in der Sonne, als er sich zu mir rüber beugte und mir einen sanften Kuss auf die Lippen hauchte. Für diesen einen Moment versank ich in diesem ganz besonderen Gefühl von Glück, das ich nur bei ihm spürte.

Dann legte er seine Stirn gegen meine, und mit geschlossenen Augen verharrten wir so noch ein paar Augenblicke, bevor wir uns wieder voneinander lösten und die Sonne betrachteten, die jetzt schon hoch über den Berggipfeln stand.

»Karriere oder Liebe?«, wagte ich zu fragen. Ich wusste nicht viel von ihm, und dieses Spiel konnte das ändern, wenn ich nur etwas mutiger war.

Nates Mundwinkel verzogen sich ein wenig, er schmunzelte. »Ich habe die letzten Jahre nur für die Karriere gelebt«, sagte er. »Und ich habe gut gelebt. Aber mir ist klar geworden, dass das nicht alles ist. Deswegen bin ich hier.« Er machte eine Geste und sah auf das Land vor sich. Der blaue, wolkenlose Himmel versprach einen weiteren wundervollen Tag. »Im Moment habe ich keine Karriere, die ich aufgeben müsste, sollte ich mich verlieben.« Die letzten Worte wurden immer leiser und mein Herz pumpte das Blut viel zu schnell durch meine Adern, als ich schließlich den Kopf herumdrehte und ihn ansah.

Nates Profil verschmolz mit der Landschaft hinter ihm. Er passte Hundertprozent hierher. Entspannt und mit sich im Reinen saß er neben mir auf Harriets Stufen und betrachtete das Leben aus einem ganz neuen Blickwinkel. Ich glaube, das war wieder mal einer der Momente, in denen ich begriff, dass ich mehr für diesen Mann empfand, als ich mir bisher hatte eingestehen wollen.

»Du lebst deinen Traum«, stellte ich fest.

Er nickte stumm, und ich bewunderte ihn dafür.

»Dieses Gefühl von Freiheit ist unbezahlbar.« Jetzt sah er

mich an. »Ich würde es nicht mehr eintauschen wollen. Nicht gegen alles Geld der Welt.«

»Dann bist du kein Familienmensch?«, riet ich. Freiheit implizierte für mich, allein zu sein.

Er lachte leise. »Ich habe nicht viel Familie. Meine Eltern haben sich getrennt, als ich noch auf der Juniorhigh war. Großgezogen hat mich meine Nanny. Meinen Eltern war die Karriere immer wichtiger als ich. Ein Fehler, den ich nicht machen möchte.«

»Habt ihr noch Kontakt?«

»Karten zu Weihnachten oder zu den Geburtstagen, mehr nicht.«

»Das ist traurig«, befand ich und dachte an meine eigene Familie. Wir hatten nur uns drei gehabt, aber es war eine glückliche Zeit gewesen. Mom hatte versucht, trotz der vielen Arbeit im Hotel immer für uns da zu sein. So manches Mal hatten wir Abstriche machen müssen, weil die Arbeit wichtiger gewesen war, aber trotzdem haben wir so viel Zeit wie möglich miteinander verbracht. Und Sandy war auch immer da gewesen. Ich hatte nichts vermisst. Zumindest, soweit ich mich daran erinnern konnte. Ich war mir sicher, dass ich für meine Kinder irgendwann einmal genauso da sein würde.

»Ich habe gelernt, damit zu leben«, erwiderte Nate und hörte sich ein wenig resigniert an. »Das Leben geht weiter und ich bin nicht verantwortlich für das, was meine Eltern getan haben oder tun. Ich bin nur für mich verantwortlich. Und vielleicht irgendwann mal für meine eigene Familie.«

Ich zögerte einen Moment. »Möchtest du irgendwann eine Familie?«

»Mit der richtigen Frau? Auf jeden Fall. Und du?«

Ich schluckte. Die Diskussion um Kinder war der Grund gewesen, warum die Sache mit Doug eskaliert war. »Ich weiß es nicht«, gab ich ehrlich zu. »Es gab bisher keinen Grund, mir darüber Gedanken zu machen.«

Nate nickte verstehend und sah dann wieder in den Sonnenaufgang.

»Vergangenheit oder Zukunft?« Ich wusste nicht, woher ich den Mut nahm, ihn so etwas zu fragen. Vielleicht war die Frage gar nicht an ihn gerichtet, sondern an mich selbst. Aber er gab die Antwort, die ich mir selbst vermutlich auch gegeben hätte.

Er sah mich an und entfachte damit einen Feuersturm in meinem Innersten. »Mit dir? Die Zukunft. Immer die Zukunft.«

Wir verbrachten den Tag in der Nähe des Campingplatzes und spazierten zum Tourismusbüro, in dem wir uns für den nächsten Tag Tickets für den Besuch des Skywalks besorgten. Allein auf diesem kurzen Weg füllte mein Kameraspeicher sich wieder mit unzähligen Bildern. Für Instagram hatte ich aber keine Muße. Mir war die Zeit im real life wichtiger, als sie im Internet zu verbringen. Das würde ich vielleicht irgendwann nachholen und meine Follower nachträglich an meiner Reise teilhaben lassen.

Der Skywalk war ein Touristenmagnet. Der hufeisenförmig angelegte Balkon mit gläsernem Boden schwebte fast eine Meile über dem Grand Canyon. Von dort aus sollte man einen fantastischen Blick auf die Canyons haben. Ein Besuch, den man gemacht haben musste, so Nate. Also gab ich mich geschlagen, auch wenn ich nicht so höhentauglich war wie er.

Den Abend verbrachten wir wieder am Lagerfeuer, über dem wir uns diesmal eine Suppe wärmten. Wir sprachen nicht viel, aber das war okay. Wenn wir schwiegen, war es angenehm. Wir warfen uns Blicke zu, die tiefer gingen, als Worte es je hätten schaffen können.

Als es draußen zu kalt wurde, kuschelten wir uns eng aneinander ins Bett und sahen uns auf Nates Laptop einen Film an, von dessen Inhalt wir aber nicht wirklich etwas mitbekamen.

Die Nacht gehörte ganz unserem Verlangen, und ich verschrieb mich Nate mit jeder Sekunde mehr, die wir eng umschlungen miteinander verbrachten.

Am nächsten Morgen brachte uns ein Bus samt Tourguide zum Skywalk. Ich war müde und gerädert, hatte nicht viel geschlafen, die meiste Zeit hatte ich mit viel zu schnellem Puls in Nates Arm gelegen und an seine Worte gedacht. *Mit dir immer die Zukunft.* Das war so ... intensiv. Ich wusste nicht, ob ich das schon so annehmen konnte. Vorausgesetzt, er hatte es wirklich so gemeint. Irgendwann war ich darüber eingeschlafen. Als ich am Morgen in seinem Arm aufgewacht war, hatte ich beschlossen, nicht mehr so viel nachzudenken, sondern einfach den Moment zu genießen. Das Leben zu genießen. Das Jetzt. Ohne Vergangenheit, ohne Zukunft. Nur das Jetzt. Mit Nate. Solange es eben dauerte.

Am Gebäude angekommen, von dem es losgehen sollte, konnte ich bereits einen Blick auf den ins Nichts ragenden Balkon werfen.

»Da sollen wir rauf?« Ich konnte meinen Blick nicht von dem imposanten Glaskasten abwenden. »Das ist hoch ... Kann ich nicht einfach hier auf dich warten?«

»Wenn du nicht willst, dann musst du nicht. Aber ... Hey, ich glaube an dich.« Er nahm mich fest in den Arm, und seine Stärke gab mir Zuversicht.

»Manchmal muss man auch mal über seinen Schatten springen«, sprach ich mir selbst Mut zu und nickte entschlossen, dieses Ungetüm zu bezwingen.

An Nates Hand betraten wir hinter dem Guide das Gebäude, wo unsere Tickets gescannt wurden. Dann ging es raus und über einen geschlängelten Weg mit Holzgeländer, wie man ihn aus Freizeitparks kannte, hinauf zur Plattform.

Wenn ich über das Geländer sah, war alles gut, denn hier war noch der Felsen unter uns, auf dem der Skywalk errichtet worden war. Am Ende ging es wieder in ein Gebäude, in dem unsere Tickets erneut gescannt wurden. In einem langen Flur zogen wir uns dann Überzieher aus Filz über unsere Schuhe, damit wir den Glasboden nicht zerkratzten. Und am Ende des Flurs führte die Tür hinaus und ich sah den Abgrund direkt vor mir.

»Oh mein Gott!« Ich schlug mir die Hand vor den Mund, aber der Schrei war schon raus. Nate stand sogleich hinter mir und hielt mich umarmt.

»Ich bin bei dir, okay?«

Ich brauchte einen Moment, musste ein paarmal durchatmen und mich orientieren. An der Spitze des Hufeisens standen schon einige Menschen, die den Blick auf den Canyon genossen.

»Ich weiß nicht, ob ich das kann«, flüsterte ich. Meine Kehle war wie zugeschnürt, mein Herz raste und pochte in meinem Hals.

»Alles gut. Wir können auch einfach hier stehen bleiben«, bot er mir an. »Hier ist noch der Fels unter uns. Guck.« Er zeigte nach unten. Ich musste mich überwinden, um seinem Fingerzeig mit meinem Blick zu folgen, aber er hatte recht. Unter uns war es nicht viel höher, als aus einem Fenster im ersten Stock zu sehen. Ich beruhigte mich ein bisschen. Außerdem wurde der Weg von einem Geländer und einer dicken mannshohen Abtrennung gesichert. Wenn der Boden sieben vollbesetzte Flugzeuge aushalten würde, wie auf dem Weg hierher auf einem Schild zu lesen stand, dann sollte es auch uns aushalten.

Glücklicherweise waren hinter uns keine Leute mehr, sodass wir nicht im Weg standen und ich in Ruhe wieder zu Atem kommen konnte. Und als ich die ganze Zeit nur geradeaus sah, die Berge bewunderte und die klare Luft einatmete, wurde mir klar, dass ich es wagen wollte.

»Man lebt nur einmal«, murmelte ich und grinste schief, als mir die Zweideutigkeit in diesem Zusammenhang bewusst wurde. Nate nickte, trat neben mich und nahm meine Hand in seine.

»Bereit?«

Diesmal nickte ich und begann, einen Fuß vor den anderen zu setzen. Dabei sah ich nicht runter, sondern nur nach vorne. Und je weiter wir gingen, im Schneckentempo mit einer Hand an der Brüstung, mit der anderen Nates Hand zerquetschend, umso mutiger wurde ich.

Die Sonne brannte gnadenlos auf uns hinunter, sobald wir aus dem Schatten des Gebäudes traten, und setzte die Felsen vor uns wunderschön in Szene.

Leider hatten wir weder Fotoapparate noch Handys mit auf diesen Balkon nehmen dürfen, sondern sie vorher in einem der Schließfächer wegsperren müssen. Als wir den gläsernen Boden des Balkons betraten, wusste ich auch, warum. Der Ausblick nach unten, nach oben und zu den Seiten war so gigantisch, dass man für Fotos gar keine Zeit gehabt hätte. Und so konzentrierte ich mich ganz auf das Hier und Jetzt und schwor mir, diese Momente für immer in meinem Herzen zu bewahren.

Bereits vom Anfang aus konnte man in die Schlucht hinuntersehen, aber je weiter wir auf den Skywalk hinausgingen, umso mehr erfasste ich das wahre Ausmaß dessen, was uns umgab. Es war einfach gigantisch, diese Gewaltigkeit des Gesteins um uns herum zu spüren. Da wurde mir bewusst, was wir Menschen doch für kleine, unbedeutende Lichter waren.

Nate lief in der Mitte des Wegs, die durchlässig den Blick

nach unten gewährte. Am Rand, da, wo ich mich entlanghangelte, lagen die Metallstützen unter dem Glas und gaben mir das Gefühl, auf einem ganz normalen Weg zu laufen. Das war okay.

»Wahnsinn«, presste ich raus. Die einzelnen Gesteinsschichten, die sich wie gemeißelte Linien durch die Millionen Jahre alten Felsen zogen, waren einfach unglaublich anzusehen. Ich fühlte mich winzig wie eine Ameise und unbedeutend wie ein Staubkorn im Schatten dieses Weltwunders.

»Bereust du deinen Mut?«, fragte Nate, als er sich neben mich stellte und den Arm fest um meine Schultern legte. Die Brise hier oben ließ mein Haar wehen und ich löste eine Hand vom Geländer, um es mir aus dem Gesicht hinter die Ohren zu streichen.

»Ich bin froh, dass ich mich getraut habe«, gab ich zu.

»Ich auch.«

Nate küsste mich, dann standen wir einfach nur da und ließen die Macht der Gesteine auf uns wirken. Ich hatte Gänsehaut.

Wir verbrachten insgesamt ungefähr eine halbe Stunde auf dem Skywalk, bevor wir einmal um das Hufeisen herumgelaufen waren und wieder in das Gebäude traten, aus dem wir auf der anderen Seite gekommen waren.

Schweigend verließen wir den Ort. Ich hatte meine Angst überwunden und etwas so Schönes erlebt. Ich schaute zurück, und mir wurde plötzlich klar, wie mutig das gewesen war. Wie damals, als ich mein altes Leben zurückgelassen hatte. Ich war mutig! Und plötzlich war ich stolz auf mich. So stolz, dass ich nicht aufhören konnte zu lächeln.

# 16. Megan

Die nächsten sieben Tage verflogen wie im Rausch. Nach dem Bezwingen des Skywalks fühlte ich mich unbesiegbar, sodass ich sogar einer Rafting-Tour durch die Canyons begeistert zugestimmt hatte.

Drei Tage waren wir schon unterwegs, und mit dem heutigen Sonnenaufgang brach der letzte Tag der geführten, unglaublich kontrastreichen Rafting-Tour durch den Grand Canyon an. Die letzten Tage hatten wir mit einer Gruppe von etwa zwanzig Leuten verbracht. Das Unglaubliche möglich machen, hatte der Guide anfangs gesagt, und seine Worte waren mir im Ohr geblieben.

Die Truppe verteilte sich auf sechs Raftingboote, mit denen wir rasant durch epische Stromschnellen gestürzt und danach leise auf dem Fluss dahingeglitten waren. Es war gefährlich gewesen, aber auch ruhig und gemütlich. Je nach Streckenabschnitt hatten wir gemeinsam gekämpft oder uns einfach nur treiben lassen. Immer eingerahmt von steilen Felswänden, die eine Meile über unseren Köpfen emporragten und umgeben von einer so klaren Luft, wie ich sie bisher noch nie gerochen hatte. Und das, obwohl Honey Falls direkt am See und umgeben von Wäldern und Bergen lag.

Wir wanderten durch die unberührte Landschaft, wuschen uns unter den kleinen Wasserfällen, wo das Wasser bedeutend sauberer war als im Fluss, verbrachten die Abende an ausgewählten Plätzen in freier Natur. Irgendjemand spielte Gitarre und wir sangen alte Countrysongs, grillten Würstchen oder Fisch am Stock über dem offenen Feuer und schliefen in Zelten unter freiem Himmel. Ich genoss es, mich nachts im Schlafsack an Nate zu kuscheln und mich geborgen und beschützt zu fühlen.

Nate gab mir das Gefühl, ganz ich selbst sein zu dürfen. Ich musste mich bei ihm nicht verstellen, und das war ein gutes Gefühl. Wieder spürte ich, wie sich Fesseln, die Doug mir angelegt hatte, lockerten und letztlich ganz lösten. So schaffte ich es auf wundersame Weise, mich Stück für Stück ins Leben zurückzuholen.

Nach einem letzten gemeinsamen Frühstück räumten wir unser Lager auf, verstauten die Zelte und den Müll im Beiboot und nahmen bei Sonnenschein und blauem Himmel das letzte Stück der Tour durch den Canyon River in Angriff. Das Lachen und der Spaß hallten von den Felswänden wider und bescherten mir Gänsehaut. Als Fremde hatte die Gruppe sich auf den Weg gemacht, den Fluss zu bezwingen, und war innerhalb weniger Tage zu einem starken Team zusammengewachsen, in dem sich sogar Freundschaften gebildet hatten. Vielleicht würden wir tatsächlich wieder voneinander hören.

»Auf in den letzten Kampf«, raunte Nate mir ins Ohr. Plötzlich hinter mir aufgetaucht, umarmte er mich und hauchte einen Kuss in meinen Nacken.

»Ich werde den Fluss vermissen. Und das Zelten«, sagte ich und lehnte mich vertraut an seine starke Brust.

»Du kannst dir jederzeit ein Zelt neben dem Bus aufstellen. Vielleicht komme ich dich dann auch mal besuchen«, neckte er mich und erinnerte mich damit an die Regeln, die er anfangs aufgestellt hatte.

Die Teamführer riefen zur Abfahrt, und bevor wir uns zusammen in unser Boot setzten, rief Nate mich noch mal. Ich drehte mich zu ihm um, und in dem Moment drückte er ab. Wieder ein Foto, auf dem er mich unvorbereitet erwischt hatte.

Wir setzten uns auf unsere Plätze und nahmen jeder ein

Paddel in die Hand. Das Wasser war eiskalt, ein schöner Kontrast zu der Affenhitze, die sich zwischen den Felswänden staute. Während wir gemeinsam als Team durch die letzten Stromschnellen jagten und das Wasser um uns herum in die Höhe spritzte, wir vor Schreck oder Lachen laut aufschrien und uns gegenseitig motivierten, dachte ich darüber nach, wie sehr mich dieser gesamte Trip bereits verändert hatte. Als verschüchtertes Mauerblümchen hatte ich an Nates Tür geklopft. Und jetzt, gut zwei Wochen und einen Bundesstaat weiter, hatte ich das Gefühl, unbesiegbar zu sein.

Nach drei Tagen auf dem Wasser war ich zwar glücklich, aber auch völlig erledigt und schlief wie eine Tote die Nacht im Bus durch. Erst am Vormittag wachte ich auf und spürte die Anstrengung in meinem Körper selbst da, wo ich niemals Muskeln vermutet hätte. Mit steifen Gliedern stand ich auf und tapste zur offenen Hintertür, vor der Nate bereits bei einem Kaffee und einem Buch saß. Der uneingeschränkte Blick auf den Canyon untermalte das Bild, das mein Herz zum Rasen brachte. Ich hatte mich immer noch nicht an seinen Anblick gewöhnt und nahm diesen auch nicht als selbstverständlich hin. Sondern dankte wem auch immer jeden Tag dafür, dass wir uns begegnet waren.

»Guten Morgen«, sagte ich leise, um ihn nicht zu erschrecken, stieg aus und verschwand nach einem kurzen Kuss zu den sanitären Anlagen. Wieder zurück, fiel der nächste Kuss intensiver aus und endete schließlich damit, dass ich mich mit dem Rücken an die Außenwand des Busses gedrückt wiederfand und meine Beine um Nates Hüften schlang, während er tief und heftig in mich eindrang.

Nach nur wenigen Stößen kamen wir gleichzeitig, und nachdem wir keuchend im Stehen wieder etwas zu Atem gekommen waren, nahm Nate mein Gesicht in beide Hände und lehnte seine Stirn gegen meine. Dann sah er mir tief in die Augen, und dieser Moment brannte sich tief in mein Herz ein.

»Ich bin dabei, mich in dich zu verlieben, Megan. Wenn du was dagegen hast, dann solltest du lieber gehen.«

Seine Worte brachten meinen Atem zum Schweigen und mein Herz kurzzeitig zum Stillstand. Ich sah in seine Augen, die immer dunkler zu werden schienen.

»Ich bin dabei, mich auch in dich zu verlieben, Nate«, sagte ich und nahm mehr denn je wahr, dass es die Wahrheit war. »Und ich will dich nicht verlassen.«

Ich spürte seine Erleichterung und erwiderte den Kuss, den sein Mund auf meinen legte. Dann hob er mich wieder hoch und trug mich ins Bett. Dort liebten wir uns. Langsam und überaus sanft zogen wir uns den Rest unserer Klamotten aus und erkundeten gegenseitig unsere erogenen Zonen. Nate saß auf dem Bett, als er meine Hand nahm und sie an seinen prallen Schwanz führte. Obwohl Nate mich schon mehrmals oral befriedigt hatte, war ich bisher zu ängstlich gewesen, es ihm gleichzutun. Doch diesmal nahm ich seine Aufforderung wahr. Ich kniete mich vor ihn, so wie er es sonst bei mir getan hatte, umfasste seinen Schaft und berührte seine Spitze mit der Zunge. Nate zuckte zusammen, und ich erschrak.

»Nein, mach weiter«, japste er und drückte meinen Kopf sanft wieder runter. »Bitte.« Und das tat ich. Ich ließ mich von ihm führen und lernte von ihm, was ihm gefiel. Und als ich ihn ganz in meinem Mund hatte und meine Lippen mit sanftem Druck rauf und runter gleiten ließ, schmeckte ich seinen Samen. »Ich komme gleich«, keuchte er und gab mir damit die Chance, mich rechtzeitig zurückzuziehen. Aber das wollte ich gar nicht, und als er schließlich explodierte und seine ganze Hitze in meinen Mund schoss, nahm ich ihn ganz in mir auf und schluckte.

»Du bist verrückt«, krächzte er und zog mich zu sich hoch.

Ich wollte ihn nicht küssen, aber er ließ mir keine Wahl. Dann sah er mich an und grinste ermattet. »So schmecke ich also.«

Ich kicherte und nickte. »Ja, so schmeckst du.«

»Aber ich finde, dass du viel besser schmeckst«, meinte er, drehte mich auf den Rücken und schob sich nach unten, um nun auch mein Verlangen zu stillen.

Wir waren wie zwei Kometen, die einander umkreisten. Verbunden durch Anziehung, die niemand erklären konnte und der wir uns einfach nicht entziehen konnten. Aber ich brannte. Ich war mir sicher – kein anderer Mann würde es jemals wieder schaffen, mich auf diese Art zu berühren. Nicht nur meinen Körper, sondern mein Herz zu berühren. Ich brannte für Nate, glühte unter seinen Berührungen und explodierte in einem Funkenregen, als er mich über die Klippen stieß.

Wir quälten uns erst am Nachmittag aus dem Bett und wandelten dann alleine auf den Spuren der Hopi- und Hualapai Indianer, wobei wir uns nur auf einem der ausgewiesenen Pfade und nicht weit vom Trailer Park bewegten, in dem wir den Bus abgestellt hatten. Dort konnten wir duschen und die Toiletten nutzen, da es nirgends Strom- oder Wasseranschlüsse für die Camper gab. Stromlos und so fast komplett von der Außenwelt abgeschnitten zu sein, war eine total neue Erfahrung, aber damit kam ich sehr gut zurecht. Ich war ganz froh, als die letzten Prozente Akkuleistung meines Handys nach unzähligen Fotos vom Canyon erloschen und ich so erst mal keine Fragen mehr von meinem Bruder oder Sandy beantworten musste. Der letzte Anruf von Hunt hatte ungewollt fast zu einem Streit zwischen Nate und mir geführt. Aber letztlich hatte diese kleine Unstimmigkeit mich dazu gebracht, meine ach so angepriesene Ehrlichkeit zu hinterfragen. Zwar war alles, was ich Nate in dem Moment an den Kopf geworfen hatte, die

Wahrheit gewesen, aber wenn man es ganz genau nahm, hatte ich dennoch gelogen. Oder besser – ich belog mich damit nur selbst. Die Zeit mit Doug hatte mir eingetrichtert, dass – solange ich nicht drüber redete – nichts wirklich real war. Diese Vorgehensweise aber stellte sich bei Nate als problematisch dar. Zum Ersten: Er war nicht Doug. Nate war alles, aber nicht gewalttätig, zornig oder cholerisch. Er war witzig, geradlinig, überlegt, charmant, liebevoll, zuvorkommend und der beste Liebhaber, den ich je hatte. Er genoss den Sex mit allen Sinnen und genoss es ebenso, mich nach allen Regeln der Kunst zu verwöhnen. Er war so erotisch, dass es kaum auszuhalten war, in seiner Nähe zu sein und ihn *nicht* anzufassen. Nate schenkte mir auf viele verschiedene Arten Zuneigung. Wenn er mich in den Arm nahm, meine Hand festhielt, seine Hand während der Autofahrt auf meinem Oberschenkel legte, mich berührte und liebkoste oder mich einfach nur mit diesem Blick ansah, der mir unter alle Hautschichten bis in meine Seele drang. Nate war das Beste, was mir bisher in meinem Leben passiert war. Er war der, der meine Welt jeden Tag ein bisschen strahlender, aufregender und hoffnungsvoller machte.

Und zum Zweiten: An Nate lag mir etwas. Es lag mir sogar verdammt viel an ihm. Ich war verliebt in ihn, das musste ich mir nun endlich eingestehen. Und das Bedürfnis, mich ihm zu öffnen, Dinge mit ihm zu teilen, wuchs mit jedem Tag ein bisschen mehr. Ich hatte angefangen, ihm zu vertrauen. Und das hätte ich bis vor Kurzem nicht für möglich gehalten.

Aus diesen Gründen war es an der Zeit, mir darüber klar zu werden, wie weit ich gehen wollte. Und wie weit ich Nate an meinen Narben aus der Vergangenheit und meinem Weg in eine bessere Zukunft teilhaben lassen wollte. Und je mehr Schritte wir gingen, umso sicherer war ich mir, dass ich jetzt anfangen wollte, ihn ganz und gar in mein Herz zu lassen.

Wir verbrachten über eine Woche fernab der Zivilisation und landeten am nächsten Tag in Flagstaff. Ich hatte schon längst den Überblick über die Wochentage verloren. So fühlte es sich also an, auf der Suche nach sich selbst zu sein.

Nachdem wir Harriet auf einem Campingplatz abgestellt und an Strom und Wasser angeschlossen hatten, kehrten wir in ein gutes Restaurant ein, in dem man uns riesige Steaks servierte. Wir verputzten sie mit großem Appetit und gönnten uns noch eine Flasche Wein dazu.

Als wir in der Dunkelheit wieder am Bus ankamen, köpfte Nate auch dort eine Flasche Wein, und wir setzten uns nach draußen. Nate hatte noch ein paar Mails zu schreiben. Wie er sagte, gab es noch die eine oder andere Übergabe an seine Mitarbeiter zu regeln. Ich startete derweil mein wieder aufgeladenes Handy und scrollte mich durch die unzähligen Fotos, die ich während unseres Trips bisher gemacht und die, die Nate geknipst und mir rübergeschickt hatte. In der ganzen Zeit, die wir unterwegs waren, hatte ich nur ein einziges Foto auf Instagram hochgeladen.

Ich suchte mir ein Bild von unserem Besuch in der Wüste aus. Eines, das mich von hinten zeigte, als ich vor Nate weggelaufen war. Die Sonne wurde durch meinen Kopf verdeckt und es sah aus, als würde ich leuchten. Danach war ich in den Sand gefallen und hatte noch Tage später Sandkörner in allen möglichen Körperöffnungen gefunden. Aber davor hatte Nate im richtigen Moment abgedrückt.

*Alles ist so viel schöner, wenn die Sonne scheint*, schrieb ich dazu. Dieser Spruch erschien mir passend zu dem, was ich gerade erlebte, und so lud ich das Foto samt Zitat und ein paar passender Hashtags auf meinem Kanal hoch.

Dann entschloss ich mich, dasselbe Foto auch als Profilbild zu nutzen. Es war durch und durch positiv, und das wollte ich der Welt auch mitteilen. Zugleich überlegte ich, den Namen meines Accounts zu ändern. Athena war die griechische Göttin der Weisheit und des Kampfes. Den hatte ich ausgewählt, weil der Plan gewesen war, meinen inneren Kampf auf dem Account anhand der Bilder in das genaue Gegenteil zu verwandeln. Aber jetzt hatte ich den Kampf, auf dem der Account basiert hatte, hinter mir gelassen. Eigentlich hätte es den Account jetzt gar nicht mehr gebraucht, aber ihn zu löschen – dazu konnte ich mich dann doch nicht durchringen. Kurzerhand änderte ich den Namen von Athena auf Phönix_66. Wie auch der Phönix war ich nach dem Untergang wieder aus den Trümmern aufgestanden. Ich hatte das, was ich schon verloren geglaubt hatte, zurückbekommen. Mein Leben. Auf der Route 66.

Ja, das fühlte sich gut an. Erst mal.

Obwohl keine Nachrichten angezeigt wurden, checkte ich noch mal den Chat mit Harvey. Aber auch diesmal musste ich erkennen, dass er meine Nachrichten weder las noch beantwortete. Mit einem leisen Seufzen schloss ich das Postfach wieder und scrollte mich durch die Kanäle, denen ich folgte. Als ich an einem Welpenvideo hängen blieb, das so entzückend niedlich war, dass ich giggelte, sah Nate von seinem Buch auf, mit dem er sich vor wenigen Minuten neben mir niedergelassen hatte. Ich hatte Männer, die lasen, schon immer sexy gefunden, und sein Anblick konkurrierte stark mit den Welpen auf dem Video.

»Was machst du?«, fragte er und sah mich neugierig an.

»Ach, nur Instagram. Da gibt es so witzige Sachen.« Er amüsierte sich ebenfalls, als ich ihm das Video zeigte. »Nutzt du auch Insta?«, fragte ich Nate. »Soll ich dich markieren?«, schlug ich vor.

Seine Stirn legte sich in Falten. »Nein.«

»Nein? Nein, du nutzt kein Instagram oder nein, du möchtest nicht markiert werden –«

»Beides«, fiel er mir ins Wort. Als er meine versteinerte Miene sah, wurde sein Tonfall weicher. »Sorry, ich wollte dich nicht so … aber ich möchte nicht, dass Bilder von mir mit dir im Netz angezeigt werden. Nicht, weil ich nicht zu dir stehe, sondern weil ich dich schützen will.« Und dann erzählte er mir von seinem Freund Tristan und dessen Freundin Aria. Berichtete mir davon, wie die Medien fast seine Beziehung zerstört hätten. Und wie sie seine Ex-Filmpartnerin in den Abgrund gerissen hatten. »Das muss nicht passieren, aber es kann. Social Media kann grausam sein«, endete er schließlich und sah mich um Verständnis bittend an.

»Ich verstehe«, sagte ich schließlich. »Und du brauchst keine Angst zu haben. Ich hätte nie ein Bild von dir hochgeladen, ohne dich vorher zu fragen.«

»Das hätte ich auch nicht erwartet.«

»Die Bilder von mir sind auch alle eher anderer Art. Ich stelle mich nicht dort zur Schau, sondern habe den Account angefangen, um mir eine Welt zu erschaffen, die nur mir gehört. In der ich sein kann, wie ich will. Aber niemand hat mich selbst je zu Gesicht bekommen.«

Nate neigte seinen Kopf etwas, sodass ihm eine Haarsträhne in die Stirn fiel. »Eine Welt zu erschaffen, in der du sein kannst wie … Bist du so unglücklich im real life?«, hakte er behutsam nach. Er wusste ja mittlerweile, wie ich auf Nachfragen zu meinem Leben reagierte.

»Nicht mehr«, sagte ich. »Ich war unglücklich, aber jetzt geht es mir gut.« Dann atmete ich einmal tief durch. »Ich … habe mich von meinem Mann getrennt. Ich bin verheiratet, aber nur noch auf dem Papier. Ich … Vor Monaten schon bin ich ausgezogen und … Dass wir uns treffen und ich mich … in dich verliebe … glaub mir, das war nicht geplant, aber ich bereue nichts davon«, beteuerte ich und beobachtete dabei die ganze Zeit Nates Miene. Sie war bis auf einen kurzen Ausdruck des Erstaunens ziemlich entspannt, was mich ein wenig verwunderte. »Ich hoffe, du bist jetzt nicht böse oder so, weil ich so lange nichts gesagt habe«, setzte ich hinterher. Das könnte ich nur schwer ertragen.

Nates Augenbrauen zuckten nach oben. »Böse? Nein. Nein, Megan, das bin ich ganz sicher nicht. Ich bin nur etwas … überrascht, das ist alles. Ich …« Er beugte sich vor und griff nach meiner Hand. Sein Blick war warm, als er mich ansah. »Ich bereue auch nichts. Und ja, ich hätte es gerne früher gewusst, natürlich. Ehrlichkeit und so … Aber ich verstehe, warum du mir nicht sofort davon erzählt hast. Und …« Er räusperte sich und drückte meine Hand etwas fester. »Ich bin dankbar, *dass* du es mir erzählt hast.«

Ich nickte langsam. »Ändert das für dich etwas?«

»Dass du … verheiratet bist?« Das Wort kam ihm offensichtlich schwer über die Lippen. Wieder nickte ich. »Nein.« Seine Hand umfasste meinen Nacken und zog mich sanft näher an sich, sodass unsere Lippen sich fast berührten. »Das ändert gar nichts. Solange es für dich nichts ändert und wir … es weiter ein Wir gibt …«

»Wenn du mich noch willst …?«

Seine Stirn lehnte sich gegen meine. »Natürlich will ich dich noch. Megan, ich habe dir gesagt, dass ich mich gerade in dich verliebe. Daran hat sich nichts geändert.«

Ein Felsbrocken rollte von meiner Brust, als ich diese Worte hörte. Und statt einer Antwort küsste ich ihn lange und innig. Es war ein Kuss, der mich rettete. Der mich zurückholte aus der Vergangenheit und endgültig in der Gegenwart hielt. Ein Kuss, der alles ins Gleichgewicht brachte. Keine Geheimnisse mehr zu haben war ein weiteres Stück Freiheit.

Als wir uns voneinander lösten und ich die Augen wieder öffnete, begegnete ich Nates Blick. In ihm lag alles, was ich suchte: Liebe.

»Möchtest du … meine Bilder sehen?«, fragte ich eine ganze Weile nach meiner Offenbarung. Den Grund für meine Trennung hatte ich nicht genannt, aber Nate fragte auch nicht. Er ließ mir Zeit, und dafür war ich ihm dankbar. Aber dennoch wollte ich ihm mehr Einblick in mein Leben geben. Er sollte sehen, wer ich gewesen war und wie ich mich verändert hatte.

»Auf Instagram?« Ich nickte. »Ja, okay. Gerne.«

Ich öffnete mein Profil und gab ihm dann mein Smartphone in die Hand. »Hier, das bin ich.«

Er nahm es und vertiefte sich sogleich in die Bilder. Allen voran stand das neue Foto, das er von mir geschossen hatte. »Das ist echt gut geworden«, sagte er.

»Danke. Ich hole noch Wein, du kannst ja derweil einen Blick riskieren«, sagte ich und küsste ihn. Dann stieg ich in den Bus. Ich wollte ihm Zeit geben, die Bilder – mein altes Leben – in Ruhe zu betrachten. Und so brauchte ich länger als nötig, um den Wein zu holen, ließ mir Zeit, bis ich wieder zu ihm nach draußen stieg und mich neben ihn setzte.

Nate hatte das Handy noch in der Hand, aber er besah sich keine Bilder mehr. Seine Schultern waren nach vorne gesackt, aber im Ganzen sah er ziemlich angespannt aus. Die Sehnen an seinen Unterarmen waren deutlich zu erkennen, so als würde er mein Telefon mit aller Kraft umklammert halten. Was war los?

»Doch nicht so spannend, was?«, kommentierte ich seine Haltung.

Er erschrak. Sein Kopf flog hoch und sein Gesicht war blass, das konnte ich selbst im Kerzenlicht in der Dunkelheit erkennen. »Nein. Doch. Sie sind … Ich bin nur erschrocken, weil du … du sagtest, dass sie das Gegenteil von dem zeigen, was du durchgemacht hast.«

»Hab ich das gesagt?« Daran konnte ich mich nicht erinnern. Er sah mich an, wirkte fast erschrocken, doch dann zuckte er nur die Schultern.

»Die Bilder sind schön. Wirklich schön«, sagte er dann und gab mir das Telefon zurück.

»Alles in Ordnung?«, fragte ich. Sein Ton gefiel mir nicht. Ebenso seine Haltung. Was war passiert? Ich war doch nur Wein holen gewesen. Es waren doch nur Fotos.

»Ja. Natürlich.« Er sah mich an, aber wirkte eher verwirrt als begeistert. Das war merkwürdig und gab mir kein gutes Gefühl. Doch ich hakte nicht weiter nach, denn sonst hätte ich vielleicht mehr von mir preisgeben müssen, als ich zu diesem Zeitpunkt bereit war. Also schwieg ich, trank meinen Wein und dachte darüber nach, ob das hier, was ich als Glück betrachtete, wirklich eine reelle Chance hatte.

# 17. Nate

Megan war eingeschlafen. Endlich. Ihr gleichmäßiger Atem streifte meine Brust, und ihr Kopf war schwer geworden auf meinem Arm. Jetzt musste ich mich nicht mehr schlafend stellen.

Nachdem ich begriffen hatte, wessen Account ich da in den Händen hielt, hatte die Gewissheit mein Herz schmerzhaft zusammengepresst.

Erst nachdem ich durch die Bilder gescrollt und sie mir bekannt vorgekommen waren, hatte ich auf den Namen gesehen. Phönix_66. Nein, den kannte ich nicht. Vielleicht waren sich die Bilder einfach nur ähnlich? Doch ich sah mir mehr Bilder an, während Megan Wein holte, und nach und nach wurde mir klar, dass sie nur ihren Namen geändert hatte. Aus Athena war der Phönix geworden, der aus der Asche stieg. Aus einem unglücklichen Leben aufgestiegen in ein glückliches, nachdem sie ihren Mann verlassen hatte … Stück für Stück setzte sich das Puzzle zusammen.

Der erste Impuls, ihr reinen Wein einzuschenken, war verflogen, als ich kurz darüber nachgedacht hatte, dass ich damit alles gefährden könnte, was in den letzten Wochen zwischen uns gewachsen war. Was, wenn sie glaubte, ich hätte die ganze Zeit über gewusst, wer sie war? Würde sie mir überhaupt zuhören? Ich konnte ihre Reaktion nicht einschätzen und musste nachdenken, mir Zeit verschaffen. Also unterdrückte ich meine Überraschung, den Schock, und riss mich zusammen, um mir nichts anmerken zu lassen. Wobei ich nicht glaubte, dass das funktioniert hatte.

Als wir ins Bett gingen, war ich nicht in der Stimmung für Romantik und schob Müdigkeit vor. Megan schien enttäuscht, ich fühlte mich schlecht. Also lag ich wach und grübelte.

Ich blickte zurück zu der Zeit, in der Megan alias Athena und ich uns geschrieben hatten. Ein Mädchen von der Ost- und ein Mann von der Westküste. Niemals hätte ich damals gedacht, sie irgendwann einmal kennenzulernen. Schon gar nicht, irgendwann neben ihr einzuschlafen und aufzuwachen. Mich wahrhaftig in sie zu verlieben. Die Dinge, die sie mir erzählt hatte, ergaben plötzlich Sinn. Je mehr ich darüber nachdachte, umso klarer wurde das Bild.

Die Nacht zog sich, ich machte kaum ein Auge zu, döste begleitet von Gedanken nur vor mich hin und war wie gerädert, als Megan am Morgen mit einem Kaffee vor mir saß.

»Aufwachen, Schlafmütze«, weckte sie mich. Statt Sex gab es Kaffee im Bett. Wenn Megan deswegen irritiert war, so ließ sie sich nichts anmerken. Ich war dankbar dafür.

Eigentlich hatten wir geplant, den heutigen Tag in Flagstaff zu verbringen und uns den Museum Club, laut dem Reiseführer und allen Interneteinträgen eine absolute Route-66-Berühmtheit, anzusehen. Aber ich war auch dazu nicht in der Stimmung. Normalerweise war es nicht meine Art, mich so hängen zu lassen. Ich hatte für jede Lösung ein Problem, so sagte Tristan immer, und in dem Moment wusste ich, was ich tun würde.

Megan hatte sich frisch gemacht und war startklar. Aber als sie sah, dass ich noch immer das T-Shirt von gestern trug, verzog sie die Miene.

»Sorry, mir gehts irgendwie nicht gut«, log ich und hatte ein furchtbar schlechtes Gewissen.

»Du siehst auch echt bescheiden aus«, ließ sie mich wissen und legte den Kopf schief. »Kann ich irgendwas für dich tun?«

»Lass mich einfach sterben«, witzelte ich, aber wurde gleich darauf wieder ernst, als ich ihren Blick sah. »Vielleicht war irgendwas mit dem Essen oder so. Lass mich noch ein bisschen schlafen. Guck dir alleine die Stadt an, okay?« Ich versuchte noch etwas mehr Leiden in meine Miene zu bringen.

Sie überlegte kurz. »Ich guck mal, ob es dort einen Supermarkt gibt, und hol dir was für deinen Magen, okay?«

»Danke, Süße«, sagte ich und drückte ihre Hand.

Sie schnappte sich ihren neuen Rucksack, den sie sich in Kingman gekauft hatte, und kurz darauf sah ich sie durch das Fenster in Richtung Ort spazieren. Kaum war sie außer Sichtweite, schnappte ich mir mein iPhone und zog mir die Instagram App wieder drauf. Kurze Zeit später loggte ich mich ein. Und da sah ich – das Postfach platzte aus allen Nähten. Und alle Nachrichten waren von Athena. Oder besser gesagt, von Phönix_66.

**Phönix_66:** Hey von Ost nach West ... Es tut mir leid, dass ich mich nicht gemeldet habe! Ich hatte mein Handy verloren und war ein paar Tage off. Nach deiner letzten Nachricht habe ich nichts mehr von dir gehört und hoffe sehr, dass deine Worte kein Abschied für immer sind. Ich habe oft an dich gedacht ...

Sie hatte sich nicht gemeldet, weil sie ihr Handy verloren hatte? Und ich hatte gedacht, dass sie nichts mehr von mir wissen wollte.

Es folgten weitere Nachrichten über ein paar Tage verteilt. Alle hatten denselben Inhalt: Sie wollte wissen, warum ich mich nicht zurückmeldete, und vermisste mich.

Doch eine der letzten Nachrichten haute mich total aus den Socken.

**Phönix_66:** Harvey, das ist die letzte Nachricht, die ich dir schrei-

be. Auch, wenn du sie vielleicht niemals lesen wirst, muss ich es einfach loswerden.
Es ist jetzt knapp zwei Monate her, dass ich von zu Hause geflohen bin. Zu Hause ... das hört sich verdammt falsch an. Eigentlich war es nur die ersten Jahre mein zu Hause. Bis Doug angefangen hat, sich zu verändern.
Doug war meine Highschool-Liebe und wir haben geheiratet, als ich gerade den Abschluss in der Tasche hatte. Gott, waren wir verliebt ...
Doug und ich waren damals wirklich glücklich. Viele Jahre lang. Doch irgendwann begann er mich zu betrügen, und mein einziger Fehler war, dass ich ihm immer wieder geglaubt habe, wenn er reumütig zu mir zurückkam.
Unsere Beziehung wurde immer toxischer, und ich wusste tief in meinem Innersten, dass das nicht richtig war. Aber ich glaube, den Absprung habe ich erst durch dich geschafft. Du hast mir zugehört und mir die Augen geöffnet. Mich daran erinnert, dass ich das Recht habe, Nein zu sagen. Nein zu einer Ehe, die mich nicht mehr glücklich machte. Einer Ehe, in der mir wehgetan wurde. In der Doug mir wehgetan hat. Psychisch wie körperlich.
Ich habe mich getrennt und bin jetzt auf einer Reise, von der ich noch nicht weiß, wohin sie mich führen wird. Ich habe noch kein Ziel, keine Ahnung, was ich will oder was aus mir wird.

Ich merkte gar nicht, wie schwer mein Herz geworden war, bis es bei den letzten Sätzen dieser Nachricht aus ganzer Höhe in die Tiefe raste und mit voller Wucht auf dem Boden aufknallte. Und das tat echt weh.

Und dann sah ich auf das letzte Foto im Chat und las die dazugehörige letzte Nachricht, und mein Herz erholte sich auf wundersame Weise wieder.

Ich wünschte, ich könnte diesen Anblick auf die vor mir liegende Wüste mit dir teilen.
Du fehlst mir. Sehr. Aber du sollst wissen, dass es mir mittlerweile besser geht. Ich bin endlich frei und habe den Absprung geschafft. Jetzt kann ich anfangen, mich selbst zu heilen.
Und dafür bin ich sehr dankbar.
Ich habe mich jemandem angeschlossen, der auch auf der Suche nach Freiheit ist. Vielleicht hilft es mir, wieder atmen zu können, wieder zu leben.
Ich wünschte nur, du wärst bei mir und ich könnte dich daran teilhaben lassen. Du fehlst.

Diese Nachricht hatte sie geschrieben, als sie den Sonnenaufgang in der Mojave-Wüste gepostet hatte. Vor wenigen Tagen also erst. Bevor ich ihr gesagt hatte, dass ich mich in sie verliebt hatte. Bevor ich ihr vorgeworfen hatte, sie sei nicht ehrlich zu mir, weil sie nichts mit mir teilte. Dabei hatte sie mir ihr Herz ausgeschüttet. Ich hatte es nur übersehen.

Ich raufte mir die Haare. Wie hatte ich nur so blind sein können? Megan war vor etwas geflüchtet, da hatte mein Gefühl mich von Anfang an nicht im Stich gelassen. Dass es ein Ehemann war, hatte ich nicht geahnt.

Mit einem Seufzen schloss ich die App und wählte gleich darauf Tristans Nummer. Er war hoffentlich schon wach. Australien war Arizona achtzehn Stunden voraus.

»Ich hoffe, du hast einen triftigen Grund, mich aus dem Schlaf zu holen«, meldete mein Freund sich nach zwei Freizeichen flüsternd. Vermutlich wollte er Aria nicht wecken.

»Ich habe nur deinem Wecker vorgegriffen«, antwortete ich.

»Wie spät ist es?«

»Zeit, wach zu werden und mir zuzuhören«, sagte ich.

Ich hörte ein Gähnen und das Rascheln einer Decke. Dann

Schritte und kurz darauf Wasser laufen. Oder … »Bin ich gerade etwa mit dir pinkeln?«

»Ich bin eben aufgewacht, natürlich muss ich pinkeln. Also …« Ich hörte die Klospülung, dann den Wasserhahn. »Was ist los, Elvis?«

»Ich glaube, ich stecke in der Klemme.« Anders wusste ich meine Lage nicht zu beschreiben. Dann erzählte ich Tristan, was ich entdeckt und erfahren hatte. »Und jetzt weiß ich nicht, wie ich damit umgehen soll. Ich bin völlig von der Rolle, hab sogar Magenschmerzen vorgetäuscht, um allein sein zu können«, gab ich leise zu. Mein Verhalten war so armselig.

Tristan schwieg einen Moment, dann räusperte er sich. »Warum hast du es nicht einfach aufgeklärt?«, fragte er mich.

Ich lachte trocken. »Weißt du, vor ein paar Wochen noch hätte ich nicht gedacht, dass ich mal so starke Gefühle für eine Frau haben könnte. Und jetzt … kann ich mir nicht mehr vorstellen, diese Gefühle nicht mehr zu haben. Was, wenn sie mich für einen Lügner hält? Wenn sie glaubt, ich wusste, wer sie ist, und habe ihre Verletzlichkeit ausgenutzt? Sie ausgenutzt …«

»Traust du ihr das zu?«

»Ich weiß es nicht. Ich weiß gerade gar nichts mehr.«

»Du hast dich verliebt«, stellte Tristan trocken fest.

»Scheiße, ja! Das habe ich.«

»Du musst ihr die Wahrheit sagen, Mann. Alles andere geht nur in die Hose. Das weißt du. Ich bin das beste Beispiel dafür, was passiert, wenn man nicht ehrlich ist«, spielte er auf seine Lüge gegenüber Aria an, in der er sich als Housesitter seiner eigenen Villa ausgegeben hatte, anstatt ihr zu sagen, wer er wirklich war.

»Ja, du hast recht. Ich werde mit ihr reden«, versprach ich. Das hätte ich wirklich sofort tun sollen. Ich war so ein verdammter Idiot!

»Versau es nicht«, setzte er hinterher. »Aber wo ich dich schon mal dran habe … Hast du schon von Skye gehört?«

»Was genau meinst du?«

»Sie macht einen Entzug«, teilte er mir mit, und ich hörte die Erleichterung in seiner Stimme. »Sie hat sich freiwillig in die Klinik begeben.«

Das klang gut. »In welche?«

»Crossroads Centre, Antigua«, nannte er mir eine der vielversprechendsten Entzugskliniken, in der Promis unter sich waren. Ich hatte von dieser Klinik gehört, Eric Clapton hatte sie nach seinen eigenen Erfahrungen mit Alkohol und Drogen ins Leben gerufen. Sie lag weit weg von Skyes schlechtem Umfeld, und dass sie sich freiwillig diesem Entzug stellte, rechnete ich ihr hoch an. Ich hoffte wirklich, dass sie wieder auf die Beine kam.

Ich schrieb Megan eine Nachricht, dass ich mich schon besser fühlte, und ging duschen. Danach zwängte ich mir einen Donut rein, obwohl ich überhaupt keinen Appetit hatte. Megan hatte nicht geantwortet, dafür aber blinkte eine neue Benachrichtigung von Instagram auf mein iPhone auf. Ich öffnete die App und dann das Postfach. Phonix_66 hatte geschrieben.

# 18. Megan

Nachdem ich eine Stunde allein durch Flagstaff geschlendert war, setzte ich mich auf eine Bank im Park und las die Nachricht von Nate.

*Das ist gut. Ich bin gleich zurück*, schrieb ich und öffnete dann aus Gewohnheit noch den Posteingang auf Instagram. Und dann fiel mir vor Schreck fast das Handy aus der Hand. Harvey war wieder da.

Mit zitternden Fingern hielt ich mein Smartphone in der Hand und las mir meine letzten Nachrichten an ihn durch. Nun hatte er sie gelesen.

**Phönix_66:** Hey, von Ost nach West ...

Ich schickte die Worte ab, ohne weiter darüber nachzudenken. Mein Herz raste und ich war irgendwie total aufgeregt. Auch, wenn ich jetzt Nate hatte und mein Herz an ihm hing, war Harvey mir nach wie vor wichtig. Ich vermisste ihn. Aber die Aufregung war überflüssig. Harvey antwortete nicht. Auch nicht, als ich fünfzehn Minuten später immer noch mit dem Handy in der Hand auf der Bank saß und den Posteingang hypnotisierte.

Ich seufzte und beschloss, mich auf den Weg zurück zum Bus etwas außerhalb der Innenstadt zu machen. Die Tropfen für Nates Magen hatte ich bereits besorgt, und ohne ihn machte es mir keinen Spaß, die Stadt zu erkunden. Vielleicht würden wir das später doch noch zusammen nachholen.

Doch kaum war ich aufgestanden, rief mein Bruder mich an. Mit einem tiefen Seufzen nahm ich den Anruf entgegen.

»Hunt, wie geht's dir?«

»Wenn du mir nicht bald sagst, wo du steckst, dann …«

Hunt hatte seine Stimme im Griff, aber der anklagende Unterton kam ohne Umwege bei mir an, während ich mich wieder auf die Bank fallen ließ.

»Ich bin in Flagstaff«, gab ich schließlich zu, nachdem er mir gedroht hatte, dass er das Hotel schließen und tatsächlich verkaufen würde, wenn ich nicht endlich die Wahrheit sagen würde. Ich kannte meinen Bruder – er machte keine halben Sachen.

Sandy hatte ihr Wort gehalten und ihm nichts verraten. Letztlich war das der falsche Weg gewesen – das wurde mir jetzt klar.

»Sag das noch mal …«

»Tut mir leid, ich hätte es dir sagen sollen. Aber hier war so viel los … Bist du wieder in New York?«, versuchte ich abzulenken.

»Ich bin zu Hause. In Honey Falls. Und eigentlich war ich davon ausgegangen, dich hier anzutreffen. Aber du bist ja schwerer zu erreichen als der Papst.« Tatsächlich hatte er in den letzten Tagen mehrmals angerufen, aber erst hatten wir keinen Strom gehabt und danach hatte ich mein Telefon auf lautlos gestellt. »Kannst du mir mal erklären, was du in Arizona machst?«

»Ich begleite einen alten Freund.«

»Und der kann nicht alleine fahren, oder was?«

»Er … macht einen Roadtrip, und ich –«

»Was? Bist du jetzt übergeschnappt? Dafür lässt du hier alles stehen und liegen? Was zum Teufel hat dich geritten, einfach abzuhauen und das Hotel sich selbst zu überlassen? Was wird das? Ein Selbstfindungstrip?«, wetterte er. Hunt war vier

Jahre älter als ich und wusste ganz genau, welchen Ton er anschlagen musste, um mir ein schlechtes Gewissen zu machen.

»Aber Sandy …«, unternahm ich einen schwachen Versuch zur Verteidigung.

»Sandy was? Du hast Verantwortung, verdammt!« Mein Bruder war richtig wütend. Und das mit recht. Ich hatte es mit meiner überstürzten Flucht wirklich verkackt.

»Ich weiß, ich habe Mist gebaut«, gab ich kleinlaut zu.

»Ich weiß ja nicht, was du vorhast, aber das Hotel einfach so sich selbst zu überlassen, war ziemlich unüberlegt. Du kannst froh sein, jemanden wie Sandy zu haben, die hier alles im Griff hat«, raunzte er.

»Ja, ich weiß«, gab ich kleinlaut zu und suchte mir einen ruhigen Platz am Rand eines Parks.

»Dann schwing deinen kleinen Hintern zurück nach Honey Falls, damit ich wieder meinen Geschäften in New York nachgehen kann«, blaffte er mich an. Er war wirklich wütend.

»Und mich dann fröhlich weiter von Doug missbrauchen lassen?«, fuhr ich auf.

Ich hörte meinen Bruder am anderen Ende der Leitung gefährlich schnauben.

»Er hat was getan?«

Ich schluckte. Jetzt war es zu spät, Hunt würde keine Ruhe geben. Aber ich musste mich auch nicht verstecken, musste Doug nicht schützen, denn hier war ich das Opfer – nicht er. »Doug hat mich physisch fertiggemacht«, erklärte ich stockend. »Und an dem Abend, bevor ich dich angerufen habe, da hat er …« Ich brach ab. Es fiel mir schwer, darüber zu reden.

»Was hat er dir angetan?«, fragte er noch einmal nach. Langsam und deutlich, damit ich es auch ja verstand.

»Er hat mich geschlagen und dann versucht, mich zu vergewaltigen.«

Er schwieg ein paar Sekunden, aber ich hörte, wie er scharf

einatmete und ganz kontrolliert wieder ausatmete. Sicher ballte er gerade seine Fäuste und stellte sich vor, wie er Doug windelweich prügelte. Mein Bruder war nicht gewalttätig, aber er konnte Unrecht nicht ausstehen. Und Doug hatte er nie hundertprozentig vertraut.

»Hat er dich schon mal geschlagen? Vorher?«

Ich atmete ein und wieder aus. »Nein. Noch nie«, sagte ich und fühlte mich im Moment überhaupt nicht mehr wie der Phönix, der so kraftvoll aus der Asche gestiegen war. Dieses Gespräch wühlte alles wieder auf und machte mich fertig. Ich fühlte mich leer und erschöpft.

»Hast du ihn angezeigt?«, wollte Hunt wissen.

Ich verneinte. Natürlich hätte ich Dougs Vergehen öffentlich machen können. Doch wer hätte mir geglaubt? Jeder hätte mit dem Finger auf mich gezeigt, niemand hätte zu mir gestanden. Doug war in Honey Falls ein angesehener Mann, seine Familie lebte seit Urzeiten dort, er war ein Saubermann, bei allen beliebt. Everybodys Darling. Niemand hätte mir geglaubt.

»Ich möchte ihm die Fresse polieren, bist er begreift, dass er sich mit den Falschen angelegt hat. Aber … das ist wohl keine Lösung …«, lenkte Hunt ein.

Ich atmete auf. »Nein. Gewalt ist niemals eine Lösung«, stimmte ich ihm zu.

Eine Weile sagte keiner von uns ein Wort. Ich hörte ihn atmen, und ich selbst kämpfte darum, nicht in Tränen auszubrechen. Allmählich wurde mir das alles zu viel und ich wünschte mich nur noch in die Arme meines großen Bruders, der mich hielt, mir über den Kopf strich und tröstende Worte zuflüsterte. So wie früher, als ich fünf gewesen und mit dem Fahrrad gestürzt war. Ich vermisste ihn. Ich vermisste das Middleton Inn. Ich vermisste meine Mom …

»Okay, pass auf. Wir machen es so. Ich kümmere mich um das Middleton Inn, Sandy hat das ja ganz gut im Griff hier, also brauchst du dir deswegen keine Sorgen zu machen. Kümmere du dich jetzt um dich, um deine Wunden. Und mach diesen Roadtrip, wenn es dir damit besser geht. Du bist jetzt wichtig, klar? Ich passe derweil hier auf.«

Ich konnte das Schluchzen nicht zurückhalten, das nach diesen Worten unkontrolliert aus mir herausbrach. Ich sah mich mit tränenverhangenem Blick um, doch niemand war in der Nähe der Bank, auf der ich saß, und nahm Notiz von mir.

Hunt blieb noch in der Leitung, bis ich mich beruhigt hatte, dann verabschiedete er sich mit den Worten: »Wir kriegen das hin, Meggy. Wie wir alles hingekriegt haben.«

Ich wischte mir die Tränen von den Wangen und beschloss, den Rückweg zum Bus noch etwas rauszuzögern. So verheult konnte ich Nate kaum unter die Augen treten. Er hatte meine Nachricht gelesen und mit einem Kuss-Smiley geantwortet, aber das war auch schon fast eine halbe Stunde her. Jetzt war es auch egal, also schlich ich langsam durch die Straßen, bekam aber von der Schönheit der Stadt nichts mit. Ich kaufte mir ein Sandwich zum Lunch und trank dazu einen schwarzen Kaffee. In einem der Shops besorgte ich einen Magneten von Flagstaff für Piper und ein Blechschild für den Bus. Als ich damit fast eine Stunde totgeschlagen hatte, ging ich zurück. Mittlerweile war meine Laune besser geworden und ich freute mich auf Nate. Ich vermisste sein Lachen und seine Wärme, seine Blicke und seine Berührungen. Ich hoffte, dass es ihm so viel besser ging, dass ich mich einfach zu ihm legen konnte. Doch als ich einen guten Fußmarsch später unter der glühenden Sonne am Bus ankam, wartete Nate bereits auf mich.

»Wie geht es dir?«, wollte ich wissen und hielt ihm die Tüte mit den Tropfen entgegen, die ich aus dem Supermarkt mitgebracht hatte.

»Besser«, sagte er und sah mich aufmerksam an. »Ich muss dir was … Hast du geweint?« Er kam zu mir, legte sanft seine

Hand unter mein Kinn und zwang mich so, ihn anzusehen. »Was ist passiert?«

»Ich habe mit meinem Bruder telefoniert und … Das war ein bisschen emotional …«, gab ich zu.

»Okay …« Seine Hand sank zu Boden und er trat wieder einen, zwei Schritte zurück. Sofort war mir kalt. Seine Nähe fehlte mir. Also legte ich meine Hände sanft auf seine Hüften und trat so nahe, dass unsere Körper sich fast berührten.

»Megan, ich …«

»Schhhhhh …«, unterbrach ich ihn. Es war mir egal, was er mir sagen wollte. Jetzt brauchte ich keine Worte. Jetzt brauchte ich Taten. Ich stellte mich auf die Zehenspitzen und verschloss seinen Mund mit einem Kuss.

Und während wir uns küssten, nahm er mich in seine Arme, und ich fühlte mich beschützt und begehrt gleichermaßen. Seine Finger erkundeten meinen Rücken, wanderten über den Stoff meines Shirts, und ich kam mir fast vor wie ein Teenager bei seinem ersten Mal, als er mich sanft zum Bett steuerte und darauf ablegte. Er ließ uns Zeit, übereilte nichts, sondern schien jede Berührung abzuwägen und zu warten, wie ich reagierte. Diese Langsamkeit brachte mich fast um den Verstand. Ich genoss Nates Liebkosungen mit allen Sinnen und erzitterte, als er mich unendlich langsam aus meinen Klamotten schälte und seine Fingerspitzen dabei nur federleicht über meine erhitzte Haut strichen. Kuss für Kuss arbeitete er sich von meinem Mund über meinen Hals zu meinem Dekolleté und weiter über den Rest meines Körpers, bis er auch das letzte störende Stück Stoff von mir entfernt hatte. Erst als ich nackt und verletzlich vor ihm lag, sah er mir in die Augen.

»Du bist wunderschön«, flüsterte er und strich mit dem Daumen über meine Unterlippe.

Ich griff nach seinen Händen, wollte ihn zu mir ziehen, aber er schüttelte unmerklich den Kopf. »Ich möchte dich ansehen«, sagte er und tat auch genau das. Jeder Quadratzentimeter meiner Haut prickelte wie verrückt, als verfolgten heiße Nadeln seine Blicke. Und je länger er mich ansah, umso mehr erregte es mich. Ich lag da, bewegte mich nicht, fühlte nichts auf meinem Körper als seine Blicke und stand kurz vor einem Orgasmus.

»Wenn du nicht gleich zu mir kommst, dann komme ich, ohne dass du mich überhaupt anfasst«, krächzte ich und meinte es ernst. Ich wusste nicht, wie er es schaffte, mich nur mit Blicken zu erregen, aber das brachte meine Mitte so zum Beben, dass ich mich nicht mehr länger kontrollieren konnte.

»Ich werde dich nicht anfassen«, antwortete Nate ebenso leise. Und während unsere Blicke einen gemeinsamen Tanz aufführten, tobte der Sturm über mich. Meine Mitte explodierte, ich krampfte und spannte jeden Muskel meines Körpers an und erzitterte unter der Kraft des Bebens. Erst, als die maximale Befriedigung mir alles Leben ausgesaugt hatte, brach ich innerlich zusammen.

»Hey, alles okay …?« Nates Stimme gab mir zu verstehen, dass ich nicht allein war, obwohl ich bis eben noch allein in rasender Geschwindigkeit durchs Universum geschossen war. Ich nickte stumm, biss mir auf die Lippen, aber das konnte nicht verhindern, dass ich weinte.

Nate war sofort bei mir. Er legte seine Arme um mich und hielt mich fest, beschützte mich und langsam beruhigte ich mich wieder.

»Entschuldige …«

»Wofür?« Nates Hand legte sich sanft auf meine Wange und ich schmiegte mich an sie. Dann öffnete ich meine Augen und fand seinen Blick.

»Ich … das war … ich weiß nicht, was passiert ist oder wie du das gemacht hast, aber … danke …«, flüsterte ich.

Nate beugte sich zu mir und hauchte mir einen sanften

Kuss auf die Lippen. »Du hast dich gehen lassen, das ist passiert«, erklärte er.

Ich sah ihn an und erkannte nichts als Wärme in seinem Blick. »Bei dir kann ich das«, gab ich zu und griff in seinen Nacken. »Ich vertraue dir. Ich will das. Mit dir«, sprach ich die Worte aus, die sich ohne zu überlegen in meinem Kopf gebildet hatten. Aber ich wusste auch, Worte waren nicht genug. »Ich will dich. Schlaf mit mir«, bat ich. »Ich brauche dich jetzt.«

Nate sagte nichts, er sah mich nur an, und ich dachte schon, ich wäre zu weit gegangen, aber dann presste er seine Lippen auf meine und küsste mich, bis mir die Luft wegblieb. Innerhalb weniger Minuten war auch er nackt und wühlte in der Schublade am Bett.

»Fuck. Die Kondome sind alle.«

Trotz aller Erregung musste ich lachen.

»Ich nehme die Pille«, verriet ich ihm. Ich hatte während meiner ganzen Ehe die Pille genommen.

»Oh …« Er kam wieder zu mir. »Und ich habe mich testen lassen, bevor ich auf diesen Trip aufgebrochen bin.«

»In nach meiner Ankunft in L.A.«

»Dann brauche ich also nicht in meinen Jeans oder Jacken nach einem Gummi zu suchen?«, raunte er mir zu und bedeckte meine Brüste wieder und wieder mit kleinen süßen Küssen.

»Nur wenn du unbedingt willst.«

»Ich will was ganz anderes.«

»Und was ist das?«

Sein Blick war dunkel und voller Begehren. »Dich. Ich will dich, Megan.« Und dann legte er sich auf mich und drang in mich ein und entlockte mir diesen süßen Schmerz, der mich erzittern und aufschreien ließ. Wir küssten uns innig, und als er den Kopf hob und ich in seinem Blick die Liebe erkannte, mit der er mich ansah, gab ich mich ihm ganz und gar hin. Ich ließ los, legte meine Hände über den Kopf und zeigte ihm, dass ich nur für ihn da war.

»Ich will dich«, stöhnte er. »Mehr als du dir vorstellen kannst.«

»Dann nimm mich …«

Seine Augen wurden groß, sein Keuchen wurde lauter und mit einem lauten Schrei ergoss er sich in mir. Sein Orgasmus ging gleich darauf in meiner eigenen Explosion unter.

Atemzüge vergingen, bis ich wieder einigermaßen klar denken konnte. Was war das gewesen? So was hatte ich bisher noch nicht erlebt. Ich war nicht nur zum Orgasmus getrieben, sondern war in Stücke gerissen worden.

»Das war schön«, flüsterte Nate die Worte nah an meinem Ohr, die er schon einmal zu mir gesagt hatte, während er weiterhin auf mir lag und sein Schwanz sich langsam aus mir entfernte.

»Ja, das war es«, gab ich zurück.

Nates Berührungen brachten mich in den nächsten Stunden noch ein weiteres Mal bis an den Rand der Erschöpfung. Die Dämmerung brach über uns herein, als ich in seinem Arm eindöste.

»Ich liebe dich, Megan«, flüsterte er ganz leise. »Ich liebe dich mehr, als du ahnst.« Ich atmete weiter, gab nicht zu erkennen, dass ich seine Worte gehört hatte.

In mir erhoben sich die letzten Scherben und setzten sich zu einem Ganzen zusammen. Nates Liebe war der Kleber. Ich war geheilt. Nate hatte mich geheilt.

*Ich liebe dich mehr, Nate*, behauptete ich stumm. Ich wusste nicht, ob das überhaupt möglich war, aber in diesem Moment fühlte ich so. Ganz genau so. Und ich wünschte mir, dass dieses Gefühl für immer anhielt.

# 19. Megan

Am nächsten Morgen verließen wir Flagstaff.

Nate war still geworden seit seinem Liebesgeständnis, von dem er nicht wusste, dass ich es gehört hatte.

Somit war ich auch ganz zufrieden damit, auf dem Platz neben ihm zu sitzen und ihn anzusehen, ab und zu seine Hand zu halten und einfach nur seine Nähe zu genießen. Mein Herzschlag hatte sich verändert seit seinen Worten. Es schlug kraftvoller, souveräner und war endlich dort, wo es hingehörte: bei seinem Gegenstück. Es schlug mit Nates Herz im Einklang, und ich war felsenfest überzeugt, dass nichts und niemand es jemals wieder aus seiner Verankerung reißen konnte. Nate war hier. Nate liebte mich. Was wollte ich mehr? Nichts. Das reichte mir völlig.

Während Nate uns über die Straßen nach Albuquerque lenkte, hörten wir schweigend Musik, und ich betrachtete die Landschaft um uns herum. Die Strecke bis zur größten Stadt in ganz New Mexico war über dreihundert Meilen lang, und da ich in der letzten Nacht wenig Schlaf gehabt hatte, nickte ich auch immer mal wieder ein. Nate weckte mich, als wir auf der Hälfte der Strecke Rast machten. Dann hauten wir uns beide noch zwei Stunden aufs Ohr. Als ich aufwachte, machte ich uns Kaffee, und bald darauf setzte der Bus sich wieder in Bewegung. Ich hatte Nate schon mehrmals angeboten, ihn beim Fahren abzulösen, aber das hatte er bisher immer abgelehnt. Auch jetzt nahm er das Steuer in die Hand und lenkte sein Baby sicher über die breite Straße und irgendwann auch über die Grenze.

Ich nahm mein Handy zur Hand und machte ein paar Bilder von der Umgebung. Einem Impuls folgend schickte ich Harvey eines davon in unseren Chat. Er hatte immer noch nicht geantwortet.

Die Nacht verbrachten wir dann kurz vor Albuquerque und ich lag wach, während neben mir schon Nates tiefe und regelmäßige Atemzüge zu hören waren. Ich lauschte auf seinen Herzschlag, fand ihn und brachte meines dazu, im selben Takt zu schlagen. Und irgendwann schlief ich auch ein.

Als ich am Morgen aufwachte, war Nate schon auf. Diesmal hatte er den Kaffee gekocht, aber mir keinen ans Bett gebracht. Er saß draußen auf einem Felsen ein paar Meter vom Bus entfernt, mit dem Rücken zu mir und sah gedankenversunken auf die Gebirge, die sich in der Ferne in den wolkenlosen Himmel streckten. Schnell schnappte ich mir mein Handy und fotografierte die Szene, bevor ich mich in Nates Sweatshirtjacke kuschelte, die über der Lehne vom Fahrersitz hing. Dann tapste ich barfuß über den steinigen Sand, bis ich hinter ihm stand und die Arme um seinen Hals legen konnte.

Doch bevor ich ihm ein zärtliches »Guten Morgen« zuflüstern konnte, war er zusammengezuckt und aufgesprungen. Sein Kaffee schwappte über und ergoss sich auf dem Sand. Mit wildem Blick fuhr er zu mir herum. Ich starrte erschrocken zurück und erst, als er mich offensichtlich erkannte und begriff, dass ich kein Angreifer war, entspannte er sich.

»Entschuldige, Megan. Ich war so in Gedanken, ich habe dich nicht kommen hören und mich total erschrocken«, stieß er hervor, und seine Brust hob und senkte sich schneller als normal.

»Ja, das habe ich gemerkt«, gab ich zurück.

Er schien noch etwas sagen zu wollen, aber schloss den Mund wieder. Dann wischte er sich seine nasse Hand an den Shorts ab und besah sich die Kaffeeflecken auf seinen Klamotten. »Ich geh mich wohl besser umziehen …« Ich nickte nur und war mehr als verwundert, als er mir im Vorbeigehen nur einen fast nicht spürbaren Kuss auf den Scheitel gab. Mit einem wachsenden Knoten im Magen sah ich ihm hinterher, und meine Gedanken spielten die verschiedensten Szenen durch. Alle hinterließen einen schalen Beigeschmack.

Während er weg war, schnappte ich mir mein Handy und öffnete den Chat mit Harvey. Er hatte noch nicht zurückgeschrieben, aber das hielt mich nicht davon ab, ihm zu schreiben.

**Phönix_66:** Hey von Ost nach West … Ich mache mir Sorgen um dich. Was ist los? Warum antwortest du nicht?

Als ich die App schloss, erwachte Nates Handy, das er auf dem Felsen hatte liegen lassen, plötzlich zum Leben. Eine Benachrichtigung blinkte auf, und ich konnte das Symbol von Instagram erkennen. Und stutzte.

Instagram? Hatte er nicht gesagt, er nutze kein Instagram? Warum machte mich das jetzt stutzig? Und was war das für ein Account, der ihm schrieb? Ponta … Ponix … Pöntix … Phönix …

Ich sah genauer hin und erhaschte, noch bevor der Bildschirm wieder dunkel wurde, einen Blick auf den Namen.

Nein! Das konnte nicht wahr sein. Ich sah in die Richtung, in der Nate verschwunden war, dann öffnete ich auf meinem Handy nochmals den Chat.

**Phönix_66:** *Nate?*

Dann schicke ich die Nachricht ab und beobachtete Nates iPhone. Und tatsächlich! Fast im selben Moment empfing er eine weitere Nachricht. Ich sah diesmal ganz genau hin, beugte mich vor und las den Namen. Phönix_66 hatte Nate eine Nachricht geschickt. Und die Welt begann, sich um mich zu drehen.

Nate kam zurück, als der Bildschirm seines Handys schon längst wieder dunkel war.

»Alles okay?«, fragte er und sah mich mit leicht gerunzelter Stirn an. Ich nickte stumm. Ich konnte mich nicht dazu durchringen, ihn damit zu konfrontieren, was ich herausgefunden hatte. Ich war wie gelähmt, schaffte es nicht mal, ihm in die Augen zu sehen. Die Frage, die sich mir noch stellte, war – wusste er, wer ich war?

Aber als er sich neben mich setzte und sein Handy checkte, registrierte ich, wie sein Gesicht immer mehr Farbe verlor. Jetzt wurde mir alles klar. Er wusste es. Ich stand auf und brachte so viel Abstand zwischen uns, wie ich jetzt brauchte. Er sah mich mit schreckgeweiteten Augen erschüttert an. Seine Haut war weiß wie ein Blatt Papier, als er den Mund öffnete.

»Ich wollte es dir sagen, Megan. Ich … aber du …«

»Ach … Ich bin schuld?«, flüsterte ich mit kratzender Stimme, und mein Herz begann in tausend Teile zu splittern.

»Nein! Nein, natürlich nicht. Du hast mich nur nicht zu Wort kommen lassen, als –«

Mein Herz brach immer weiter, und ein grauer Schleier legte sich über alles. Der Abgrund, der so nahe war, zog mich an. Immer stärker wurde sein Sog. Meine Kraft schwand, reichte nicht aus, um mich zu wehren. Aber ich musste. Das war ich mir selbst schuldig. Also hob ich den Kopf und sah Nate in die Augen. Sie waren so grün …

»Seit wann?«, wollte ich wissen. Meine Stimme war zittrig, also wiederholte ich meine Frage. »Seit wann weißt du es?«

»Seit vorgestern. Ich wollte es dir sagen, wirklich …«, beteuerte er und ich erinnerte mich an sein Bemühen, was ich tatsächlich abgewürgt hatte.

»Du hättest es mir danach sagen können.« Er schwieg betreten. »Aber du hast einfach geschwiegen, mich belogen«, stellte ich fest. »Einfach so belogen … Gott, war ich dämlich.«

»Ich habe das so nicht gewollt«, sagte er leise und seine Stimme zitterte.

»Natürlich nicht«, schnaubte ich. »Nur blöd, dass ich dahintergekommen bin, was?« Kraftlos setzte ich mich auf einen großen Stein, einen Meter von seinem Platz entfernt, und sah in die einsame Weite, die uns umgab.

»Als ich es begriffen habe, war ich total geschockt. Ich wusste nicht, wie ich damit umgehen sollte. Und dann … jede Minute, die ich es herausgezögert habe, hat es schwerer gemacht. Ich hatte Angst, dass du mir nicht glaubst, dass ich es nicht gewusst habe. Ich wusste es nicht, als wir uns in L.A. getroffen haben. Ich hatte keine Ahnung. Instagram hatte ich abgeschworen, weil ich … Ich wollte Athena nicht im Weg sein. Hätte ich gewusst, dass … Ich habe erst vorgestern deine ganzen Nachrichten gelesen und … ich weiß nicht, was ich sagen soll, Megan. Es tut mir leid. So, so leid …«

Wieder schnaubte ich. Ja, das hörte sich alles plausibel an, aber das war mir zu einfach. Er machte es sich zu einfach. Das funktionierte so aber nicht. Ich war verletzt und fühlte mich wie vor den Kopf gestoßen. Das musste ich erst mal verdauen.

»Ich wollte diesen Trip machen, um wieder zu mir selbst zu finden. Meinen Weg zu finden, mein Ziel, von dem ich lange nicht wusste, was es war. Aber dich habe ich zuerst gefunden.« Ich sah zu ihm rüber. Seine grünen Augen zeigten sich traurig, und auf seinem blassen Gesicht wirkte der dunkle Bartschatten wie der Vorläufer einer tiefen Verletzung. Mein Herzschlag wollte aussetzen, mit meinen Gefühlen für Nate sterben. Aber mit Gefühlen war das so eine Sache, sie starben nicht so einfach. Deswegen atmete ich tief durch und versuchte den Knoten in meiner Brust damit aufzulösen. Es gelang mir nur halb. Aber trotzdem musste ich zu Ende bringen, was ich angefangen hatte. »Bis eben war ich mir so sicher gewesen, auf dem richtigen Weg zu sein und mehr als nur ein Stück davon mit dir gemeinsam zu gehen. Aber jetzt … Ich glaube, ich habe mich in einem Irrgarten verlaufen.«

»Megan … lass uns zusammen einen Weg da raus finden. Einen gemeinsamen Weg …« Sein Blick war flehend, aber mein Herz hatte sich wie auf Knopfdruck verschlossen und alle Gefühle sicherheitshalber eingefroren. Ein Schutzmechanismus, der mich immer am Leben gehalten hatte.

Ich schüttelte den Kopf. »Mein Ziel war, glücklich zu sein. Und genau das bin ich in diesem Moment nicht. Ich brauche Abstand, Nate. Jetzt. Ich muss mich erst an den Gedanken gewöhnen, dass du schon alles von mir weißt. Dass du weißt, wer ich bin und … und was mir passiert ist. Das kann ich nicht so …« Meine Stimme brach. Ich fühlte mich ihm ausgeliefert, ohne dass ich etwas dagegen tun konnte. Um mich zu verstecken war es zu spät. Um die richtigen Worte zu finden war es zu spät. Um zu heilen … war es nicht zu spät. Aber es würde nicht einfach werden.

Das, was mir in meiner Ehe, mit Doug passiert war, was ich zugelassen hatte … ich schämte mich dafür. Aber irgendwann würde es weniger werden, irgendwann würde ich begreifen, dass ich meine Vergangenheit hinter mir gelassen hatte und all das als einen Teil meines Lebens, als einen Teil von mir akzeptieren. Aber das konnte ich nicht mit Nate an meiner Seite. Das ging einfach nicht! Weil er ein Teil dieses Lebens war.

Mein Herz brannte, es tat so weh zu begreifen, dass Nate das Vertrauen, das ich gerade erst wieder zugelassen hatte, zerstört hatte.

Ich war verletzt und wollte einfach nur weg. Ich brauchte

Abstand. Also würde ich ihn mir nehmen. Auf mich, meine Seele, meinen Körper zu hören, das war ich mir selbst schuldig.

Mit Tränen in den Augen und dem Bewusstsein, dass es kein Uns mehr geben würde, wenn ich den nächsten Schritt ging, sah ich Nate an. Ich blickte auf zu dem Mann, in dem ich geglaubt hatte, die wahre Liebe gefunden zu haben. Der Mann, der mich wieder zum Leben erweckt hatte. Der Mann, bei dem ich gedacht hatte, ein Zuhause gefunden zu haben. Ein Zuhause, das für immer blieb und mein Herz auf Dauer heilen konnte. Aber jetzt war alles in mir tot.

»Ich brauche Zeit, Nate. Mein Herz braucht Zeit …«

Er bewegte sich nicht, doch ich sah ihm an, dass er in dieser Sekunde ebenso wie ich wusste, dass es vorbei war.

# 20. Nate

Die Strecke zurück nach Albuquerque und von dort bis zum Flughafen verbrachten wir schweigend. Ihre unmittelbare Nähe, ihr Geruch und ihre Präsenz direkt neben mir, und das Wissen darum, dass es der letzte gemeinsame Streckenabschnitt sein würde, machte es mir fast unmöglich, an etwas anderes zu denken. Die ganze Fahrt über quälte ich mich stumm mit der Frage, wie es überhaupt so weit gekommen war. Noch vor achtundvierzig Stunden waren Megan und ich zusammen so glücklich gewesen. Wir hatten zusammen herumgealbert, gelacht, uns geküsst und geliebt. Sie hatte meinen Körper erkundet, ich ihren. Und es hatte so viel zu entdecken gegeben. Ich war mir sicher, dass sie nicht sehr erfahren war, und ich sie an Stellen berührt hatte, von denen sie vorher nicht mal geahnt hatte, dass es sie gab. Und schon gar nicht, dass sie so darauf reagierte.

Ich hatte sie beobachtet, sie studiert und jede ihrer Bewegungen in mich aufgesaugt. Ich wusste genau, wie es aussah, wenn sie ihr Haar über die Schulter warf. Ich liebte es, wenn sie sich mit Schwung herumdrehte und lächelte, wenn ich sie rief. Dass sie auf ihrer Unterlippe nagte, wenn sie überlegte, fand ich zuckersüß. Ihrem Grübchen war ich schon von Anfang an verfallen. Und dass sie sich durch die Haare fuhr, wenn sie sich unbeobachtet fühlte, war mehr als erotisch. Sie hakte die Daumen in die Taschen ihrer Jeans, wenn sie wartete, und sie trank ihren Kaffee auf zwei unterschiedliche Arten. Blond und süß am Morgen und stark und schwarz am Nachmittag. Sie hatte so viele unterschiedliche Arten zu lächeln. Mit dem Mund, mit den Augen, mit ihren Händen oder dem ganzen Körper. All das und noch mehr hatte ich im Laufe der Zeit über sie erfahren. Und damit hatte sie mich für sich eingenommen. Und sie hatte mein Herz berührt. Hatte es dazu gebracht, in dem Takt ihres Herzens zu schlagen. Hatte mich dazu gebracht, mich in sie zu verlieben. Innerhalb kürzester Zeit konnte ich mir nicht mehr vorstellen, ohne sie zu sein, sie jemals wieder gehen zu lassen. Sie gehörte zu mir, so wie ich zu ihr gehörte. Wir waren eins. Und jetzt stand eine Kluft zwischen uns, so breit wie der Grand Canyon.

Ich konnte mich nur schwer auf den Verkehr konzentrieren, der kurz vor dem Albuquerque International Sunport wieder etwas zunahm. Es gab so viel Unausgesprochenes, und daher versuchte ich es noch einmal.

»Megan, ich bin kein Arsch. Ich hätte dir niemals etwas vorgemacht, wenn …«

»Ich weiß.«

Ich atmete tief durch. »Ich brauchte einfach Zeit, um … abzuwägen«, versuchte ich zu erklären.

»Das verstehe ich«, sagte sie und überraschte mich damit. Sie hörte sich überhaupt nicht sauer an. Nur traurig. Wie gerne hätte ich sie jetzt in meine Arme gezogen und getröstet, und es kostete mich ungeheure Überwindung, es nicht zu tun. Denn ich war wohl gerade der Letzte, der das durfte. Also steuerte ich stattdessen den Bus auf den Parkplatz des Terminals, von dem aus Megans Flug in wenigen Stunden abheben sollte.

Die Tasche, mit der sie erst vor ein paar Wochen vor meiner Bustür gestanden und mich aus dem Schlaf gerissen hatte, war prall gefüllt, der Rest war in ihren neuen Rucksack gewandert, auf dem das berühmte Logo der Route 66 prangte. Mit zusammengeknoteten Haaren, den kurzen Jeansshorts, einer hellblauen, dünnen Bluse und den Cowboystiefeln, die sie sich in Arizona gekauft hatte, sah sie zum Anbeißen sexy aus. Meine Brust schmerzte, als mir bewusst wurde, dass ich sie nicht mehr aus diesen Klamotten schälen würde. Und noch mehr, als ich begriff, dass der Abschied nahte. Endgültig.

»Ich bring dich noch«, sagte ich, als sie sich vor dem Bus verabschieden wollte. Sie wollte widersprechen, aber ich schüttelte den Kopf. Es fiel mir schwer, sie gehen zu lassen. Und ganz tief in meinem Herzen klammerte ich mich an die Hoffnung, dass es einen Weg gab, das zu verhindern. Dass sie blieb. Bei mir. Es gab nichts, was ich mir sehnlicher wünschte. So sehr wünschte. Doch statt Hand in Hand zum Eingang zu gehen, uns zu berühren, zu küssen, wie wir es wochenlang gemacht hatten, liefen wir wie zwei entfernte Bekannte nebeneinander her. Darauf bedacht, uns nicht zu nahe zu kommen. Ich wollte sie einfach in den Arm nehmen und an mich ziehen, ihre Widerworte einfach wegküssen, sie nie wieder loslassen …

Wie es möglich war, jemanden innerhalb so kurzer Zeit so sehr zu lieben, dass – wenn er ging – ein Teil von einem selbst mitging … ich wusste es nicht. Aber so war es. Mit jeder Sekunde, mit jedem Schritt, den wir dem unausweichlichen Abschied entgegengingen, verbrannte ein Stück von mir und wurde zu grauer, farbloser, toter Asche.

Der Weg zum Terminal war lang, aber viel zu kurz für mich, wenn ich daran dachte, dass das die letzten Minuten mit Megan waren. Bevor wir den Terminal betraten, hielt ich sie im Schatten des vorragenden Dachs auf. Ich legte meine Hand auf ihren Arm und blieb stehen.

»Megan …« Ich wollte so viel sagen, sie so viel fragen, ihr so viel versprechen, doch heraus kam nur ihr Name, getragen von einer unausgesprochenen Bitte: Bleib.

Sie stoppte ebenfalls und drehte sich langsam zu mir herum. In ihren Augen lag wieder das glanzlose Blau, wie damals, als wir uns zum ersten Mal begegnet waren. Es kam mir vor wie eine halbe Ewigkeit.

Megan deutete ein Kopfschütteln an, als hätte sie mein stummes Flehen gehört, aber ich ließ mich davon nicht abhalten. Durfte ich nicht. Ich musste wenigstens versuchen, sie aufzuhalten, umzustimmen und bei mir zu halten. Meine Füße bewegten sich ohne mein Zutun, bis ich vor ihr stand. So nah, dass kaum mehr eine Hand zwischen uns gepasst hätte.

»Geh nicht«, bat ich sie. Sie wandte den Blick ab und sah auf den Boden neben uns.

Meine Hand wanderte langsam an ihrem Arm hinunter und stoppte, als meine Finger ihre berührten. Ich zögerte, doch dann nahm ich ihre Hand. Sie entzog sie mir nicht, sondern hob den Kopf und sah mir in die Augen.

»Ich kann nicht bleiben.« Da waren sie, die Worte, die mir das Genick brachen. Langsam, Wirbel für Wirbel.

»Sehen wir uns wieder?« Meine Stimme gehörte mir nicht mehr.

Sie blieb stumm, sagte nichts, als würde sie sich vor einer Antwort scheuen. Und gerade das war Antwort genug. Langsam nickte ich. »Als ich dich gefragt habe, ob du Herz oder Verstand wählen würdest, hast du Herz gewählt. Immer Herz. Das waren deine Worte …«

Ihr Blick wurde noch trauriger. »Ich weiß … Aber jetzt funktioniert das nicht. Du weißt so viel von mir, das … Damit kann ich gerade nicht umgehen. Und du hast mich verletzt, mich belogen – auch wenn du es nicht wolltest«, warf sie ein, als ich den Mund öffnete. »Du hast mein Vertrauen zerstört. Ich kann dich gerade nicht lieben.« Sie sprach nicht weiter, sah mich nur bittend um Verständnis an.

*Gerade nicht …* Hoffnung, und war sie noch so klein, keimte in mir auf. »Vielleicht irgendwann wieder?«, traute ich mich zu fragen. Aber Megan regte sich nicht und blieb mir die Antwort schuldig.

So viele Worte lagen noch auf meinem Herzen, die ich an

sie richten wollte, aber nach ihrer Antwort wusste ich, dass sie nichts nutzen würden.

Megan hatte sich entschieden. Und mein Herz entzweigerissen.

Ich griff mit der zweiten Hand nach ihrer anderen. Sie beobachtete mich dabei, ließ mich nicht aus den Augen.

»Nate, ich …« Erneut sah sie mich an, wir waren uns so nahe, dass ich sie hätte küssen können, ohne mich weiter zu bewegen. Aber ich hielt mich zurück. »Bitte lass mich gehen.«

»Aber wohin willst du? Sag mir bitte, wohin«, bat ich, doch erhielt keine Antwort. Ich hoffte, dass sie nach L.A. fliegen würde. Auch wenn ich meine Brücken zu meiner Heimatstadt für den Moment abgebrochen hatte, wäre es beruhigend, sie in Sicherheit zu wissen. Ich wollte doch nur, dass es ihr gutging.

Erst, als ich meine Stirn an ihre lehnte, schloss sie für einen Moment die Lider. Und dann spielte ich meinen letzten Trumpf aus. »Ich liebe dich, Megan.«

Ich hielt die Luft an, nachdem diese Worte meinen Mund verlassen hatten. Megans Gesicht wurde noch blasser, ihre Augen noch trüber und der Zug um ihren Mund noch trauriger.

Sie drückte noch einmal meine Hände, dann löste sie sich Finger für Finger von ihnen und trat den Schritt zurück, den ich davor auf sie zu gemacht hatte. Und dann noch einen. Und noch einen. Sie brachte etwa einen Meter zwischen uns und der Sensor der Schiebetür zum Terminal schlug an. Sie öffnete sich und gab Megan den Weg frei.

»Ich liebe dich«, flüsterte ich noch einmal. Sie nickte und machte keinen Versuch, die Tränen aufzuhalten, die ihr kurz darauf über ihre Wangen liefen.

»Leb wohl«, flüsterte sie tonlos. Doch diese Worte rasten lauter als ein Flugzeug in Überschallgeschwindigkeit auf mich zu. *Leb wohl …* Das hatte etwas viel zu Endgültiges, als dass meine Hoffnungen noch irgendeine Berechtigung gehabt hätten.

Damals, als Megan vor meiner Tür gestanden und mich gebeten hatte, sie mitzunehmen, da hatte ich gewusst, dass ich diesen Tag irgendwann verfluchen würde. Und genau das tat ich jetzt, in diesem Moment. Denn als sich die Tür wieder schloss und Megan, meine Liebe, hinter sich verbarg, brach für mich eine Welt zusammen.

Ich war mir sicher: Nie wieder würde ich eine Frau so lieben können, wie ich Megan liebte.

Nie wieder.

# 21. Megan

Die Packung Taschentücher, die mir die ältere Lady mit dem weißen, auftoupierten Haar reichte, nahm ich dankend an. Ich hatte an alles gedacht, aber nicht an genügend Tücher, die meine Tränen trocknen konnten.

»Egal, was es ist, es renkt sich bestimmt wieder ein«, versuchte sie mich zu trösten und legte ihre faltige Hand mit den roséfarben lackierten Nägeln auf meine. Das Lächeln für meine Sitznachbarin fiel dürftig aus, obwohl ich ja wusste, dass sie es nur gut meinte.

Vor wenigen Minuten erst war die Maschine abgehoben und lag jetzt waagerecht über der Spielzeugstadt unter uns. Und obwohl es in meinem Herzen stockfinster war, schien über den Wolken die Sonne. Das war nicht fair.

»Als ich jung war, viel jünger als Sie, da trafen mein Liebster und ich uns immer heimlich«, begann sie zu erzählen, als meine Tränen endlich versiegt waren.

»War es Ihnen nicht erlaubt?« Ich schätzte die Frau auf etwa siebzig, vielleicht fünfundsiebzig Jahre.

»In den Fünfzigerjahren haben die Uhren noch ganz anders getickt, Kindchen«, sagte sie.

»So alt können Sie unmöglich sein«, rief ich aus.

Sie lachte ein leises, aber helles Lachen. »Ich werde nächste Woche neunundachtzig«, berichtigte sie mich. »Meinen Mann, Gott hab ihn selig, habe ich beim Tanzen kennengelernt.« Sie beschrieb mir die erste Begegnung in allen Farben, und ihr Blick flog während der Erzählung entrückt aus dem Fenster in die Ferne, ließ ihre Augen leuchten und ihr Lächeln strahlen.

»Sie waren bestimmt sehr glücklich miteinander«, vermutete ich.

»Oh ja, nachdem wir endlich zueinandergefunden hatten, waren wir das.« Ich sah sie fragend an. »Wir durften damals nicht zusammen sein und verloren uns dann aus den Augen. Wir hatten andere Partner, heirateten, gründeten Familien. Ich habe ihn die ganzen Jahre nie vergessen. Aber das Schicksal brachte uns wieder zusammen und wir ließen einander nicht mehr los. Wir hatten noch zehn glückliche Jahre miteinander. Wenn man die wahre Liebe gefunden hat, dann lohnt es sich, sie festzuhalten. Manchmal muss man kämpfen, aber es lohnt sich. Versprochen.« Sie zwinkerte mir zu, dann wurde ihr Blick traurig und ging in die Ferne. »Vor zwei Jahren hat ihn ein Schlaganfall heimgesucht. Ein halbes Jahr später ist er verstorben. Ich vermisse ihn sehr.«

Jetzt legte ich meine Hand auf ihre und drückte sie. »Das tut mir sehr leid.«

»Das muss es nicht, meine Liebe. Wir hatten ein schönes Leben zusammen. Dafür bin ich Gott sehr dankbar. Diesen Ring habe ich zur Verlobung von ihm bekommen. Und diesen, als wir geheiratet haben.« Sie zeigte auf zwei Goldringe mit funkelnden Steinen, die an ihren dünnen Fingern steckten.

»Sie sind wunderschön«, sagte ich und beneidete sie ein wenig um das, was sie in ihrem Mann gefunden hatte. Es war genau das, von dem ich dachte, dass ich es bei Nate gefunden hätte.

Die eineinhalb Stunden Flug nach Denver vergingen rasend schnell, und leider trennten sich dort auch unsere Wege. Die nette Dame namens Rosie war auf dem Weg zum Geburtstag ihres Urenkels. »Er wünscht sich irgend so ein neumodisches Spieldingens für den Fernseher, aber davon habe ich keine Ahnung. Meine Tochter hat glücklicherweise alles geregelt«, winkte sie ab und lächelte verschmitzt. Aber sie umarmte mich zum Abschied und kniff mir sogar in die Wange.

»Alles wird gut, Kindchen. Und kämpfen Sie für die Liebe. Es lohnt sich immer. Glauben Sie nur fest daran.«

Das hätte ich gerne. Nur fiel es mir im Moment schwer.

Nach einer Stunde Aufenthalt in Denver ging es weiter, und da ich auf diesem Flug keine nette Sitznachbarin hatte, sondern nur einen mürrischen Geschäftsmann, der die ganze Zeit auf die Tasten seines Laptops einhämmerte, setzte ich meine Kopfhörer auf und startete ein Hörbuch. Irgendwann döste ich ein und wachte erst wieder auf, als die Stewardess mich weckte und auf die baldige Landung aufmerksam machte.

Eine Stunde später saß ich in einem Taxi auf dem Weg nach Honey Falls. Ich hatte weder Sandy noch Hunt über meine Ankunft informiert. Ich wollte einfach nur ankommen und meine Ruhe haben. Und die Scherben aufsammeln, in die mein Herz erneut zersplittert war.

Es war nach Mitternacht, als der Fahrer vor dem Middleton Inn anhielt und mir mein Gepäck aus dem Wagen holte. Als ich die Stufen zur Eingangstür erklomm, spürte ich die Erschöpfung in meinem ganzen Körper. Die letzten Stunden waren nicht spurlos an mir vorübergegangen, und ich hoffte nur, dass es noch ein freies Bett im Hotel gab, in dem ich einfach nur zusammenbrechen konnte.

In der Regel hielten wir die Eingänge in der Nacht geschlossen, hatten aber eine Klingel für Notfälle draußen angebracht. Ich zog meinen Schlüssel heraus und war überrascht, dass die Tür nicht verschlossen war. Und noch überraschter war ich, als ich meinen Bruder in seiner vollen Größe hinter dem Empfangstresen stehen sah.

Sein Kopf hob sich, und ich registrierte das professionelle Lächeln eines gewissenhaften Geschäftsmannes. Doch als er mich erkannte, veränderte sich seine Miene von aufgesetzter Freundlichkeit hin zu echter Zuneigung. Und Erstaunen.

»Megan?«

Ich machte eine hilflose Geste, zu mehr war ich nicht mehr in der Lage. »Überraschung …«

Innerhalb von Sekunden war er um den Tresen herumgetreten und stellte sich vor mich. Ich sah zu ihm auf, weil er gut einen Kopf größer war als ich, und versuchte, nicht schon wieder loszuheulen. Aber natürlich klappte das nicht. Wie viele Tränen konnte ein Mensch nur weinen?

»Meggy …« Der sanfte Klang, mit dem mein Bruder meinen Kosenamen aussprach, brachte den Damm zum Brechen.

Die Tränen flossen ungehindert über meine Wangen, und als er mich in seine starken Arme zog, ruinierten sie sein teures Hemd. Ich ließ mich von ihm auffangen und wusste in diesem Moment, dass meine Entscheidung richtig gewesen war.

Nach der anfänglichen Überlegung, zurück nach L.A. zu fliegen, war mir klar geworden, dass ich nicht schon wieder weglaufen konnte. Das hatte ich bereits zweimal getan. Erst war ich geflohen, dann hatte ich einfach nur frei sein wollen und war zu einer Reise ohne Ziel aufgebrochen. Jetzt aber kannte ich mein Ziel. Und ich brauchte endlich einen Abschluss. Außerdem war es meine verdammte Pflicht, nach dem Hotel zu sehen. Ich war die Inhaberin und hatte es viel zu schnell Hals über Kopf verlassen und das Middleton Inn und die Angestellten sich selbst überlassen.

Nachdem ich Hunts Hemd komplett durchweicht hatte, befreite ich mich aus seinen Armen und nahm das Stofftaschentuch, das er mir entgegenhielt dankbar an.

»Bügelst du die selber?«, fragte ich mit einem erstickten Lachen und putzte mir dann damit die Nase.

»Ich lasse bügeln«, antwortete er wie geahnt, aber grinste

dabei schelmisch. »Komm rein, Schwesterherz. Ich mache dir einen heißen Kakao.«

Diese Geste brachte mich schon wieder zum Schluchzen, aber ich nickte und folgte meinem Bruder, der mit meiner Tasche über der Schulter den Weg zur Küche einschlug, und atmete den vertrauten Geruch des alten Hauses ein. Im Vorbeigehen strich ich über das glatte Holz des Tresens und sah sehnsüchtig zur gegenüberliegenden Treppe, die zu den Zimmern führte. Wir liefen durch den Aufenthaltsraum mit den gemütlichen Sofas vor seinem großen Kamin, in dem jeden Winter ein gemütliches Feuer brannte. Der Frühstücksraum dahinter lag dunkel und verlassen dar. Erst wenn der Morgen anbrach, würde Sandy dort alles für das leibliche Wohl unserer Gäste vorbereiten. Was wohl aus ihrem Trucker geworden war?

Erst jetzt merkte ich, wie sehr ich das Hotel und alles, was dazugehörte, vermisst hatte. Es war mein Zuhause.

Hunt öffnete die schwere Tür zur Küche, dort setzte ich mich auf das winzige antike Sofa, das zusammen mit einem Beistelltisch und einem ausrangierten Stuhl in der hintersten Ecke des Raums stand. Das war mein Lieblingsplatz im ganzen Hotel. Hier hatte ich oft mit Sandy gesessen, um Lagebesprechungen durchzuführen oder einfach nur meinen seelischen Müll bei ihr abzuladen. Die Küche war mein Rückzugsort gewesen, wenn mir alles zu viel geworden war.

»Wieso bist du zurückgekommen?«, fragte Hunt, während er Milch in einen Topf goss und auf dem Gasherd erwärmte.

»Hat sich so ergeben«, wich ich seiner Frage aus und fixierte den schwarz-weiß gefliesten Fußboden.

Er warf mir einen kurzen Blick über die Schulter zu, der mir zeigte, wie wenig er mir glaubte. »Ärger im Paradies?«, bohrte er seinen Finger dann in die Wunde.

Ich seufzte verhalten. »In den letzten vierundzwanzig Stunden hatte ich wenig Schlaf, habe eine echt bescheidene Entdeckung gemacht, daraufhin eine Trennung vollzogen und einen stundenlangen Flug von Albuquerque nach Boston mit gebrochenem Herzen hinter mich gebracht. Welchen Teil davon willst du zuerst hören?«

Hunt stellte einen großen Becher mit dampfender Schokolade vor mich und setzte sich dann ebenfalls mit einem Becher mir gegenüber auf den Stuhl. Die Flecken auf seinem Hemd waren schon kleiner geworden, aber ich fürchtete, dass ich es ihm mit meiner Mascara für immer versaut hatte. Dennoch tat das seinem Aussehen keinen Abbruch, und ich fragte mich tatsächlich, wie es sein konnte, dass mein Bruder noch immer Single war.

»Der Teil mit dem wenigen Schlaf würde mich interessieren«, sagte er trocken und entlockte mir damit ein kleines Lächeln. »Du kannst mir alles erzählen, wenn du bereit dazu bist.«

»Danke, Hunt.« So war er, mein Bruder. Er hatte einfach einen siebten Sinn für die Stimmungen seiner Mitmenschen, und schaffte es mit seiner besonnenen Art immer wieder, ihnen all ihre Geheimnisse zu entlocken. Doch jetzt würde er mich nicht weichkochen. Morgen vielleicht, aber jetzt wollte ich alles, was Nate betraf, nur noch vergessen. Wenigstens für den Moment.

Wir schwiegen ein paar Minuten und nippten an der heißen Schokolade. Fast war es wie früher, als wir noch Kinder gewesen waren. Ich wünschte mich zurück in die Zeit, als unsere Mom noch gelebt hatte. Sie hätte gewusst, was jetzt zu tun wäre. Sie hätte mir den ultimativen Rat geben können, was ich mit meinem kaputten Herzen anfangen sollte. Aber Hunt war eine gute Alternative. Er war Familie. Und Familie war tröstlich.

»Ich war bei Doug«, sagte mein Bruder unvermittelt.

»Du warst … was?« Meine Gedanken wirbelten durcheinander wie in einem Tornado. Allen voran der, ob Hunt ihn ganz gelassen hatte. Auch, wenn mein Bruder mir versprochen hatte, sich nicht auf Dougs Niveau herabzulassen, und ich gehofft hatte, er würde es nicht tun, hätte ich wissen müssen, dass er sich nicht daran halten würde. Ich war schließlich seine kleine Schwester. Und niemand tat seiner kleinen Schwester weh.

Hunt seufzte und lehnte sich im Stuhl zurück. Aber er wich meinem Blick nicht aus. »Er lebt noch, keine Angst.«

Ich schnaubte kurz. »Du warst bei ihm?« Hunt nickte. »Und hast mit ihm geredet?« Wieder bejahte er. »Und hast dann was getan?« Mein Gott, dass man ihm auch alles aus der Nase ziehen musste.

»Ich habe ihn daran erinnert, dass ich schon immer der Stärkere von uns beiden war.« Hunts Mundwinkel verzogen sich spöttisch nach oben. Fehlte nur noch, dass er sich machomäßig die Ärmel nach oben schob, aber das war eigentlich auch nicht seine Art. Er kehrte nur gerne seine Überlegenheit raus. Wie auch jetzt. »Und daran hat sich bis heute nichts geändert. Ich habe ihm nur geraten, dich in Zukunft in Ruhe zu lassen. Mehr nicht. Ich hätte gerne zugeschlagen, ihm sein überhebliches Grinsen aus der Visage gescheuert, glaub mir. Aber das habe ich nicht. Er hat noch gelebt, als ich gegangen bin, und mir ist auch schon zu Ohren gekommen, dass er seine Wut auf mich in Alkohol ertränkt«, schloss er und lehnte sich dann mit einem kleinen Grinsen auf dem Stuhl zurück.

Ich sah Hunt an und grinste dann ebenfalls. Und ließ meinen Blick dann einmal über seinen Körper wandern. »Du bist immer noch gut im Training, was?«

Er zuckte lapidar mit den Achseln. »Ich trainiere nach wie vor nur mit meinem Körpergewicht.«

»Danke, Hunt.«

»Das war das Mindeste, was ich tun konnte, Meggy. Er wird dir hoffentlich nicht wieder zu nahe kommen. Und wenn doch, hetze ich ihm alle Anwälte der Ostküste auf den Hals, die ihn wegen häuslicher Gewalt und mehr anzeigen und dazu noch seine Schwarzbrennerei aufdecken, damit er den Rest seines jämmerlichen Lebens in einem Provinzknast verrottet«, versprach er mir und griff über den Tisch hinweg nach meiner Hand. Seine Finger waren wie gewohnt schlank, gepflegt und weich. Er hatte sein Leben lang noch nie körperlich arbeiten müssen. Dafür war er unglaublich klug.

Ich nickte und war dankbar für seine Unterstützung. »Trotzdem muss ich mich dem stellen«, sagte ich dann.

»Wie meinst du das?« Hunt schien irritiert, was sein Unterton bewies.

»Ich kann dich nicht alles für mich regeln lassen. Ich muss es selbst regeln.«

»Du willst ihn verprügeln?« Hochgezogene Augenbrauen untermalten die Ironie seiner Worte.

Ich verdrehte die Augen. »Ich will mit ihm reden. Die Scheidung einreichen. Ich muss den Schlussstrich ziehen«, versuchte ich ihm meine Gedanken zu vermitteln. »Ich muss Doug verlassen, und zwar ganz offiziell.«

»Gut.«

Unsere Becher waren längst leer, als ich meine Müdigkeit nicht mehr zurückhalten konnte. »Ist noch ein Zimmer frei?«, fragte ich.

»Du bekommst die Suite«, antwortete Hunt mit einem Schmunzeln.

»Ich würde auch in der Wäschekammer schlafen.« Mir war es egal, wo ich meinen erschöpften Körper zur Ruhe legen konnte. Hauptsache, ich fand endlich ein paar Stunden Schlaf, der erholsamer war als der, den ich im Flieger genossen hatte.

»In der Suite ist das Bett aber bequemer.«

»Das stimmt allerdings.«

Hunt trug mein Gepäck zwei Stockwerke über die Holztreppe nach oben, über die wir schon als Kinder gelaufen waren, und schloss mir am Ende des Flurs die Tür zu der einzigen Suite auf, die das Middleton Inn zu bieten hatte.

Sie war nicht so geräumig und luxuriös, wie man sie aus den großen Hotels kannte, eher war es ein großes Zimmer, unterteilt in mehrere Bereiche. Mom hatte damals zwei Zimmer im Dachgeschoss zu einem umbauen lassen, weil sie auch exklusiven Besuchern etwas hatte bieten wollen. Darin befand sich neben dem üblichen Kingsize-Bett auch ein Bereich mit zwei kleinen bequemen Sofas, angrenzend an eine Essecke für vier Personen. Mehr gab der Platz nicht her. Aber was wirklich das Besondere an dieser Suite war, fand man erst heraus, wenn man auf den Balkon trat. Jetzt war es schon zu dunkel, aber am Morgen war dies der beste Platz in ganz Honey Falls, um den Sonnenaufgang über den Bergen zu beobachten. Wer diesen Anblick einmal genossen hat, der kommt immer wieder, hatte meine Mom gesagt. Und sie hatte recht behalten. Das Middleton Inn war die meiste Zeit des Jahres ausgebucht.

»Wenn ich noch irgendwas für dich tun kann …«

»Alles gut, Hunt. Vielen Dank, dass du da bist und dich um alles kümmerst«, sagte ich, und mir fiel auf, dass ich ihn gar nicht gefragt hatte, wie lange er bleiben würde und was er mit dem Hotel vorhatte. Aber das hatte auch noch bis morgen Zeit.

»Gute Nacht, Meggy.« Wir umarmten uns, und sein Kuss auf meine Stirn weckte erneut Erinnerungen an unsere Kindheit.

Als ich wenig später im Bett lag und in die Dunkelheit starrte, blitzte immer wieder Nates Gesicht vor mir auf. Nate mit den grünen Augen, die ins Innerste meiner Seele sehen konnten. Sein markantes Kinn, das er immer ein bisschen vorschob, wenn er lächelte. Seine weichen Lippen, an deren

Mundwinkeln immer ein Schmunzeln zupfte. Seine langen, schlanken Finger, die mir einzigartige Töne entlockt hatten, wenn sie sanft wie Federn über meinen Körper gestrichen waren. Nate mit dem Herzen voller Liebe, die er mit mir bereit war zu teilen. Nate … Er fehlte mir so sehr. Mein Herz war kaputt, den Schmerz hatte ich beiseitegeschoben, fühlte mich tot. Ohne Nate existierte ich einfach nur. Aber ich lebte nicht. Aber vielleicht konnte ich das irgendwann wieder ändern.

Doch das Leben musste erst mal warten. Das, was zuerst auf mich zukam, war wichtiger. Und schlimmer.

Während mir allmählich die Augen zufielen und ich in einen unruhigen Schlaf abdriftete, begleitete mich die Angst davor, auf meinen Ehemann zu treffen, in die Dunkelheit.

Die ersten Tage blieb ich im Hotel, ohne mich aus dem Haus zu wagen. Aber weil die Menschen in Honey Falls Tratsch liebten, blieb mein Aufenthalt nicht unbemerkt und die ersten Spekulationen wurden schon am ersten Morgen nach meiner Ankunft im Ort laut. War ich zurückgekommen, um Doug zu verzeihen? Würde Doug mir verzeihen? Es war lächerlich.

Es würde nicht lange dauern, bis der Tratsch Doug erreichte und damit Wasser auf seine Mühlen kippte. Aber gut, ich hatte ja geahnt, dass es nicht einfach werden würde.

Während man sich in Honey Falls also über unsere Eheprobleme ausließ, genoss ich den Beistand meines Bruders und von Sandy. Sandy, die nicht fragte, sondern einfach da war. Die einfach immer die richtigen Worte für alle Situationen hatte und mir zur Seite stand. Niemand war mir böse, dass ich mich nicht um den Hotelbetrieb kümmerte, sondern nur um mich selbst. Ich schlief nicht lange, aber blieb bis Mittag im Bett. Löcher in die Decke starrend, weil mir so vieles durch den Kopf ging. Allem voran Nate. Immer wieder Nate … Doch ich musste lernen, ihn auszublenden, wenn ich mit klarem Kopf das in Angriff nehmen wollte, weswegen ich hergekommen war.

Am dritten Tag war ich wieder so weit bei Kräften und wollte mir Hunts Wagen leihen. Ein Mercedes Cabrio erschien mir etwas zu protzig für meinen Auftritt, aber es war kein anderes Auto da. Hunt ließ mich aber sowieso nicht alleine zu Doug fahren, sondern brachte mich. Also flogen wir mit vierhundert PS unter uns durch die Straßen unserer Kleinstadt und brachten die zehnminütige Strecke zu meinem alten Zuhause mit einem mulmigen Gefühl hinter uns. Als Hunt auf der Einfahrt geparkt hatte und mir aufmunternd zunickte, stieg ich aus dem silbernen Cabrio aus. Doug wartet auf der Veranda auf mich. Die Buschtrommeln waren sogar schneller als ein Rennwagen.

Selbst von Weitem konnte ich den Hass in seinem Blick aufblitzen sehen. Ich straffte meine Schultern und ließ mir nicht anmerken, wie sehr mich die Angst vor ihm noch immer im Griff hatte.

»War ja nur eine Frage der Zeit, bis du wieder zurückkommst«, begrüßte Doug mich, und sein gönnerhaftes Grinsen ließ mich würgen. »Hast du so viel Schiss, dass du dich nicht allein nach Hause traust?«, spottete er und starrte zu Hunt, der hinter mir im Wagen wartete.

Ich ging näher, bis ich nahe genug war, um meine Stimme nicht erheben zu müssen. »Ich komme nur, um dir die Scheidungspapiere persönlich zu bringen.« Damit hielt ich ihm ein Schreiben in edlem Briefumschlag von einem Anwalt aus New York hin, ein Freund von Hunt, den er mit meiner Erlaubnis beauftragt hatte, nachdem er die ganze Geschichte erfahren hatte.

Statt den Brief entgegenzunehmen, verschränkte Doug die Arme vor der Brust und spuckte vor meine Füße. »Scheidung?

Was soll der Scheiß?« Er beäugte mich von oben bis unten. »Du gehörst zu mir. Wir gehören zusammen.«

Ich verdrehte innerlich die Augen über sein primitives Gehabe. Und über mich, weil ich es jahrelang einfach über mich hatte ergehen lassen. Aber damit war jetzt endgültig Schluss. Ich saß nun am längeren Hebel, das hielt ich mir auch vor Augen, als ich noch einen Schritt näher an ihn herantrat, ohne ihn aus den Augen zu lassen.

»Du hast mich jahrelang mehr als einmal betrogen. Du hast mich manipuliert und versucht, mich klein zu halten. Du hast mich geschlagen und wolltest mich vergewaltigen. Wenn du dich mir also jetzt in den Weg stellst, zeige ich dich nicht nur an, sondern nehme dir alles, was du besitzt. Dein Haus. Dein Auto. Deinen Job.«

Er lachte und blitzte mich aus zusammengekniffenen Augen an. Ich kannte diesen Blick. »Das Einzige, was du kriegst, sind noch ein paar Ohrfeigen. Nichts anderes hast du verdient, wenn du mich verlassen willst. Das wirst du bitter bereuen, das verspreche ich dir.«

»Fass mich an und *du* wirst es bereuen«, raunte ich. Er grinste nach wie vor, aber sein Blick huschte über meine Schulter und sofort blitzte ein Funken Unsicherheit in seinen Augen auf.

Ich war zwar gewachsen in den letzten Wochen und hatte auch begriffen, dass ich mir nichts mehr von Doug gefallen lassen musste, aber Angst vor ihm hatte ich dennoch. Dass Hunt hinter mir war und innerhalb weniger Sekunden an meiner Seite wäre, wenn Doug ausrasten würde, gab mir Sicherheit. Und dass, sollte mir etwas passieren, Doug seinen Lebtag nicht mehr froh werden würde, irgendwie auch.

»Du kannst mir gar nichts. Oder hast du Beweise für deine Behauptungen?«, spuckte er mir entgegen und ließ seine Hand sinken, um sie in die Tasche seiner Arbeitshose zu stecken. Vermutlich hatte er sie so besser unter Kontrolle.

»Die brauche ich nicht, Doug. Ich weiß, wo deine Destille steht«, drohte ich nur und erntete ein ungläubiges Stirnrunzeln. »Und ich habe Fotos gemacht, nachdem du mich … Ich habe Zeugen, die aussagen werden, wenn es sein muss. Glaub mir. Es sind schon Männer für weniger in den Knast gegangen. Und weißt du – Männer, die Hand an ihre Kinder oder Frauen legen, werden dort gar nicht respektiert.« Ob dem so war, wusste ich nicht. Aber es hörte sich gut an. »Ich werde dir das, was du mir angetan hast, nicht verzeihen. Niemals. Es gibt keinen Weg zurück. Ich lasse mich scheiden, ob du willst oder nicht«, setzte ich noch einmal eindringlich hinterher. Er sollte nicht glauben, dass er eine Wahl hätte.

Diese Aussage brachte Abstand zwischen Doug und mich. Sein sonnengebräuntes Gesicht war nicht blasser geworden, aber seine Miene zeigte sich nicht mehr ganz so zuversichtlich. Er schien meine Worte abzuwägen.

Er fuhr sich durch seine dunklen Haare und änderte seine Strategie. »Du bist meine Frau«, erinnerte er mich. »Ich liebe dich doch, Megan. Bleib bei mir. Wir können neu anfangen. Ich verspreche dir, das kommt nie wieder vor.« Auch das kannte ich. Nach jedem Ausraster kam die angebliche Reue.

Ich schnaubte. »Mach dich nicht lächerlich, Doug. Dir tut gar nichts leid. Und lieben … nein, das ist keine Liebe, die du mir entgegenbringst. Du bist es nicht wert, dass man sich überhaupt auf irgendeine Weise um dich bemüht.« Noch einmal hielt ich ihm den Brief entgegen. »Ich will die Scheidung. Und ich werde sie bekommen. Du kannst wählen, ob du nur mich oder auch alles andere verlieren willst. Verlieren wirst du auf jeden Fall.«

Ich wartete und hielt den Brief konsequent vor seine Nase. Bis er ihn schließlich an sich riss.

»Miststück«, knurrte er und spuckte nochmals aus, diesmal allerdings neben sich.

»Es war mir ein Vergnügen«, gab ich zurück. Dann drehte ich mich um und verließ das Haus, das so viele Jahre nie mein Zuhause, sondern nur ein Haus ohne Seele gewesen war. Hunt wartete, bis ich eingestiegen war, so lange duellierten er und Doug sich mit Blicken.

Und erst als er einstieg und das Auto die lange Einfahrt vom Grundstück runter Richtung Straße fuhr und Doug im Rückspiegel immer kleiner wurde, atmete ich erleichtert auf.

Ich hatte es geschafft.

Ich hatte Doug die Stirn geboten und den ersten Schritt getan, um mein altes Leben hinter mir zu lassen. Vielleicht würde es noch etwas dauern, bis ich mein neues Leben aufnehmen konnte, aber der erste Schritt war getan. Und der war immer der wichtigste.

# 22. Nate

Ich fuhr über fünf Stunden durch und hielt nur an, um zu pinkeln. Nachdem ich von Tristan erfahren hatte, dass er und Aria ein paar Tage in Houston verbringen würden, weil Arias Untersuchung anstand, hatte ich beschlossen, die beiden dort zu besuchen. Ich musste runter von der Route 66, musste einen anderen Weg einschlagen. Zwischendurch versuchte ich Piper anzurufen, doch erreichte sie nicht. Erst kurz hinter Amarillo rief sie mich zurück.

»Was ist los?« Sie klang nicht so freundlich, wie ich es von ihr gewohnt war.

»Sie hat mich verlassen«, sagte ich mit möglichst fester Stimme.

»Ich weiß.« Pipers vorwurfsvolle Stimme zerriss die Stille im Bus.

»Ja, klar. Natürlich weißt du das«, sagte ich und musste mir einige Beschimpfungen von Piper gefallen lassen, in denen sie mich für unfähig hielt, ihrer Freundin würdig zu sein. Sie hatte so recht. Ich hatte versprochen, auf Megan aufzupassen, und hatte es verkackt.

»Es ist besser, wenn du sie in Ruhe lässt«, meinte Piper.

»Ich weiß«, sagte ich nun. Damit war alles gesagt.

»Was bist du nur für ein verlogener Arsch«, zischte sie.

»Ist sie bei dir?«

»Das geht dich einen Scheiß an.« Trotz der Umstände musste ich lächeln. Piper beschützte ihre Freundin bis aufs Blut.

»Ich habe nur herausgefunden, wer sie in Wirklichkeit ist

und dass ich schon alles von ihr weiß«, versuchte ich zu erklären. »Und wenn ich alles sage, dann meine ich auch alles.«

Pipers Atmung wurde für einen Moment lauter. »Das musst du mir erklären.«

»Als wüsstest du nicht schon längst alles aus erster Quelle«, vermutete ich.

»Natürlich. Ich habe mit Megan gesprochen. Sie ist meine Freundin, verdammt. Es geht ihr nicht gut, und ich weiß, warum. Aber ich kenne deine Version nicht. Warum hast du sie angelogen?«

»Ich habe sie nicht … lass … mich das erklären, okay?«, bat ich. Es war mir wichtig, dass Piper mich nicht für einen Arsch hielt. Vielleicht, weil ich Piper mochte. Aber auch, weil ich wusste, dass sie mit Megan sprach.

»Okay«, sagte sie nach einem kurzen Zögern. »Dann erklär mal …«

Ich atmete einmal tief durch. »Megan und ich … wir kannten uns schon von Instagram, aber das haben weder sie noch ich gewusst«, begann ich und fasste grob den Verlauf unserer Chatbegegnung zusammen. »Als sie mir erzählt hat, dass sie verheiratet ist, war für mich klar, dass ich mich zurückziehe. Ich bin wirklich nicht der Typ, der sich in Beziehungen oder Ehen mischt, glaub mir. Danach habe ich Instagram nicht mehr angefasst, die App und Athena aus meinem Alltag gelöscht. Als ich Megan dann hier getroffen habe … Wie hätte ich ahnen sollen, dass die beiden ein und dieselbe Person sind?« Obwohl ich im Nachhinein betrachtet zugeben musste, dass es deutliche Ähnlichkeiten gab. Aber ich war nicht über sie gestolpert. Warum auch?

»Gar nicht«, stimmte sie mir zu.

Ich erzählte weiter und erlebte dabei den ganzen Schmerz noch einmal. »Und dann hat Megan mir ihren Account gezeigt. Ich habe die Fotos gesehen und … begriffen, dass Megan

Athena ist. Dann habe ich die Nachrichten gelesen, die sie mir im Laufe der letzten Wochen geschickt hatte.«

»Und da stand *was* drin?«, wollte Piper wissen.

»Anfangs hatten wir uns nur über oberflächliche Dinge ausgetauscht, bis … Bis sie mir von ihrem Mann und dem, was er … Sie hat mir all das nur geschrieben, weil sie dachte, dass ich das niemals lesen würde. Hätte ich auch nicht, wenn …«

»Warum hast du da nicht gleich zugegeben, dass du Harvey bist?«

Klar, dass sie von Harvey wusste. »Ich war überrumpelt. Das ist der einzige Grund. Ich wollte erst sichergehen, dass Megan mir auch glaubt und mich nicht als Lügner abstempelt und ich damit alles kaputtmache.«

»Das hast du aber.« Das war eine Feststellung, an der gab es nichts zu rütteln.

»Wo ist sie jetzt?«, wollte ich wissen. Wenn jemand wusste, wo Megan sich aufhielt, dann Piper.

»Das kann ich dir nicht sagen«, antwortete sie, und mein Herz sackte ab.

»Dann pass auf sie auf, okay?«, bat ich. Piper versprach es mir.

»Was hast du jetzt vor? Fährst du weiter Richtung Osten?«, fragte sie.

»Ich weiß noch nicht. Erst mal nach Houston. Dann vielleicht weiter nach Osten, vielleicht auch wieder zurück, die Westküste hoch. Möglicherweise rüber nach Kanada. Wohin mich die Straße eben so führt.« Ich wusste es wirklich nicht. Ohne Megan war die Reise nicht mehr dieselbe. Es fehlte etwas. Megan fehlte.

»Ich glaube, du bist ein guter Kerl, Nate. «

Hoffnung wollte durchbrechen, doch das wusste ich zu verhindern, indem ich mir den Schmerz nach dem Abschied von Megan in Erinnerung rief. Sie hatte entschlossen gewirkt. Ihre

Entscheidung war endgültig, das musste ich mir immer wieder vor Augen halten. Sonst würde ich untergehen. Weil Hoffnung qualvoller ist als Gewissheit. Trotzdem versuchte ich mich an einem Lächeln. Piper wollte nur nett sein.

Als wir uns verabschiedet hatten, starrte mich der leere Sitz direkt neben mir vorwurfsvoll an. Wie konnte ein Mensch einem innerhalb so kurzer Zeit nur so ans Herz, ins Herz wachsen? Ich verstand mich selbst nicht, dass gerade ich, der sonst so besonnene Nathaniel Galimore, der nur mal hier und da eine kurze, unbedeutende Affäre gehabt hatte und sonst niemals auf die Idee gekommen war, sein Herz zu verschenken, sich so verliebt hatte. Ich begriff nicht, wie es so wehtun konnte, Megan nicht bei mir zu haben. Wo kam dieser Schmerz her? Wie stark würde er noch werden? Wann würde er aufhören? Würde er überhaupt irgendwann aufhören?

Wenn das Liebe war, dann würde mir das kein zweites Mal passieren. Das schwor ich mir.

Nach mehreren tiefen Atemzügen startete ich den Bus und folgte der Straße einige Stunden Richtung Dallas, wo ich übernachten wollte. Ich füllte Frischwasser auf und kaufte ein paar Lebensmittel ein.

Kaum war ich wieder im Bus, rief Tristan mich an, um mir mitzuteilen, dass sie gut in Houston angekommen waren.

»Dann sehen wir uns dort«, freute ich mich auf meinen Freund.

»Ich denke, du bist auf der 66 nach Osten unterwegs?«

»Planänderung«, sagte ich nur. Und er fragte nicht weiter.

Nach einer kurzen, unruhigen Nacht fuhr ich am nächsten Morgen weiter Richtung Süden und erreichte am nächsten Nachmittag Houston. Eine weitere Stunde später hatten mein Bus und ich uns durch die Stadt gekämpft und parkten auf dem hoteleigenen Parkplatz, in dem ich ein paar Tage bleiben sollte. Tristan nahm mich in Empfang, und wir umarmten uns zur Begrüßung. Wir hatten uns schon fast ein halbes Jahr nicht mehr gesehen, es tat gut, meinen besten Freund wieder in die Arme zu schließen. Im Hotel trafen wir auf Aria. Nach einer herzlichen Begrüßung und ein bisschen Small Talk mit Tristans Freundin gingen mein Freund und ich in den Garten hinaus und suchten uns einen ruhigen Platz. Aria blieb im Hotel und ich war ihr dankbar für die Zeit, die sie uns gönnte.

Die trockene Hitze war ungewohnt nach den letzten Stunden mit Klimaanlage im Auto. Dennoch streckte ich das Gesicht in die Sonne und die Beine aus. Tristan bestellte Bier, und als die Bedienung so leise wieder verschwand, wie sie gekommen war, stießen wir an. Dankbar trank ich, und als ich absetzte, war es halb leer. Tristan und ich kannten uns nun schon so viele Jahre und so gut, dass er genau wusste, ob ich reden oder schweigen wollte.

Nach dem ersten Bier folgte ein zweites, und nachdem auch das zur Hälfte ausgetrunken war, begann ich, meinem Freund die Ereignisse zu schildern, die mich quer durchs Land jetzt von Ost nach Süd gebracht hatten.

»Sie ist dir sehr wichtig, oder?«

»Ich liebe sie«, gab ich ohne Umschweife zu. Das starke Gefühl, das mich noch vor einer Woche total beflügelt hatte, zog mich jetzt bis zum Boden runter.

Tristan nickte verständig. »Was hast du jetzt vor?«

»Ich hab meine Brücken in Los Angeles abgebrochen, alles verkauft und hinter mir gelassen, weil ich mir die Welt ansehen wollte. Auf andere Art, wie wir es bisher gemacht haben«, schob ich hinterher. Denn durch die Reisen zu den einzelnen Filmsets hatte ich schon einige Landstriche in den Staaten gesehen. »Den Roadtrip über die 66 kann ich ohne Megan nicht weiterfahren. Zumindest nicht jetzt. Sie fehlt mir.« Die Hoffnung, dass alles wieder in Ordnung kommen würde und wir den Trip irgendwann zusammen beenden würden, war noch immer da. »Aber ich überlege, Zeit außerhalb der Staaten zu verbringen. Es gibt einige Länder, die mich reizen.«

»Europa?«

»Auch.«

»Das da wäre?«

»Frankreich zum Beispiel. Baguette, Rotwein und ein bisschen Boule spielen mit alten Männern mit Baskenmützen. Einmal den Eiffelturm in Paris besteigen und eine Varieté Show im Moulin Rouge ansehen. Diese Stadt hat mich schon immer gereizt. Oder ich gehe auf Safari in Namibia. Oder mit einem Schiff ganz hoch in den Norden wie einst die Wikinger. Die Welt ist riesig, die Möglichkeiten sind riesig«, endete ich und sah in den Garten.

»Alleine?«

Ich zuckte mit den Schultern und trank das Bier aus. »So bin ich spontan.«

Tristan schwieg eine ganze Weile, bis er mich letztlich einen Träumer nannte. »Du willst nur weglaufen. Und du weißt so gut wie ich, dass das niemals eine Lösung ist. Zumindest keine gute.«

Ich belächelte seine Antwort nur und bestellte ein drittes Bier. Vielleicht lag es an diesem Ort, vielleicht an der Gesellschaft meines besten Freundes, vielleicht auch daran, dass es mich alles ein wenig erträglicher sehen ließ. Das Bier schmeckte, und ich war froh um die Abwechslung.

»Ist sie denn weiterhin auf Instagram?«, nahm Tristan das Thema Megan wieder auf.

»Ja, ist sie.« Es war kein Tag vergangen, an dem ich nicht in unseren Chat geguckt oder in ihrem Feed nachgeschaut hatte, ob sie etwas Neues gepostet hatte.

»Wie heißt sie dort?« Ich nannte ihm ihren Nicknamen. Tristan tippte auf seinem Smartphone herum. »Ist sie das?«, fragte er und hielt mir das Handy entgegen. Ich erkannte ihr Profilbild und sah alle Bilder.

»Ja, das ist Megan.«

Tristan stalkte sie mit seinem privaten Account, der ihn nicht als Tristan Hall, den Schauspieler, sondern als Truefriend_007 auswies. Was für ein dämlicher Name. Außerdem hatte er weder Follower noch sich die Mühe gemacht, diesen Account zu pflegen, und nutzte ihn wie ich nur, um mal ein bisschen Abwechslung zu haben.

Tristan scrollte durch ihren Feed, und es gab ein neues Bild. Es stammte noch von unserem gemeinsamen Trip. Aufgenommen in der Mojave-Wüste, ganz am Anfang unserer Reise. Eine dunkle Silhouette, angestrahlt durch die Sonne vor wolkenlosem Himmel, dahinter die unendliche Weite der Wüste.

*Bilder der Vergangenheit. Sie holen dich immer wieder ein.*

Diese Worte hatte sie als begleitenden Text gewählt. Ich starrte das x-te Mal in den letzten Tagen auf dieses Bild, die Worte hatten sich schon längst in mein Gehirn eingebrannt. *Sie holen dich immer wieder ein.* Nein, Megan hatte mich noch nicht aus ihrem Leben gestrichen. Zumindest nicht endgültig. Denn …

Das Bild der Vergangenheit war ich.

# 23. Megan

»Einmal Bratkartoffeln und dazu die Würstchen und … Kaffee. Danke.«

Der Trucker mit dem Vollbart reichte mir die Karte zurück und warf mir ein nettes Lächeln zu. Er erinnerte mich ein wenig an Bob, den Trucker, der vor einem halben Jahr das Middleton Inn besucht und dabei Sandys Herz erobert hatte. Und seit ich weg gewesen war, hatte Honey Falls ein neues Paar. Sandy war glücklich, und ich wünschte ihr so sehr, dass sie es auch blieb.

Nachdem ich die Bestellung in die Küche durchgereicht hatte, nahm Piper mich hinter dem Tresen kurz beiseite.

»Gehen wir heute Abend aus?«, fragte sie und sah mich dabei mit diesem Blick an, den sie schon seit meiner Rückkehr draufhatte.

Seit zwei Wochen war ich wieder zurück in L.A. und hatte gehofft, mir hier an der Westküste eine neue Existenz aufbauen zu können. Fernab von Honey Falls und meinem unberechenbaren Ehemann – der sich laut meinem Bruder sehr ruhig verhielt. Ich gehörte nun fest zur Belegschaft von Pipers Diner und arbeitete hart daran, mir ein neues Leben aufzubauen. Und daran, nicht mehr an Nate zu denken. Doch das wollte nicht so klappen, wie ich es mir vorgestellt hatte. Piper hatte wirklich viel Geduld mit mir, doch dass ich mich in meiner Freizeit in ihrem Haus verkroch, anstatt die Sonne und das Leben zu genießen und unter Menschen zu gehen – das fand sie gar nicht gut. Und wurde auch nicht müde, das zu betonen.

»Mein Gott, Megan! Wie lange willst du noch in deinem

Selbstmitleid baden? Wenn du ihn doch ach so sehr vermisst, dann ruf ihn an zum Teufel!«, zischte sie, bevor sie mir einen genervten Blick zuwarf.

»Ich dachte, du stehst auf meiner Seite«, zischte ich zurück.

»Ich stehe auf gar keiner Seite. Zufällig mag ich dich nun mal lieber als Nate. Aber ich finde trotzdem, dass er ein netter Kerl ist und dass, wenn du ihn so sehr liebst, wie du sagst –«

»Wann habe ich das gesagt?«

Sie verdrehte die Augen. »Wenn du ihn so sehr liebst, wie du dich verhältst … Dann solltest du ihn anrufen.«

Mein Herz wurde schwer. »Das kann ich nicht.«

»Was hindert dich?« Piper wurde langsam ungeduldig und ich konnte sie verstehen.

»Ich bin noch nicht so weit.«

»Du bist nur feige, Megan. Entschuldige, dass ich das so sagen muss, aber es ist so. Wovor hast du Angst?«

»Was, wenn er mich nicht mehr will?«

»Bullshit! Dieser Mann ist so verliebt in dich, er würde dich vermutlich vom Fleck weg heiraten, wenn –«

»Aber ich will einen richtigen Neuanfang«, unterbrach ich sie. Piper runzelte die Stirn. »Und solange Doug nicht in die Scheidung einwilligt, bin ich nicht frei …« Traurig schüttelte ich den Kopf.

Piper atmete geräuschvoll tief durch, doch bevor sie antworten konnte, kamen die Bratkartoffeln und Würstchen für den Trucker aus der Küche. Dankbar für diese Unterbrechung unserer Unterhaltung, die wir nicht zum ersten Mal führten, brachte ich das Essen an den Tisch am Fenster und suchte mir danach eine Beschäftigung nach der anderen, um die Diskussion nicht weiterführen zu müssen.

Am Abend verkroch ich mich mit einer Familienpackung Schokoladeneis in meinem Zimmer in Pipers Haus und streamte *Vikings*. Schlachtende Wikinger waren jetzt genau das, was ich brauchte, um mich von der Sehnsucht nach Nate, der Wut auf meinen Ex-Mann und der unberechtigten Verärgerung auf Piper abzulenken. Sie wollte mir nur helfen, mich aus meinem Loch rausholen, bevor ich den Weg zurück nicht mehr von alleine fand. Sie war eine gute Freundin, das wusste ich. Dennoch konnte ich gerade einfach nicht aus meiner Haut.

Doug war ein Ekel, er zögerte die Scheidung raus, nur um als armes Opfer dazustehen. Ich verabscheute ihn von Tag zu Tag mehr. Aber irgendwann würde auch dieses Kapitel beendet sein und ein neues konnte anfangen.

Kurz vor Ende der vierten Staffel und dem Ende meines Eisbechers rief Hunt mich an.

»Hey, Lieblingsbruder«, meldete ich mich und stoppte die Folge.

»Du hast nur den einen«, antwortete er mit einem Lächeln in der Stimme.

»Warum rufst du an?« Hunt rief nie ohne Grund an.

»Braucht es immer einen Grund? Ich wollte wissen, wie es dir geht, Meggy«, sagte er.

»Danke, ja. Es geht mir so weit gut«, antwortete ich leise und merkte dabei, wie mein Herz absackte. Denn das war eine reine Lüge. Und mein Bruder kannte mich gut genug, um das auch zu merken.

Sein Atem drang durchs Telefon, als er zu einer Erwiderung ansetzte. »Du weißt, dass du jederzeit zurückkommen kannst.«

»Ich weiß. Aber ich kann das nicht. Und solange Doug die Papiere nicht unterzeichnet hat …«

»Ihm bleibt aber keine Wahl, das weiß er.«

»Ich wünschte nur, es würde schneller gehen.« Ich schluckte meine Enttäuschung runter und zwang mich zu einem Lächeln. »Und wie geht es meinem Lieblingsbruder?«

»Mir gefällt es gut in Honey Falls, und ich werde doch noch

etwas länger bleiben. Sandy greift mir unter die Arme und ich lerne jeden Tag dazu. Es macht mir tatsächlich Spaß.«

»Das heißt, du willst das Hotel weiterleiten?«

»Warum nicht?«

»Aber du hast einen Job«, stieß ich wenig geistreich aus. Es schockierte mich ein wenig, dass mein älterer, weltgewandter Bruder, CEO eines der größten Telekommunikationsunternehmen des Landes, solchen Gefallen am Betrieb eines Familienhotels gefunden hatte.

»Den ich auf Eis legen werde. Erst mal für ein Jahr«, klärte er mich über sein geplantes Sabbatical auf und erläuterte mir dann seinen Plan für die nächsten Wochen und Monate. Und obwohl es sich nach einem wirklich guten, wohlüberlegten Plan anhörte, hatte ich Schwierigkeiten, mich mit ihm zu freuen.

»Du scheinst nicht damit einverstanden zu sein«, sagte Hunt mir auch auf den Kopf zu.

»Ich … Doch, es ist nur …«

»Das Middleton Inn wird immer dein Zuhause bleiben, Meggy. Du kannst jederzeit zurückkommen und deinen Posten wieder einnehmen. Ich will dir nichts wegnehmen. Ich möchte dich nur unterstützen«, sprach er genau das aus, wovor ich tatsächlich Angst gehabt hatte. Jetzt, nach seinen Worten, schien mir meine Angst lächerlich. Wie hatte ich annehmen können, dass mein Bruder mir das Hotel streitig machen wollte?

»Ich weiß«, gab ich also kleinlaut zur Antwort. »Ich dachte nur, dass … ich weiß nicht, ob ich wirklich hier in L.A. bleiben will«, sprach ich aus, was ich schon so lange dachte.

»Hast du mal was von Nate gehört?«

Ich schluckte. »Ich habe keinen Kontakt zu ihm.«

Hunt seufzte. »Warum machst du dir das Leben nur so schwer?«

»Das tue ich gar nicht«, log ich und zwirbelten mir eine Haarsträhne um den Finger.

»Du liebst diesen Kerl, tust aber alles, um ihm aus dem Weg zu gehen.«

»Ich weiß. Aber ich kann ihm nicht gegenübertreten, solange ich nicht wirklich frei bin, Hunt. Verstehst du das?«

»Ja, das verstehe ich. Trotzdem glaube ich, dass es der falsche Weg ist. Wenn du ihn liebst und er dich … dann …«

Ich seufzte laut ins Telefon. »Hunt, ich liebe dich, aber wenn du nicht aufhörst, mich zu nerven, dann lege ich auf.«

»Mach doch.« Ich hörte das Grinsen in seiner Stimme.

»Idiot.«

»Vielleicht solltest du wirklich einfach wieder zurückkommen«, schlug er vor.

»Und dann?«

»Das sehen wir dann.«

Ein erneuter Seufzer kroch mir über die Lippen. »Das kann ich nicht.«

»Doug wird dir nichts mehr tun, Meggy.«

»Ja, vielleicht. Aber … es hängen so viele Erinnerungen daran in der Stadt. Die Leute werden reden. Sie werden mit den Fingern auf mich zeigen, sie –«

»Das werden sie nicht«, warf er scharf ein. »Dafür werde ich sorgen.«

»Du kannst mich nicht davor beschützen, dass die Menschen glauben, was sie glauben wollen, Hunt«, murmelte ich. »Doug wird mich zwar nicht mehr anfassen, aber er hat Macht, Hunt. Das solltest auch du nicht unterschätzen.«

Nach ein paar Minuten hakten wir das Thema ab und einigten uns darauf, dass ich jederzeit zurückkommen konnte, wenn ich so weit war.

Nach dem Telefonat war mir die Lust auf schreiende, vögelnde Wikinger vergangen, und ich sah mir zum dreihundertsten Mal *Rocketman* an. Bei den traurigen Szenen ließ ich meinen Tränen freien Lauf. Mir war klar, dass es nicht am Film lag, sondern an der Erinnerung und dem dazugehörigen Schmerz, aber es war gut, einfach so zu tun.

Als der Abspann über den Laptop lief, nahm ich unschlüssig mein Handy in die Hand. Seitdem ich in Arizona vor Nate geflüchtet war, hatte ich die meiste Zeit die Finger von der App gelassen. Aber jetzt bewegten sie sich wie von allein über das Display und öffneten Instagram. Der Posteingang blinkte auf und mein Herz machte einen Purzelbaum, als ich sah, wer mir geschrieben hatte. Die Nachricht war neu, er hatte sie erst vor wenigen Stunden geschrieben.

> **Harvey_008:** Megan, ich vermisse dich noch immer. Ich kann dir gar nicht oft genug sagen, wie leid es mir tut, dass du keine andere Möglichkeit gesehen hast, als zu gehen und mich, uns zu verlassen. Und wenn es irgendwas an deiner Entscheidung ändern würde, dann würde ich es tun, glaub mir. Denn mir ist es ernst mit dir, Megan.
> Noch nie habe ich so stark für eine Frau gefühlt. Und die Worte, die ich zu dir gesprochen habe – noch nie habe ich sie zu einer anderen Frau gesagt. Und wenn du auch nur annähernd so für mich fühlst, wie ich glaube, dann haben wir eine Chance. Du musst sie uns nur geben.
> Glaub an uns, Megan.
> Glaub an dich.
> Ich liebe dich.

Die Worte verschwammen vor meinen Augen, und mein zerbrochenes Herz stach seine Scherben in meine Eingeweide, während ich auf die Wahrheit starrte.

Nate liebte mich.

Und ich liebte ihn.

Das war die Wahrheit.

Und ich wusste es.

Nate hatte Spuren in meinem Herzen hinterlassen. Ich würde ihnen folgen, wenn ich bereit, wenn die Zeit dafür reif war.

Ich strampelte mich aus meiner Decke und legte mein Handy auf den Nachttisch. Umgedreht, sodass ich keine Worte mehr lesen konnte und sie samt der Wahrheit, wenigstens für den Moment weit, weit weg waren.

Mit schweren Gliedern erhob ich mich, um mein Geschirr in die Küche zu bringen. Piper saß im Schein einer Lampe am Tisch, vor sich ein Glas Wein, und schien in einen Papierstapel versunken.

»Rechnungen?«, fragte ich und näherte mich langsam. Sie nickte, ohne aufzusehen. »Wolltest du nicht ausgehen?«, fragte ich zögernd.

»Keine Lust mehr.«

»Ich wollte dir nicht die Laune verderben. Tut mir leid«, stammelte ich und fragte mich, wann ich eigentlich zum Stubenhocker mutiert war.

Piper hob den Kopf und blickte dann fragend zwischen mir und der Eispackung in meiner Hand hin und her. »Alles okay?«

»Tut mir leid, dass ich so biestig bin im Moment«, entschuldigte ich mich noch einmal. Das Gespräch mit Hunt hatte einiges in mir wachgerüttelt, und ich wusste, dass ich gerade nicht die beste Freundin war.

»Schon okay.« Sie warf mir ein verständnisvolles Lächeln zu. »Wie wäre es mit Wein statt Party?«

»Gerne.« Ich holte ein Glas aus der Küche und setzte mich zu ihr.

»Pipes, du hast recht. Und Hunt auch«, gab ich das kurze Gespräch mit meinem Bruder wieder. »Ich liebe Nate. Ich habe so was noch nie gefühlt, und mir geht es sauschlecht wegen allem«, begann ich. »Weißt du, ich kann darüber hinwegsehen, dass er mir nicht gleich die Wahrheit gesagt hat. Damit hat er zwar das Vertrauen zerstört, das ich ihm entgegengebracht hatte, aber das kann ich bestimmt auch wieder aufbauen. Ich kann verstehen, dass er geschockt war und Zeit gebraucht hat, damit umzugehen. Ich kann das echt verstehen und das ist nicht der Grund, warum ich hier bin und er … da draußen irgendwo.« Beim Gedanken an die Route 66, Harriet und unsere gemeinsame Zeit, traten mir die Tränen in die Augen, aber ich drängte sie zurück. Es tat so weh, nicht bei ihm sein zu können und doch wusste ich, dass ich zum jetzigen Zeitpunkt nicht frei genug war, um einen Neuanfang mit Nate zu wagen. »Ich bin nicht frei. Meine Gedanken sind nicht frei und mein Herz … Ja, ihr habt recht. Ich liebe Nate. Ich liebe ihn so sehr. Aber … ich muss erst ganz frei sein. Und dafür muss ich heilen, alles abschließen. Allein«, wiederholte ich und dann kamen die Tränen. Denn ich begriff ganz allmählich, dass ich mich selbst davon abhielt, glücklich zu sein. Und das war grausam.

# 24. Nate

Ich war dankbar, ein paar Tage mit Tristan verbringen zu können um mich so wenigstens ein bisschen von meinem Schmerz abzulenken. Und doch war Megan immer bei mir. Sie war morgens der erste Gedanke und abends der letzte und bei jedem Gang durch die Stadt fragte ich mich, wie Megan es wohl gefallen hätte.

In Los Angeles hatte ich nie viel Zeit für die banalen Dinge des Lebens gehabt. Allerdings hatten sie mir da auch nicht gefehlt. Erst als ich auf Megan getroffen war, hatte ich verstanden, was Leben wirklich bedeutete. Ohne sie allerdings fühlte ich mich wie tot.

Tristan und Aria erkundeten mit mir die Stadt, in der wir uns mit Sonnenbrille und Basecap auch relativ frei bewegen konnten. Zur Sicherheit aber folgten uns zwei Bodyguards auf dem Fuß. Ab und an wurde Tristan erkannt, es gab Autogrammwünsche und er machte Selfies mit den Fans. Auch Aria war bei ihnen beliebt, und einige wollten auch Fotos mit ihr. Aber wenn es zu viel wurde, schirmten die Bodyguards ihn ab, und der Wagen stand schnell parat, um die Biege zu machen.

Die Zeit mit den beiden war schön, aber auch hier gelang mir das Abschalten nicht. Außerdem stand Arias Vorsorgeuntersuchungstermin im Zentrum für Krebs an, bei dem Tristan an ihrer Seite sein wollte. Deshalb beschloss ich nach drei Tagen, lange genug an einer Stelle verbracht zu haben. Es wurde Zeit, weiterzureisen.

»Was hast du jetzt vor?«, fragte Tristan mich, als er mir

half, meinen Bus auf die nächste Etappe vorzubereiten. »Vielleicht doch zurück auf die Route 66?«

Ich zuckte mit den Schultern. »Nein. Das … fühlt sich falsch an.« Ich verband Megan und die Route 66 miteinander und konnte mir zum jetzigen Zeitpunkt nicht vorstellen, den Trip fortzusetzen.

Wissend nickte er. »Dich hat es echt erwischt.«

»Ich sagte ja bereits – ich liebe sie.«

»Wenn du willst, dann fahr nach Cape Coral. Entspann dich dort und ordne deine Gedanken. Und wenn du da bist, brauche ich keinen Housesitter«, sagte er mit einem Grinsen und legte den Arm um Aria.

Ich grinste ebenfalls in dem Wissen, wie sich die beiden kennengelernt hatten, und überlegte nicht lange. Tristan versprach, dass Penelope alles vorbereiten würde und ich so lange in seinem Ferienhaus in Florida bleiben durfte, wie ich wollte.

Erst als ich die beiden im Rückspiegel nicht mehr sehen konnte, gab ich richtig Gas, entfernte mich aus der Wohnsiedlung und fuhr dann auf die Interstate, die Richtung Louisiana führte. Während der Fahrt öffnete ich das Fenster in der Hoffnung auf frische Luft. Aber alles, was in meine Nase kroch, waren Staub und Abgase. Per Sprachbefehl steuerte ich meine Playlist an, und als *Stan* von Elton John und Eminem ertönte, riss ich die Lautstärke auf.

Die Bässe wummerten in meinen Magen, und die Erkenntnis, dass auch meine Tage ohne Megan ziemlich grau waren, sickerte Beat für Beat in mein Gehirn.

Ich schlug den Weg hoch nach New Orleans ein und übernachtete in der Nähe des Lake Salvador. Nach einem Steak und zwei kalten Bier in einer Bar in der Stadt wehrte ich die Flirtversuche von zwei Kleinstadtschönheiten ab und legte mich im Bus schlafen. Bevor ich am nächsten Tag weiter nach Florida fuhr, besorgte ich noch Wasser und ein paar Lebensmittel.

Bis nach Pensacola brauchte ich gute zehn Stunden, die ich nur unterbrochen von ein paar Pinkelpausen in einem durchfuhr. Am nächsten Tag passierte ich Tampa, und zwei Stunden später erreichte ich Tristans Haus in Cape Coral.

Die ganze Fahrt über hatte ich mich wie gehetzt gefühlt. Auf der Flucht. Doch als ich am nächsten Morgen aufwachte, Tristans Boot klarmachte und meinen ersten Kaffee mit einem Blick auf das Wasser des Golf von Mexicos genoss, fühlte ich mich besser. Ruhiger und klarer. Und mir wurde bewusst, weswegen ich hier war. Ich brauchte Abstand. Von allem.

Ich hatte Abstand auf der Route 66 finden wollen. Doch dann war Megan dazwischengekommen.

Auf den unzähligen Meilen, die ich in den letzten Tagen ohne sie hinter mich gebracht hatte, war es mir gelungen, nachzudenken und zu begreifen, dass ich jetzt den Weg einschlagen musste, den ich von Anfang an für mich vorgesehen hatte.

Es war schon ein paar Tage her, dass ich ihr geschrieben hatte. Sie hatte bis heute nicht geantwortet. So war ich ziemlich überrascht, als ich gleich als ersten Post ein Foto angezeigt bekam, das Megan vor einem Tag eingestellt hatte.

Ich klickte auf den Text, den sie unter einen traumhaften Sonnenaufgang irgendwo auf unserer Route gesetzt hatte.

> Manchmal dauert es, bis wir in der Dunkelheit wieder ein Licht erkennen. Aber es lohnt sich immer, darauf zu warten. Also warte ich ...

Ihre Worte berührten mich.

Mein Finger tippte von allein auf den Nachrichtenordner der App, doch dort wurde mir nichts Neues angezeigt. Trotz der schönen Worte, die ich im ersten Moment auf mich, auf uns bezogen hatte, traf es mich sehr, dass meine Nachricht noch immer die letzte im Chat war. Megan hatte sie gesehen, das konnte ich sehen, aber sie hatte nicht reagiert. Dennoch war ich froh, dass sie wieder da war, ein Lebenszeichen von sich gab. Ich hoffte, dass es ihr gut ging und sie irgendwann bereit war, wieder einen Schritt in meine Richtung zu machen. *Also warte ich …*

# 25. Megan

Ich überlegte hin und her, lag nächtelang wach. Noch immer fiel es mir schwer, meiner Vergangenheit endgültig den Rücken zu kehren, solange Doug die Verbindung nicht kappte. Und ich mich dadurch nicht endlich von dem Ballast befreien konnte, der an mir nagte.

Auch die Sehnsucht nach Nate verblasste nicht, und so begleitete mich jeden Tag dieser dumpfe Schmerz, der irgendwo zwischen ganz tief drinnen und kurz vor der Oberfläche schwebte. Nicht mehr lange und er würde mich zerreißen.

Bei meinen Posts wählte ich Worte, die Nate betrafen, und hoffte so sehr, dass er diese verstand. Vorausgesetzt, er las sie.

*Wenn die Dunkelheit schwindet, kommt die Sonne. Manchmal dauert es etwas länger.*

Passend dazu suchte ich ein Bild heraus, das mich von hinten zeigte, während ich mittig auf der Route 66 stand und die Sonne über meinem Kopf stand. Der Fernauslöser hatte im richtigen Moment abgedrückt. Wir hatten damit eine ganze Reihe von Fotos gemacht, Einzelbilder und gemeinsame, und ich fand sie alle wunderschön.

Mein Feed wurde die nächsten Wochen immer mehr zu einer Geschichte, die meine Reise über einen Teil der Route 66 zeigte, aber auch den Kampf, den ich mit mir selbst ausfocht. Nate likte kein einziges Foto davon und auch unser Chat blieb still. Seine Nachricht an mich war die letzte darin. Ich selbst konnte mich nicht dazu durchringen, ihm darauf zu antworten. Und meine Botschaften im Feed verklangen ungehört. Natürlich.

Die Followerzahl auf meinem Account wuchs stetig und die Likes pro Bild ebenso. Die Arbeit am Feed machte mir wirklich Spaß, aber was mir am wichtigsten war, waren die kleinen versteckten Botschaften, durch die ich mich immer mehr öffnen konnte.

*Jeden Tag einen Schritt weiter weg von der Vergangenheit. Jeden Tag einen Schritt in die richtige Richtung*, schrieb ich an einem Tag.

An einem anderen: *Tage wie diese enden nie – sie verbleiben für immer in deinem Herzen.*

Oder: *In Wahrheit ist das Glück ganz nah. Du musst nur die Augen aufmachen.*

Nach fast zwei Monaten kamen endlich die erlösenden Papiere vom Anwalt: Die Scheidung war vollzogen, Doug hatte eingewilligt.

Ich heulte. Vor Erleichterung, vor Freude, vor Trauer und in dem Wissen, ein ganzes Leben hinter mir zu lassen. Durch eine Unterschrift …

Nachdem ich mich gemeinsam mit Piper und einer Flasche Tequila betrunken hatte, um meine Freiheit und den Weg in ein neues Leben zu feiern, beschloss ich am nächsten Tag, nun auch den letzten Teil meiner Vergangenheit von mir zu werfen. Jetzt war ich so weit. Es wurde Zeit dafür.

Ganz in den Tiefen meines Handys hatte ich vor einiger Zeit das Foto wiedergefunden, das ich am Tag nach Dougs Handgreiflichkeiten von mir selbst geschossen hatte. Als ich in L.A. bei Piper in Sicherheit gewesen war. Es zeigte mein Gesicht und meinen Oberkörper bis zum Ansatz meiner Brüste. Blass, mit leerem Blick, geschwollener Wange, aufgerissener Lippe und einem deutlichen Veilchen um mein Auge sah ich in den Spiegel. Die Würgemale um meinen Hals waren deutlich zu erkennen und die Bissspuren an meinem Dekolleté verliefen seitlich nach unten, nicht mehr nachzuverfolgen für den

Betrachter. Dieses Bild stellte die ganze Scham dar, die ich in mir trug. Getragen hatte. Ich war endlich bereit, sie loszulassen.

Ich beschnitt und bearbeite das Bild ein wenig und brachte es auf ein Instagram-taugliches Niveau. Zuletzt legte ich noch einen Balken über mein unverletztes Auge, sodass ich meine Identität nicht auf den ersten Blick preisgab.

Die Worte, die ich dazu wählte, hatten schon lange in meinem Kopf herumgespukt. Und jetzt war es an der Zeit, sie gehen zu lassen. Ich hatte nicht nach dem Greifen können, was vor mir lag, weil ich nicht losgelassen hatte, was hinter mir lag. Aber jetzt war es endlich so weit.

Ich war endlich am Ende meiner Reise angekommen und wollte all den Ballast, den ich mit mir rumgeschleppt hatte, loslassen. Und das tat ich jetzt.

> Es gab Zeiten, in denen ich schwach war. Jahre, die ohne Bedeutung an mir vorübergezogen sind. Monate, an die ich keine Erinnerungen mehr in mir trage. Tage, an denen ich mir gewünscht habe, dass alles endete. Stunden, in denen ich im Dunkeln verbracht habe, um nur nicht aufzufallen. Minuten, die ich gezählt habe, bis es vorbei war. Sekunden, in denen die Finsternis ihre schweren Flügel um mich gelegt hatte. Und dann gab es den Moment, vor dem ich mich all die Zeit am allermeisten gefürchtet hatte. Und der alles verändert hat.
> Veränderung ist manchmal alles, was wir brauchen, um freien Herzens einen Schritt in die Gegenwart zu machen.

Hashtags ließ ich weg. Diese Worte benötigten keine Unterstützung.

Nachdem ich den Post abgesetzt hatte, legte ich das Handy in die Schublade vom Nachttisch und machte mich für die Arbeit fertig. Mit einem guten Gefühl im Bauch und beflügelt von der Leichtigkeit, den letzten Ballast abgeworfen zu haben, brachte ich den Tag im Diner mühelos hinter mich. Das Trinkgeld am Ende der Schicht bestätigte das.

»Was ist passiert?«, fragte Piper. Sie kannte mich zu gut, um nicht zu bemerken, dass sich etwas verändert hatte. Ich erzählte es ihr und sie zog sofort ihr Handy heraus, um sich mit eigenen Augen von meinen Worten zu überzeugen. Der erste Schock überfiel sie beim Betrachten des Fotos. Der Zweite folgte, als sie die begleitenden Zeilen las. Danach hatte sie Tränen in den Augen.

»Meg …« Sie kam zu mir und schloss mich fest in ihre Arme. Ich ließ sie weinen, ich selbst hatte schon zu viele Tränen vergossen. Es waren keine mehr übrig und ich hatte auch keinen Grund mehr, um traurig zu sein. Der Priester bei den Vikings hätte die Arme in die Luft geworfen und »frohlocket« gerufen. Das hielt ich allerdings für ein wenig übertrieben.

»Wie geht es dir damit?«, wollte Piper wissen und schniefte die letzten Tränen weg.

»Gut«, sagte ich und lächelte sie offen an. »Es ist vorbei, Pipes. Ich habe es hinter mir, und jetzt kann ich endlich nach vorne sehen.«

Piper nickte. »Das freut mich so sehr. Und was ist mit …«

»Nate?«

Sie nickte und ich erzählte ihr von den versteckten Botschaften in meinem Feed.

»Also seid ihr in Kontakt, ohne wirklich in Kontakt zu sein? Ist das romantisch.«

Das brachte mich zum Lachen.

»Ich fürchte, an der Romantik hapert es noch etwas«, gab ich zurück. »Ich weiß nicht mal, ob er die Beiträge liest. Es herrscht nach wie vor Funkstille. Ich habe keine Ahnung, ob er mich noch beobachtet oder mein Leben verfolgt.«

»Meinst du nicht? Aber er hat dir doch geschrieben, dass er dich liebt und so …«

Ich zuckte mit den Schultern. »Ich weiß. Und vermutlich wäre es das Einfachste, ihn anzurufen oder ihm zu schreiben. Aber bisher war ich nicht frei.«

»Aber jetzt bist du es«, stellte sie fest.

»Ja, aber jetzt habe ich Schiss. Schiss, dass es vielleicht zu spät ist. Weißt du … je mehr Zeit verstreicht, umso schwerer wird es, wieder da anzuknüpfen, wo man aufgehört hat.«

Kurze Zeit später machten wir Feierabend und schlossen das Diner. Im Haus angekommen, sprangen wir zum Abkühlen noch einmal in den Pool in Pipers Garten und genossen im Anschluss einen kühlen Drink auf den Poolliegen. Die Nächte waren noch angenehm warm, und so verbrachten wir noch eine ganze Weile draußen, betrachteten die wenigen Sterne, die man über dem Lichtermeer der Stadt erkennen konnte. Es erinnerte mich ein wenig an den Anblick, der sich Nate und mir in der Mojave-Wüste geboten hatte. Das war eine traumhafte Nacht gewesen.

»Willst du das wirklich zulassen?«, nahm Piper das Thema wieder auf setzte sich hin. »Er liebt dich, du liebst ihn. Wo ist das Problem? Du machst es echt unnötig kompliziert.«

Piper verstand mich nicht. Wie auch? Ich verstand mich ja selbst nicht und blieb ihr die Antwort schuldig.

Als ich im Bett lag, holte ich mein Handy aus der Schublade und öffnete mit rasendem Puls Instagram. Das Bild hatte über dreihundert Likes erhalten, war mehrfach in Storys geteilt worden und Kommentare von Usern, die mir zusprachen oder mir zu meinem Mut gratulierten. Es war bewegend, die Anteilnahme und den Zuspruch der Community zu erfahren. Nur von Nate war kein Herzchen dagelassen worden. Verwunderlich? Nein, wohl kaum. Dennoch machte ich mir Gedanken. Hatte er es gesehen? Was dachte er nun von mir? Mein Kopf drohte zu platzen, die Scherben meines zersprungenen Herzens pikten in meine Brust, und meine Kehle wurde immer enger. Piper hatte recht. Hunt hatte recht. Vermutlich hatte sogar Nate recht.

Ich tippte eine Nachricht an Nate. Worte flossen aus mir heraus; ohne nachzudenken, was ich schrieb, teilte ich ihm all meine Gedanken mit. All meine Gefühle. Und ohne es noch einmal zu lesen, schickte ich die Nachricht ab. Aber in den nächsten zehn Minuten tat sich nichts. Nate schien nicht online zu sein.

Dann pingte im Posteingang eine Nachricht auf, erwartungsvoll klickte ich auf den Pfeil. Doch anstatt einer Message von Nate wurde mir eine Anfrage angezeigt, die ich erst bestätigen musste. Neugierig tat ich das und auf dem Bildschirm erschien ein längerer Text von einem Xavier_Photo _Gallery.

Und je mehr ich davon las, umso weniger verstand ich. Am Ende verschwammen die Buchstaben vor meinen Augen und nachdem ich mich davon überzeugt hatte, dass Nate meine Nachricht immer noch nicht gelesen hatte, schloss ich die App total verwirrt. Ich sollte schlafen und morgen darüber nachdenken, was dieser Xavier mir geschrieben hatte.

Die Nacht war unruhig, und ich wälzte mich von einer Seite auf die andere. Ich träumte von Nate, von der Route 66, davon, dass wir uns küssten, und fühlte seine Hände auf meiner Haut. Ich weinte, als er ging, und wollte ihn aufhalten, aber es kam kein Ton aus meinem Mund. Dann wechselte die Kulisse und ich sah Bilder in einem weißen, sterilen Raum und Menschen, die sich darin aufhielten. Sie zeigten mit den Fingern auf die Bilder an den Wänden und lachten. Und als sie mich sahen, lachten sie noch mehr. Und immer, wenn ich einen Blick auf das Bild erhaschen wollte, auf den Grund, warum sie lachten … wachte ich auf. Schweißgebadet und voller Angst.

»Du siehst aus wie der Tod auf Latschen«, begrüßte Piper mich am nächsten Morgen und warf mir einen mitleidigen Blick zu, als ich nicht wie sonst mit einer Antwort reagierte. »Schlecht geträumt?«

Ich bejahte stumm und schenkte mir einen Kaffee aus der knallroten Thermoskanne im Fünfzigerjahre-Stil ein. Nach ein paar Schlucken Koffein ging es mir besser, und ich erzählte Piper von meiner Nachricht an Nate.

»Und was hat er geschrieben?« Aufgeregt sah sie mich an.

»Nichts. Er hat es immer noch nicht gelesen.«

»Mist.«

»Dafür hat jemand anders mir geschrieben«, sagte ich und schob meiner Freundin mein Handy über den Tisch. Auf dem Display war die Nachricht von diesem Xavier zu sehen. Piper nahm das Telefon sichtbar irritiert in die Hand und begann zu lesen. Ihre Miene musste vergleichbar gewesen sein mit meiner, als ich die Worte gelesen hatte. Zumindest schien sie ebenso erstaunt über das Angebot wie ich.

»Er will deine Bilder ausstellen?« Piper blickte vom Telefon zu mir und wieder zurück.

»So steht es da, ja.«

Piper überflog die Nachricht noch einmal, in welcher der Inhaber einer New Yorker Galerie angab, über meine Bilder auf Instagram gestolpert zu sein, diese sehr ausdrucksstark fand und sie gerne in seiner Galerie ausstellen würde. Besonders das letzte Bild, welches mich verletzt zeigte, hatte ihm imponiert, und er würde gerne die Frau kennenlernen, die mutig genug war, sich so der Öffentlichkeit zu zeigen.

»Das hört sich spannend an«, befand Piper, nachdem sie den Text sicherlich fünf- oder sechsmal gelesen hatte. »Hast du schon –«

»Nachforschungen angestellt? Ja, habe ich«, beruhigte ich

sie und tippte den Namen dieser Galerie in die Suchmaschine ein und zeigte die Ergebnisse ebenfalls Piper.

Xavier_Photo_Gallery war nicht die größte der Galerien in New York, aber sie war auch nicht die kleinste. In vielen Artikeln im Netz wurde wohlwollend über den Inhaber Xavier Nieves geschrieben. In manchen wurde sein Engagement gelobt, mit dem er kleinen, unbekannten Künstlern eine Plattform bot. In anderen wurde er für seine Spürnase regelrecht gehypt und als angehender Star der Branche benannt.

»Alles Loblieder«, meinte Piper schließlich.

Ich nickte nachdenklich und strich mir die Gänsehaut von den Armen. »Ich frage mich, wo der Haken ist.«

»Ich fürchte fast, es gibt keinen«, antwortete sie. »Aber du musst das Angebot ja nicht annehmen. Ich meine, das Foto auf Instagram zu posten, das war schon ein großer Schritt. Aber es auszustellen … echten Menschen zu zeigen, die dann wissen, wer du bist …«

»Abgesehen davon, dass ich kaum mit mehr als drei Besuchern – nämlich dir, Hunt und Sandy – rechnen könnte, ist das der falsche Ansatz«, überlegte ich.

»Wie meinst du das?«

»Das ist nicht das, was ich mit dem Bild bezweckt habe.«

Sie runzelte die Stirn. »Was genau hast du denn damit bezweckt?«

Ich überlegte nicht lange. »Es ging mir um mich. Mit diesem Bild zeige ich einen Teil von mir. Den Teil, den sonst niemand kennt, den ich bis jetzt unter Verschluss gehalten habe, weil ich mich dafür geschämt habe. Ich habe mich für meine Schwäche geschämt, ich wollte nie, dass das, was genau zwischen mir und Doug … ich habe meine Unfähigkeit, meine Feigheit verleugnet. Gute Miene zum bösen Spiel gemacht. Aber jetzt … Dieser Teil hat nun Aufmerksamkeit bekommen, und ich weiß jetzt, dass es keinen Grund gibt, sich dafür zu schämen. Ich habe das für mich getan, verstehst du? Nicht, weil ich bekannt werden will.«

Wieder dachte Piper einen Moment über ihre Antwort nach.

»Aber es könnte sein, dass du damit auch anderen Frauen hilfst«, warf sie ein. »Du bist von allein darauf gekommen, dich nicht schämen zu müssen. Andere Frauen brauchen vielleicht Hilfe dabei. Und dein Bild, dein Mut … du … könntest ihnen dabei eine Stütze sein. Denk drüber nach«, riet sie mir, und das tat ich. Ich beschloss, mir Zeit dafür zu nehmen, und schrieb Xavier, dass ich darüber nachdenken wollte. Kaum hatte ich die Nachricht abgeschickt, folgte bereits eine Antwort.

Ich freue mich, dass du es in Erwägung ziehst. Bis hoffentlich ganz bald, X.

Der Tag verflog, und er war nicht mehr so quälend wie viele andere Tage zuvor. Nachdem ich Nate in Albuquerque zurückgelassen hatte, hatte jeder Tag dem anderen geglichen. Die Abwechslung, der Spaß und die Lebensfreude waren erloschen und einer Dunkelheit gewichen, die mich seitdem jeden Tag begleitet hatte. Von morgens bis abends. Und all das hatte mir jeden Tag aufs Neue zugesetzt. Aber ich hatte mir nicht erlaubt, daran kaputtzugehen. Mir nicht gestattet, darüber nachzudenken. Erst jetzt. Jetzt hatte ich endgültig mit meiner Vergangenheit abgeschlossen, fühlte mich frei und stark. Aber dennoch fehlte mir etwas Wichtiges. Nate.

Ich vermisste seine Hände auf meinem Körper. Vermisste es, wie er mich berührte, langsam, herausfordernd, sanft und trotzdem verschlingend mit Haut und Haar. Seine Blicke, die mich ausziehen konnten, ohne dafür nur einen Finger zu rühren, und sein Lächeln, das es bis tief in mein Herz geschafft hatte. Er hatte mir das Gefühl gegeben, geliebt zu werden. Von ganzem Herzen geliebt zu werden. Diese Art von Liebe hatte ich bis dahin nicht gekannt.

Ich war mir unsicher, ob der Schritt auf ihn zu richtig gewesen war. Bis jetzt hatte er mir nicht geantwortet. Die Nachricht nicht mal gelesen. Hatte er Instagram erneut abgeschworen? Seine Telefonnummer hatte ich im Handy, aber mich bisher nicht getraut, sie zu wählen. Was, wenn es das wirklich war? Was, wenn ich Nate nie wieder sehen würde? Würde ich das überleben?

# 26. Megan

»Hast du alles?«

»Ich glaub schon«, gab ich zurück, war mir aber nicht mal halb so sicher, wie ich vorgab. Mit dem Aufsetzen des Flugzeugs auf winterlichem New Yorker Boden war die Nervosität, die ich die letzten Monate so gut ausgeblendet hatte, mit einem Schlag zurückgekehrt. In wenigen Stunden würde die Vernissage zum Thema *Starke Frauen* eröffnet werden, und ich würde diesen Abend über und für die Zeit der Ausstellung im Mittelpunkt stehen. Mir graute davor und ich war froh, dass meine Freundin an meiner Seite war.

Piper suchte noch mal unsere Plätze im Flieger ab, ob wir auch wirklich nichts vergessen hatten, und schob mich dann zum Ausgang. Die netten Stewardessen verabschiedeten uns gewohnt freundlich, und als wir nach der Gangway endlich wieder festen Boden unter den Füßen hatten, war auch der letzte Funken Müdigkeit verflogen. Nachdem wir mitten in der Nacht aufgestanden und zum Flughafen gefahren waren, hatten wir nun einen Sechs-Stunden-Flug quer durch ganz Amerika hinter uns, und ich hätte mich über ein paar Stunden Schlaf gefreut. Aber da New York Kalifornien um drei Stunden voraus war, zeigte die Uhr schon Nachmittag und statt im Hotel einzuchecken, war nun der erste Besuch bei Xavier angesagt. Eigentlich hatten wir schon einen Tag vorher anreisen sollen, aber alle Flüge waren wegen eines Sturms gestrichen und auf heute verschoben worden. Nun war die Zeit knapp.

Wir waren nur mit Handgepäck gereist, für eine Woche New York benötigten wir nicht mehr, als in einen kleinen Koffer passte. Und alles andere konnten wir zur Not kaufen. Zumindest hatte Piper mir das angedroht, denn auf was sie sich noch mehr freute als auf die Ausstellung meiner Bilder, war das Weihnachtsshopping im winterlichen New York. Ein Besuch im weihnachtlich geschmückten Santa Land im Macy's, dem größten Kaufhaus der Stadt, stand ganz oben auf ihrer Liste. Dicht gefolgt von einer Schlittschuhfahrt vor dem Rockefeller Center, einem Besuch bei Tiffanys und dem Empire State Building. Meine Freundin hatte sich eine Liste angefertigt mit Orten, die sie in dieser einen Woche unbedingt besuchen wollte, und ich sah schon, wie sie mich gnadenlos mitschleifen würde. Als Teenies hatten wir nie die Gelegenheit gehabt, nach New York zu fahren. Zwischen Honey Falls und dem Big Apple lagen über fünf Stunden Fahrt, aber das hätte niemand nur für eine Shoppingtour auf sich genommen. Zumal wir weder das Transportmittel noch das Geld dafür gehabt hatten. Und nach dem Abschluss war Piper gleich nach L.A. verschwunden.

Wir durchquerten das Terminal und erreichten nach wenigen Minuten den Taxistand außerhalb. Die Schlange war lang und wir standen noch mal gut eine halbe Stunde, bis wir schließlich an der Reihe waren. Langsam zog sich die Müdigkeit bis tief in meine Knochen.

Ein asiatischer Taxifahrer brachte uns über die verschneiten Straßen vom Flughafen Newark quer durch die Stadt über den Hudson River nach Harlem. Allein auf diesem kurzen Weg durch den Big Apple konnte ich die Vielfalt der Stadt erkennen. Sie war laut, sie war schrill, und das Leben hier schien unglaublich schnell zu sein. Ich fühlte mich von so viel Lebendigkeit überfordert, konnte es aber nicht lassen, alle Eindrücke in mich aufzusaugen. Langsam legte sich die Dämmerung über New York und die dicken Schneeflocken dämpften das grelle Leuchten der unzähligen Anzeigetafeln.

Xavier hatte mir am Telefon schon viel über den Stadtteil in

Manhattan, dessen Grundstein in den 1920er Jahren gelegt worden war, erzählt, der seinen Worten nach schon seit langem als Zentrum für kulturelle und künstlerische Neuerfindung stand. Leute wie Duke Ellington oder Ella Fitzgerald wurden hier weltbekannt. Dieses Viertel war beliebt, und ich hatte gehört, dass die Mieten für eine Wohnung hier bis zu dreitausend Dollar betragen konnten.

Wir fuhren am berühmten Apollo Theater vorbei, wo schon die Jackson Five und James Brown entdeckt worden waren.

Die Häuser, die die Straßen säumten und teilweise auch an alte Fabrikgebäude erinnerten, faszinierten mich sehr. Und als der Fahrer vor eben so einem Gebäude anhielt und ich das Schild der Galerie über dem Eingang entdeckte, war ich dankbar, meine Bilder in einer so wunderschönen Location wiederzufinden.

Xavier, ein hochgewachsener dunkelhäutiger Mann in den Dreißigern mit dunklem, kurzem Haar und einem warmen und offenen Lächeln, begrüßte uns noch vor der Tür.

»Und wen hast du zur Verstärkung mitgebracht?«, fragte er und zeigte dabei seine strahlend weißen Zähne. Er erinnerte mich durch sein Äußeres, aber auch durch seine Köperhaltung, sehr an den Duke of Hastings, der in der Serie *Bridgerton* die Hauptrolle spielte. In meinen Augen ein wirklich schöner, attraktiver Mann, weswegen ich die Serie auch innerhalb von zwei Tagen verschlungen hatte.

»Das ist meine Freundin Piper«, stellte ich die beiden einander vor. Auch Piper wurde herzlich von ihm begrüßt, bevor er uns einlud, die Galerie, sein Zuhause, wie er es nannte, zu betreten. Das Erste, was mir ins Auge fiel, war der helle Holzboden, der den Eindruck erweckte, als hätte man das Holz direkt vom Wald in diese Räume verlegt. Es harmonierte unglaublich gut mit dem Weiß, das uns von allen Seiten entgegenstrahlte.

Wir schüttelten uns den Schnee aus den Haaren, legten die Mäntel ab und verstauten unser schmales Gepäck neben einem gut ausgeleuchteten, glänzenden Tresen, auf dem ein dampfender Samowar und kleine Teegläser standen. Daneben wurde eine Platte Gebäck und etwas Obst in Szene gesetzt. Dankbar nahmen wir auf den Hockern Platz und wärmten uns mit Tee. Dann sah ich mich staunend um.

Wie es schien, befanden wir uns in einer alten Fabrikhalle, in der die weißen Wände einen Meter unter der ebenfalls weißen Decke stoppten. Darunter kupferne Leitungen mit einzelnen Spots, die willkürlich ausgerichtet schienen. Allerdings war mir klar, dass sie exakt auf die Bilder schienen, die an den Wänden ausgestellt sein mussten. Von unserem Platz aus konnten wir nicht in die Ausstellungsräume hineinsehen, aber nach dem ersten Eindruck in der Eingangshalle war ich mehr als gespannt darauf, mir alles anzusehen.

»Hattet ihr eine gute Reise?«, fragte Xavier und eröffnete damit den Small Talk. Piper erzählte von unserem Flug, und während die beiden sich angeregt unterhielten, legte sich meine Nervosität. Ich registrierte die Harmonie zwischen den zweien und war dankbar, nicht reden zu müssen. Ihnen zuzuhören war wohltuend und einschläfernd wie die sanfte Brise in der Bucht von Santa Monica, und ich schreckte auf, als Xavier aufstand und in die Hände klatschte.

»Du bist sicher aufgeregt und kannst es kaum erwarten zu sehen, wie sich deine Bilder hier machen, richtig, Megan?«, wandte er sich mit einem strahlenden Lächeln an mich.

Ich sprang ebenfalls vom Barhocker und überspielte meine Müdigkeit mit einem Lachen. »Das bin ich. Also?« Erwartungsvoll sah ich ihn an, und nach einem Augenzwinkern in meine Richtung machte er eine Drehung auf einem Fuß und zeigte uns an, ihm zu folgen.

Wir bogen um die Wand, die den Eingangsbereich augenscheinlich von der Ausstellung trennte, und standen in einem großen Raum mit weißen Wänden, von dem weitere Durchbrüche abgingen. An jeder Wand hing ein Bild. Ein Bild von mir. In normaler Postergröße, aber durch das Licht und den Platz so gut in Szene gesetzt, dass es jetzt viel größer und mächtiger wirkte.

»Oh mein Gott …« Ich schlug die Hände vors Gesicht und blinzelte dann durch die leicht gespreizten Finger hindurch. Die Bilder waren nicht verschwunden – sie waren noch da. Ich hatte mich nicht geirrt. Meine Hände rutschten langsam runter und gaben den Blick frei auf die Fotografie, die ich als eine der ersten auf Instagram veröffentlicht hatte.

Ein kleiner Fluss, eher ein Bachlauf, umgeben von Wald unter einer dicken Schneedecke vor einem strahlend blauen Himmel. Und ganz am Rand erkannte man meine Silhouette von hinten. Ich hatte es mit einem Selbstauslöser aufgenommen und mein Handy einer wackeligen Konstruktion aus Ästen anvertraut. Das Foto hatte damals gut zwanzig Likes bekommen, und im Laufe der Zeit waren noch ein paar dazugekommen. Ich wollte mir nicht ausmalen, wie viele es nach der Ausstellung werden konnten. Das hatte Xavier mir nämlich angekündigt. Mein Account würde bekannt werden und meine Followerzahlen nach oben schießen. Deswegen hatten wir den Namen meines Accounts bereits vor Ankündigung der Vernissage geändert. In Johnson_Photography.

Gleich nach der Scheidung hatte ich mich dazu entschieden, die Bilder unter meinen Mädchennamen zu veröffentlichen. Megan Johnson stand für einen Neuanfang.

»Und?« Ich hatte ganz vergessen, dass ich nicht alleine vor dem Bild stand, und sah Xavier an, der erwartungsvoll neben mir stand. Ich schluckte, und statt einer Antwort, die in einem begeisterten Schluchzen untergegangen wäre, umarmte ich ihn einfach. Er drückte mich freudig an sich, hielt mich dann an den Schultern ein Stück von sich und sah mich aus seinen tiefdunklen Augen warmherzig an. »Ich nehme an, dass du zufrieden bist?«

Wild nickte ich und grinste so breit, dass meine Wangen schmerzten. »Mehr als das«, sagte ich. »Das hier … du hast … es ist wunderschön«, stammelte ich, weil ich nicht in der Lage war, meine Emotionen in Worte zu fassen. Sie überrannten mich. Bisher hatte ich nur eine vage Vorstellung von dem gehabt, was auf mich zukommen könnte. Hatte mir die Bilder auf Xaviers Webseite angesehen und die, die im Internet kursierten. Aber live zu sehen, was er aus meinem einfachen Handyfoto gemacht hatte, war überwältigend.

»Das warst du. Du hast diesen Moment eingefangen. Ich habe nur versucht, ihm den Rahmen zu geben, den er verdient.« Er drückte noch mal meine Schulter, bevor er uns weiter zur nächsten Wand schickte. Piper nahm meine Hand, und ich sah es auch feucht in ihren Augen glitzern.

»Ich bin so verdammt stolz auf dich«, flüsterte sie mir zu. Ich küsste sie auf die Wange und drückte ihre Hand.

Das nächste Bild im selben Raum war ebenfalls ein Schneebild. Xavier hatte die Fotos im Raum nach Jahreszeit sortiert, so schien mir.

Ich hatte einen alten Bootsschuppen am See fotografiert. Die Boote daneben waren aufgebockt und lagen im Schatten der Bäume. Der Sonnenuntergang ließ den Himmel in den schönsten Rottönen schimmern, und auch auf diesem Foto drehte ich der Kamera den Rücken zu. Das war schon immer eine meiner Marotten gewesen. Wenn ich mit aufs Bild ging, dann nur so, dass mein Gesicht nicht erkennbar war. Ich hatte nicht riskieren wollen, dass man mich erkannte und Doug womöglich davon erfahren hätte.

Auch die anderen beiden Fotos gaben ähnliche Motive her. Verschneite Winterlandschaften, die es in New Hampshire zur

Genüge gab, und irgendwo auf dem Bild stand ich, ohne mich preiszugeben. Xavier hatte gemeint, dass genau diese Grenze zwischen sichtbar und unsichtbar sein die Bilder so stark machte. Anfangs hatte ich ihn deswegen belächelt, denn so hatte ich meine Fotos nie gesehen. Aber jetzt, wo ich sie in dieser Größe und Umgebung betrachten konnte, musste ich ihm recht geben. Und mir wurde einmal mehr klar, dass er den Titel Star-Galerist nicht umsonst trug.

Xavier führte uns auch noch durch die anderen Räume, und wie vermutet hatte er die Bereiche nach Jahreszeiten unterteilt. Wir streiften durch den Herbst in Neuengland, und ich konnte anhand der bunten Farben das Laub unter meinen Füßen rascheln, das Wasser der Bäche rauschen hören und den Duft des Waldes schmecken. Unglaublich, was die richtige Beleuchtung mit diesen einfachen Bildern machte. Vom Herbst ging es in den Sommer, wo Wasser und Sonne die Fotos beherrschten und den Raum in ein sommerliches Licht tauchten, sodass man sich dem Strand gleich viel näher fühlte. Den Frühling dominierte das Leben, das nach einer langen, toten Zeit an die Oberfläche dringen wollte. Knospen an kahlen Zweigen, grüne Stängel aus schneebedeckter Erde wachsend, Regentropfen an Ästen, die sich unter der Schneeschmelze bogen. Ich hatte viele dieser Bilder schon längst wieder vergessen, aber Xavier hatte es geschafft, mir jeden einzelnen Moment, jedes damalige Gefühl wieder in Erinnerung zu rufen.

Sanft schob er mich vom letzten Bild zum nächsten Wanddurchbruch. Und als ich den neuen Raum vor allen anderen betrat und sah, was hier auf mich wartete, blieb ich stehen.

Der Raum war länglicher als die anderen vier und auch dunkler. Nur die Stirnseite wurde beleuchtet. Die Wand, an der die beiden einzigen Bilder dieses Raumes hingen.

Auf beiden blickte mir mein Gesicht entgegen, aber die Ablichtungen hätten unterschiedlicher nicht sein können.

Die rechte Ausführung meiner selbst starrte blass und demoliert in die Kamera. Es war ein Porträt von Gewalt und Zerstörung.

Auf dem linken Bild sah mir eine Frau entgegen, die mit dem Zwilling rechts von ihr nichts mehr gemeinsam hatte. Ihre Haut war frisch und gebräunt, ihre blauen Augen strahlten pure Lebensfreude aus, und ihr Lachen war offen und ehrlich. Und total verliebt. Ich hatte es mit der GoPro aufgenommen, als wir die Raftingtour im Grand Canyon National Park gemacht hatten. Ich liebte das Bild. Aber das lag nicht so sehr an dem, was ich darauf sah, sondern an dem, was ich in diesem Moment gefühlt hatte. In dieser Sekunde war ich glücklich gewesen. Unsagbar glücklich. Und genau das sah man mir an.

*Allem Ende wohnt ein neuer Anfang inne*, war der Titel der Bilder, der in einer Art Schreibmaschinenschrift darunter auf einem schlichten weißen Karton stand. Den Titel hatte ich mir ausgedacht, als ich die Bilder für die Ausstellung ausgesucht hatte. Ich hatte ja gewusst, welche Fotos mich hier erwarten würden, aber die Wirkung, der Rahmen, den Xavier ihnen gab, haute mich einfach um.

Meine Knie wurden weich, und ich spürte das Zittern meines Körpers, aber noch bevor ich begriff, dass ich dem gegensteuern musste, fand ich mich kniend auf dem Fußboden wieder. Piper war zuerst an meiner Seite, wollte mir aufhelfen, aber ich hielt sie davon ab. Xavier versuchte es daraufhin gar nicht erst.

Erst in dieser Position verstand ich, was Demut wirklich hieß. Es hieß nicht nur, dankbar zu sein für Erfolg und Status. Demut assoziierte Genügsamkeit, Zufriedenheit und Hingabe und bei sich selbst zu sein. Und das war ich. Ich war ich. Und nicht jemand, der ich sein sollte.

Ich hatte den Trip über die Route 66 mit Nate machen wollen, um endlich frei zu sein. Um zu mir selbst zu finden. Um mich selbst zu finden. Mit vielen Unterbrechungen und Umwegen, von denen ich niemals gedacht hätte, dass sie mich doch zu meinem Ziel führen würden, saß ich jetzt hier und starrte auf das, was mich ausmachte. Was ich gewesen bin. Was ich jetzt war. Ich sah mich.

Ich hatte mich endlich selbst gefunden.

Der Abend lief wie ein Film an mir vorbei.

Xavier war ein großartiger Gastgeber. Er begrüßte die Gäste, hielt eine Rede, in der er überschwänglich von meinen Fotos sprach, und erzählte, wie er mich entdeckt hatte, und brachte somit meine Erinnerungen wieder zu Nate, den ich mir immer stärker an meiner Seite wünschte. Mein Blick huschte immer wieder zur Tür, dem Gedanken folgend, dass er den Raum plötzlich betreten könnte. Ja, die Hoffnung war lächerlich, schließlich war ich es, die sich zurückgezogen hatte. Aber sie war da. Aber natürlich kam er nicht. Also stand ich einfach nur da, inmitten dieser vielen fremden Menschen, die meine Hände schüttelten, mit mir anstießen und mir zu meinen ‚herausragenden Bildern' gratulierten. Piper war die ganze Zeit in meiner Nähe, worüber ich sehr dankbar war. Sie war es auch, die mich aus Unterhaltungen rausholte, deren Fragen zu stark in Richtung meines Selbstporträts gingen. Zwar hatte ich mich im Vorfeld schon damit auseinandergesetzt, dass solche Fragen kommen würden und mich auch innerlich darauf eingestellt, sie aber dann zu hören, von wildfremden Menschen – das war zu viel. Piper kannte mich gut genug, um zu wissen, wann es reichte.

Wir zogen uns in eine ruhige Ecke zurück, und sie reichte mir eins von den Gläsern mit Champagner, die von kaum vernehmbaren Kellnern auf Tabletts herumgereicht wurden.

»Hat Hunter sich eigentlich mal gemeldet?«, fragte sie mich und ließ ihren Blick dabei ruhelos im Raum umherschweifen.

Ich nickte. »Er hat mir geschrieben. Die Straßen sind dicht wegen dem Schnee, es war nicht möglich, aus Honey Falls rauszukommen.«

»So schlimm?« Jetzt sah sie zum Fenster der Galerie, vor dem dicke Schneeflocken ununterbrochen tanzten.

»Scheinbar ja. Aber er kommt, sobald die Straßen wieder frei sind. Ein Rennwagen ist eben kein Schneepflug.«

»Wir sind ja noch eine Woche hier.«

»Eben.« Ich war traurig, dass mein Bruder nicht an meiner Seite sein konnte, gerne hätte ich diesen Abend mit ihm geteilt. Aber es war besser, er war in Honey Falls in Sicherheit, als irgendwo auf dem Weg in einem Straßengraben.

»Aber der Abend ist auch ohne deinen Bruder ein voller Erfolg«, raunte Piper mir zu. »Es sind schon drei deiner Bilder verkauft.«

Ich sah sie ungläubig an. »Du spinnst.«

»Xavier hat es mir gesagt. Das ist gleich zwei Mal verkauft«, sie zeigte auf ein Frühlingsbild.

Xavier hatte vorher mit mir gesprochen, wie ein Verkauf ablaufen würde und was ich für die Bilder verlangen wollte. Da ich von Kunst generell keine Ahnung hatte, meine Bilder nicht mal als Kunst ansah und schon gar nicht wusste, was man für ein Handybild verlangen konnte, überließ ich ihm die Entscheidungen. Soweit ich gesehen hatte, gingen die Preise in den vierstelligen Bereich. Das hielt ich für einen Abzug zwar für wahnsinnig überzogen und hatte nicht eine Sekunde daran geglaubt, dass sich auch nur ein Mensch für meine Bilder interessieren, geschweige denn für so horrende Summen kaufen würde. Aber Xavier hatte mich eines Besseren belehrt. Drei Bilder zu je über tausend Dollar hatten einen neuen Besitzer gefunden. Ab nächster Woche würden diese Menschen einen Johnson in ihrem Haus hängen haben.

»Das ist total verrückt«, entgegnete ich und fiel in Pipers Lachen mit ein.

»Ja, das ist es. Und weißt du, was noch verrückter ist?«

»Der ganze Abend ist verrückt. Was genau meinst du?«

Sie lächelte versonnen und ich sah, dass ihr Blick etwas suchte. Oder jemanden. Ich zog erstaunt die Augenbrauen nach oben. »Xavier?«

Sie presste die Lippen aufeinander, als wollte sie vermeiden, dass ein unerhörter Laut aus ihrem Mund dringen konnte. Aber sie nickte und ihre Augen leuchteten. Ich legte meine Hand auf ihre Schulter und konnte mir ein Grinsen nicht verkneifen. »Hast du dich ein bisschen verguckt?«

»Er hat mich gefragt, ob ich morgen Abend mit ihm ausgehe«, verriet sie leise.

»Ein Date?« Wieder nickte sie. »Er ist auch verdammt heiß.«

»Das ist er«, stimmte sie zu. »Aber er lebt hier und ich am anderen Ende des Landes. Wie soll das gutgehen?«

»Pipes, mach dir doch nicht schon wieder so viele Gedanken. Wenn es sein soll, dann werdet ihr schon eine Lösung finden«, sagte ich.

»So wie du und Nate?«

Ich stutzte. »Wie kommst du denn jetzt auf Nate?«

»Immer, wenn du an ihn denkst, schweift dein Blick in die Ferne, und auf dein Gesicht legt sich dieser ganz besondere Ausdruck. Ich kann es nicht besser beschreiben, aber ich würde sagen, dass selbst jeder, der dich nicht so gut kennt wie ich, merkt, dass du vor Sehnsucht nach diesem Mann fast vergehst.«

»Ist es so offensichtlich?«

Sie grinste schief. »Vielleicht sollten wir manchmal einfach nur das tun, was uns glücklich macht …«, wiederholte sie das, was sie schon einmal zu mir gesagt hatte.

Ich sagte darauf nichts.

Wir tranken unseren Champagner, und kurz darauf merkte ich an ihrem Blick, dass sich etwas verändert hatte. Ich folgte ihm und sah, dass Xavier den Raum betreten hatte.

»Geh schon. Nun los, ich komme klar«, beruhigte ich sie schmunzelnd und gab ihr einen Stups. Als sie und Xavier zusammenstanden, konnte jeder sehen, was für ein schönes Paar sie zusammen abgaben. Ich freute mich ehrlich für meine Freundin und machte mir im Gegensatz zu ihr keine Gedanken, wie eine Beziehung eine Entfernung von fast dreitausend Meilen überstehen sollte. Denn dreitausend Meilen waren nichts, wenn man es ernst meinte.

*Vielleicht sollten wir manchmal einfach nur das tun, was uns glücklich macht.* Ja, vielleicht sollte ich aufhören, mir selbst und meinem Glück im Weg zu stehen, in dem ich wieder anfing, es von anderen Menschen abhängig zu machen. Ich sollte kämpfen. Wie die nette Dame im Flieger es mir geraten hatte.

# 27. Megan

»Und du bist wirklich nicht böse?«

Piper sah mich mit diesem Dackelblick an, der mich auf jeden Fall umgestimmt hätte, wäre ich anderer Meinung gewesen. Aber ich war ganz froh, dass die beiden noch mit ein paar von Xaviers Freunden feiern gehen wollten. So würde ich endlich die Ruhe haben, nach der ich mich seit Stunden sehnte.

Der Abend war lang gewesen, die Nacht bereits angebrochen, und wir waren schon fast vierundzwanzig Stunden wach. Während Piper das Adrenalin wachhielt, das ihr der Flirt mit Xavier verschaffte, wollte ich nichts mehr, als endlich allein zu sein und zu schlafen. Und Nate anrufen. Es wurde verdammt noch mal Zeit.

»Nun geht schon. Ich nehme mir ein Taxi, und dann falle ich vermutlich nur noch tot ins Bett«, versprach ich und gähnte hinter vorgehaltener Hand.

»Dann rufe ich dir ein Taxi«, bot Xavier sich an und griff nach seinem Handy in der Manteltasche.

»Quatsch, da hinten ist ein Stand«, wehrte ich ab und zeigte zu den Taxen am Ende der Straße. Der Weg dorthin betrug vielleicht eine Minute, das würde ich wohl alleine schaffen.

»Dann bringen wir dich noch.«

Ich verkniff mir ein Aufstöhnen und auch, mit dem Fuß aufzustampfen wie ein trotziges Kind. Stattdessen lächelte ich Xavier freundlich an. »Xavier. Ich mag dich wirklich gerne«, sagte ich in zuckersüßem Tonfall. »Aber wenn du jetzt nicht sofort von hier verschwindest, nehme ich Piper mit, und du siehst sie nie wieder.«

Das wirkte. Alle lachten und Xavier legte den Arm um meine Freundin. Nachdem wir uns verabschiedet hatten und sie mir zum fünften Mal ins Ohr geflüstert hatte, ich solle ja vorsichtig sein, schoben sie endlich ab. Ich blieb stehen und winkte noch einmal, bevor sie um die nächste Straßenecke bogen. *Endlich allein.* Dann erlaubte ich mir, tief durchzuatmen und die Anspannung der letzten Stunden loszulassen.

Der Abend war ein voller Erfolg gewesen, das hatte auch Xavier mir mehr als einmal bestätigt. Insgesamt hatten sich sieben von sechzehn meiner Bilder verkauft. Die beiden Porträts waren an diesem Abend mehrmals angefragt worden, aber sie waren unverkäuflich. Ich wollte diese intimen Augenblicke mit niemandem auf Dauer teilen. Niemand sollte sich mein Gesicht, lädiert oder unbeschadet, in sein Wohnzimmer hängen. Das war mir too much.

Die Bilder sollten den ganzen Monat hängen bleiben, und Xaviers Worten nach würden sich noch viele Bilder in der Zeit verkaufen. Mit dem Geld, das ich dadurch verdiente, abzüglich Xaviers Provision, würde ich eine ganze Weile leben können. Bis ich mich endgültig entschieden hätte, was ich aus meinem weiteren Leben machen wollte. Diese Entscheidung hatte ich mir für später aufgehoben, nach meinem Besuch in New York.

Ich zog den Mantel enger, legte den Kopf in den Nacken und schloss für einen Moment die Augen. Es hatte wieder angefangen zu schneien, und ich spürte die kalten Flocken auf meinem erhitzten Gesicht. Ich liebte diese Jahreszeit, und in diesem Moment vermisste ich meine Heimat Honey Falls sehr. Bald war Weihnachten, vielleicht sollte ich die Zeit nutzen und meinen Bruder und Sandy besuchen. Sie fehlten mir.

Der Gedanke an die Zeit mit Nate blitzte auf, das wohlige Gefühl kehrte für einen kurzen Moment in meinen Bauch zurück und zog mich dann erneut in den Strudel widersprüchlicher Gefühle, die ich für diesen Mann hegte. Aber ich würde kämpfen. Ihn anrufen, und wenn er nicht ranging, ihn so lange mit Nachrichten bombardieren, bis er keine andere Wahl hätte. Ich musste kämpfen! Nur wie kämpfte man gegen jemanden, der unsichtbar blieb? Was für ein Durcheinander …

Ich öffnete die Augen und sah den Schneeflocken hinterher, wie sie durch den aufkommenden Wind herumgewirbelt wurden. Die Welt schien so friedlich, wenn es schneite. Alles versank dann in einer Wolke von Ruhe und gedämpften Tönen, und alle Probleme wurden mit einem Schlag bedeutungslos.

Ich fing eine Schneeflocke mit dem Mund auf, und der Frieden war vorbei, als ich eine Berührung an der Schulter spürte. Erschrocken riss ich die Augen auf und brauchte einen Moment, um mich zu orientieren.

Keine Ahnung, was ich erwartet hatte. Am ehesten wohl Piper und Xavier, die doch nicht ohne mich losziehen wollten. Oder einen Fremden, der nach dem Weg fragen wollte. Oder … irgendjemanden. Aber mit Sicherheit nicht den Menschen, der jetzt tatsächlich vor mir stand. Mit weit aufgerissenen Augen taumelte ich ein, zwei Schritte zurück, ohne mein Gegenüber aus den Augen zu lassen. Panik mischte sich mit einem Gefühl der Lähmung.

»Doug …«, presste ich tonlos hervor.

Sein Grinsen wurde breiter, und die Schneeflocken, die auf seinen Kopf sanken, hatten all ihre Friedlichkeit verloren. »Mit mir hast du wohl nicht gerechnet, was?« Seine Stimme klang liebevoll wie immer, wenn er etwas von mir gewollt hatte. Jeder, der ihn nicht kannte, würde ihm die Scharade abnehmen. Aber ich wusste, dass nichts, was Doug vorgab zu sein, Wirklichkeit war. Die unterschwellige Bedrohung in seinen Worten war nicht zu überhören.

Mein Blick fixierte mein Gegenüber. Es war tatsächlich Doug und kein Streich, den mir mein Gehirn nach dem anstrengenden Abend spielte. Ich holte tief Luft und bemühte mich, nicht einzuknicken und all meine Stärke zusammenzukratzen, die ich beim letzten Besuch in Honey Falls vorgegeben hatte zu besitzen. Doch da war ich auf das Zusammentreffen mit meinem Ehemann vorbereitet gewesen und hatte Hunt dabei gehabt. Diesmal erwischte er mich eiskalt.

»Woher … Wie …?«

»Die Zeitung, Honey. Sie ist voll mit Berichten über dich. Du bist der neue Star am Himmel und so.« Sein Blick war eindringlich. »Ich sollte dir gratulieren, du hast es ja weit geschafft«, sagte er und nickte in Richtung der Galerie, die nur wenige Schritte hinter mir lag. »Deine Fotos sind ausgestellt und ich habe es nicht rechtzeitig geschafft. Der Sturm … Das tut mir leid, Honey. Das tut mir ganz furchtbar leid. Aber …« Er rieb sich über das Kinn und sah mich an. »Ich wusste nicht mal, dass du Fotos gemacht hast«, setzte er dann scharf hinterher. »Dann bist du jetzt wohl berühmt, was? Bezahlen die wenigstens anständig dafür?«

Ich antwortete nicht darauf. Was auch?

Nach einem tiefen Atemzug hob ich das Kinn und sah ihm fest in die Augen. »Was willst du von mir?«

»Dich, Honey.«

»Wir sind geschieden«, erinnerte ich ihn.

Seine Schultern zuckten. »Und das nur wegen meiner Gutmütigkeit. Also habe ich mir wohl ein Dankeschön verdient, oder meinst du nicht?« Sein Lächeln triefte vor Spott.

»Du hast jegliches Recht auf ein Danke von mir verwirkt, als du mich geschlagen hast.« Meine Stimme war fest, und ich spannte jeden Muskel an, um mich zu wehren, falls es nötig sein sollte. Ich traute mich nicht, ihn aus den Augen zu lassen, um zur Seite zu sehen und nach Hilfe zu suchen. Das irre Funkeln in seinem Blick sagte mir, dass er getrunken hatte. Und damit, dass ich höllisch aufpassen musste.

»Mein Fehler war, dich gehen zu lassen«, sagte er und baute

sich vor mir auf. Das Funkeln in seinen Augen verriet mir, dass seine Stimmung umgeschlagen hatte. Die Schritte, die ich zurückgetaumelt war, machte er wieder hinfällig. Er stand so dicht vor mir, dass ich seine Alkoholfahne riechen konnte. Es ekelte mich an. Ich begann zu zittern. In dem kurzen Cocktailkleid und dem dünnen Mantel war mir kalt, ja, aber die eisige Kälte, die rührte ganz klar von Dougs Anwesenheit. »Und deswegen hole ich dich zurück.«

»Nein. Ich bin nicht mehr deine Frau«, widersprach ich mit fester Stimme.

»Oh doch«, versicherte er mir. »Das wirst du immer bleiben. Scheiß auf dieses Stück Papier. Ich habe diese weite Fahrt nicht umsonst auf mich genommen. Und wenn du kein Aufsehen erregen willst, solltest du jetzt einfach mit mir mitkommen.«

Ich presste meine Zähne aufeinander, sodass meine Kiefer schmerzten. Aus den Augenwinkeln erkannte ich, dass die Straße menschenleer war. Es war schon spät, die Galerien und Restaurants in diesem Viertel waren längst geschlossen, und bei diesem Wetter hielt sich kaum ein Mensch freiwillig draußen auf.

»Doug, lass mich in Ruhe. Es ist vorbei, daran gibt es nichts mehr zu rütteln«, entgegnete ich so ruhig wie möglich. Ich durfte ihn meine Angst nicht spüren lassen.

Doch er lachte nur und griff nach mir. Beherzt schlug ich seine Hand weg und sprang zur Seite. Dabei kam ich auf meinen hohen Schuhen ins Straucheln und konnte mich nur in letzter Sekunde fangen, um nicht auf dem nassen Gehweg zu landen.

»Fass mich nicht an«, zischte ich. Zur Angst kam nun Wut. Die Erinnerung an seine letzten Berührungen, seine Gewalt brachte den unbändigen Zorn zurück und gab mir die Kraft, mich ihm zu widersetzen. Noch vor ein paar Monaten hätte ich mich das nicht getraut, ich wäre der Auseinandersetzung aus dem Weg gegangen und hätte des lieben Friedens willen klein beigegeben. Aber das war vorbei. Ich war gewachsen.

»Ich fasse dich an, wann ich will«, konterte er und sah mich mit einer Mordlust im Blick an, vor der ich erschrak. Doch ich blieb stehen, rührte mich nicht.

»Ich sage es ein letztes Mal, Doug. Geh. Verschwinde, lass mich in Ruhe und komm nie wieder. Die Scheidung –«

»Die Scheidung interessiert mich einen Scheiß«, fiel er mir lauthals ins Wort und lachte mir ins Gesicht. »Du gehörst mir.«

»Du hast mich verprügelt.«

Wieder lachte er und hob auf ganz unschuldige Art seine Hände. »Ich habe dir nie was getan. Du hast keine Beweise.«

Jetzt war ich es, die lachte. »Mein Beweis ist da drinnen«, sagte ich und zeigte hinter mich zur Galerie. »Und jeder der Anwesenden heute Abend hat es gesehen. Jeder hat die Geschichte dazu gehört. Jeder wird bezeugen können, dass –«

»Niemand wird hier irgendwas bezeugen. Weil es nichts zu bezeugen gibt. Weil nichts passiert ist«, unterbrach er mich, und diesmal verfehlte seine Hand sein Ziel nicht. Seine Finger packten meinen Oberarm und rissen mich zu sich. Ich stolperte und landete unsanft an seiner Brust.

»Ich habe sehr wohl Beweise«, presste ich hervor. Den Versuch, mich aus seinem Griff zu befreien, startete ich gar nicht erst. Ich wusste, dass ich scheitern würde, er war viel stärker als ich. Aber sollte er mich mit sich ziehen wollen, würde ich schreien. Keine Ahnung, ob mich jemand hören würde, aber vielleicht würde es reichen, um ihn in die Flucht zu schlagen.

»Du kleine miese Schlampe«, er riss meinen Kopf an meinen Haaren zurück und ich unterdrückte einen Schmerzensschrei. »Du wirst mich nicht verlassen. Niemand verlässt mich. Du kommst jetzt mit, und ich schwöre dir – wenn du auch nur ein falsches Wort sagst, wirst du den Morgen nicht mehr erleben.«

Ich erstarrte. Diese Kälte in seinem Blick und der scharfe Ton, mit dem er die Worte aussprach, verfehlten ihre Wirkung nicht. Ich erstarrte, und die Angst, die all die Jahre in mir gesteckt hatte, von der ich dachte, sie besiegt zu haben, bahnte sich einen Weg an die Oberfläche.

Nein! Das durfte ich nicht zulassen. Gab ich diesem Gefühl nach, gab ich ihm nach. Und dann würde ich dieser Tretmühle niemals entfliehen.

»Nein!«, schrie ich so laut ich konnte. Ich schrie, als ginge es um mein Leben. Was es auch tat. Doug würde mich umbringen, wenn ich es zuließ. »Lass mich los! Hilfe!« Ich sah über den Gehweg, aber der blieb wie leergefegt. Das durfte doch nicht wahr sein!

Dougs Gesichtszüge entgleisten. Mit weit aufgerissenen Augen starrte er mich an, als sähe er mich zum ersten Mal. Aber diese Verwirrung dauerte nur einen kurzen Augenblick, dann wurde sein Griff in mein Haar fester, und ich schrie erneut, aber diesmal vor Schmerzen.

Dougs Miene verhieß nichts Gutes, als er sein Gesicht so nahe an meins brachte, dass ich seinen Atem auf meiner Haut spürte. Trotz des Schmerzes ekelte ich mich vor ihm. »Halt endlich die Klappe!«

Ich wollte erneut schreien, alle angestaute Angst und Wut herausbrüllen, in der Hoffnung, irgendjemand würde mir zur Hilfe eilen. Aber Doug presste mir urplötzlich seine riesige Hand auf den Mund. Ich war darauf nicht vorbereitet und bekam kaum Luft, als er mich mit sich zog. Aus dem Augenwinkel erkannte ich seinen Geländewagen am Straßenrand, nur noch wenige Schritte, dann wäre ich verloren.

»Hey! Lass sie los!«

Ich erschrak mindestens genauso wie Doug, als die Worte neben uns ertönten. Die Stimme … Ich kannte sie …

Im ersten Moment konnte ich damit nichts anfangen, doch dann schaffte ich es, meinen Blickwinkel zu verändern und den Mann zu sehen, dessen Hand sich gerade auf Dougs Schulter legte.

Jäh verließ der Schmerz meine Kopfhaut und ich fiel zu Boden. Doug hatte mich losgelassen und von sich gestoßen. Ich landete unsanft auf der Hüfte, und die Feuchtigkeit des Bodens drang sofort durch meine dünne Kleidung. Meine Hände versanken im Schnee, und die Kälte kroch von dort durch meinen ganzen Körper. Ich rutschte Richtung Hauswand, als ich Dougs Stimme vernahm, die wütend seinen Besitz verteidigte.

»Halt dich da raus, sie gehört mir«, spie er seinem Gegenüber aus.

»Sie gehört ganz sicher niemandem«, erwiderte dieser, und obwohl mein Blickfeld durch Dougs breiten Rücken eingeschränkt war, erkannte ich den Mann, der sich Doug in den Weg stellte.

»Nate …«

Er hörte mich nicht und auch Doug achtete nicht auf mich. Er war viel zu sehr damit beschäftigt, Nate anzupöbeln. Doch der war wie immer die Ruhe selbst. Während er abwartend dastand, gestikulierte Doug immer wilder, und im nächsten Moment hatte er Nate am Kragen gepackt. Ich wollte auf die Beine kommen, aber rutschte im Schnee wieder weg. Doch Nate hätte meine Hilfe nicht gebraucht. Er wich Dougs Faust geschickt aus und platzierte seine eigene gekonnt in Dougs Rippen. Doug schnaufte und knickte kurz ein, diesen Moment nutzte Nate dazu, sich zu befreien und ihm, noch bevor Doug erneut zuschlagen konnte, seine Faust ins Gesicht zu schlagen.

Ich zuckte zusammen. Auch wenn ich froh war, dass Nate

gekommen war und Doug nichts anderes als diese Schläge verdient hatte, musste ich es stoppen.

»Nein!«, rief ich und rappelte mich endlich auf. Ich stieß mich von der Wand ab und stürzte mich auf Doug, der mit dem Rücken zu mir stand. Ich wollte ihn von Nate fortziehen, wollte, dass sie aufhörten, sich gegenseitig blutig zu schlagen, wollte …

»Megan!«

Ein Schlag traf mich an der Schläfe, und dann wurde alles dunkel um mich.

# 28. Nate

»Du Schwein!«

Ich riss Doug am Kragen herum und schlug ihm mit voller Wucht meine Faust ins Gesicht. Als er einknickte, setzte ich noch mal nach, und erst als er zu Boden fiel, ließ ich ihn los und rannte die zwei Schritte zu Megan. Sie lag auf dem Boden und starrte mit aufgerissenen Augen zu mir rüber. Dieser Scheißkerl hatte ihr mit voller Wucht seinen Handrücken gegen den Kopf geschlagen. So heftig, dass sie zusammengesackt und umgefallen war. Aber sie war bei Bewusstsein, das war gut.

Ich warf mich auf die Knie und stützte ihren Kopf. »Megan …«, murmelte ich und legte meine Stirn an ihre.

»Nate?«

»Ja«, flüsterte ich. Dann sah ich sie an und wagte ein vorsichtiges Lächeln. »Ja, ich bin es.«

»Mein Kopf …« Sie tastete an ihre Schläfe, und etwas Blut haftete an ihren Fingern.

»Ich rufe einen Arzt«, stieß ich aus und zog hastig mein Handy aus der Jackentasche. Doch Megan winkte ab.

»Nein. Nein, keinen Arzt. Schon okay. Nur einen kleinen Moment, dann geht's wieder …«

Ich half ihr auf die Beine und sie lehnte sich unbeholfen an die Hauswand. Aber alles war besser, als auf dem kalten, schneebedeckten Boden zu liegen.

Während ich mit Megan an meiner Seite darauf wartete, dass der Schwindel vorbeiging, kam das Arschloch auf die Beine. Das Blut lief ihm aus der Nase, vermutlich hatte ich gut getroffen und sie ihm gebrochen. Der Cut über einer Augenbraue zeugte ebenfalls von einem gut platzierten Treffer. Keiner davon tat mir leid. Und wäre Megan mir in diesem Moment nicht wichtiger gewesen, hätte ich mich auf ihn gestürzt und ihn windelweich geschlagen.

»Nimm die Finger von meiner Frau«, brüllte er mich an und wollte sich auf mich stürzen. Aber er hielt inne, als ich ihm einen Blick zuwarf.

»Die Cops sind auf dem Weg«, log ich. »Du verbringst den Rest deines jämmerlichen Lebens im Knast.« Wenn dieses Vergehen nicht ausreichte, um ihn hinter Gitter zu bringen, dann würde sich etwas anderes finden. Davon war ich überzeugt. »Nie wieder wirst du Megan anfassen. Nie wieder.«

Die Worte schienen nur langsam zu ihm durchzusickern, aber als ein Sirenengeheul irgendwo aus der Ferne immer näher kam, wich seine Entschlossenheit Verunsicherung. Und dann entfernte er sich rückwärts, Schritt für Schritt brachte er Abstand zwischen uns, und als das Geheul der Polizeisirene immer lauter wurde, drehte er sich um, stieg in einen verrosteten Pick-up und fuhr mit zu viel Gas vom Seitenstreifen. Sein Heck brach auf der rutschigen Straße kurz aus, aber fing sich wieder. Gleich darauf bog er um die Ecke und verschwand.

»Ist er weg?« Megan hob vorsichtig den Kopf. Sie hatte ein Taschentuch in ihrer Hand, das sie jetzt an ihre Schläfe hielt.

»Ja, er ist weg«, bestätigte ich und legte meinen Arm fester um sie. Sie machte keine Anstalten, sich aus meinem Griff zu befreien, sondern schob sich näher zu mir. Und trotz der Umstände war ich froh, dass sie bei mir war. »Das sollte sich ein Arzt ansehen«, sagte ich erneut und zog ihre Hand von der Wunde.

»Ach, das ist nichts«, wehrte sie wieder ab. »Eine kleine Platzwunde bringt mich nicht um. Aber …« Sie sah mich nun an, und ich erkannte Überraschung, aber auch Freude in ihrem Blick.

»Ich musste dich sehen«, versuchte ich alles in einem Satz zu erklären.

»Aber ...«

»Ich habe Fehler gemacht, aber ... Ich erkläre dir alles, aber lass uns dich erst ins Warme bringen, okay?« Mir entging nicht, dass sie zitterte. Ihre leichte Garderobe war nicht für einen längeren Aufenthalt im Freien bei diesen Temperaturen geeignet.

Megan nickte vorsichtig. Ich legte meinen Arm um sie, und sie entzog sich meiner Umarmung nicht, während ich sie zum Straßenrand lotste, um nach einem Taxi Ausschau zu halten.

»Der Taxistand ist da hinten«, murmelte Megan und sogleich führte ich sie in die angezeigte Richtung. Nach ein paar Minuten saßen wir in einem warmen Taxi und ich gab dem Fahrer die Adresse. Ich hatte Harriet auf einem der Parkplätze am College ein paar Blocks weiter geparkt, hier in der Stadt war es einfach zu eng für das Ungetüm und Parkplätze Mangelware.

Als wir kurz darauf vor dem Bus standen, entlockte der Anblick Megan ein kleines Lächeln.

Die Standheizung lief, und so empfing uns im Inneren eine angenehme Wärme.

Während Megan sich ins Bett kuschelte und aufwärmte, machte ich ihr einen Tee und suchte den Verbandskasten raus. Mit einer Schüssel Wasser, einer Flasche Jod und ein paar sterilen Tupfern setzte ich mich zu ihr.

»Herr Doktor ...?« Sie verzog ihren Mund zu einem vagen Lächeln.

»Lass mich deine Wunde versorgen, okay?«

Sie biss die Zähne zusammen, als ich ihre Platzwunde reinigte, die tatsächlich kleiner war, als ich im ersten Moment gedacht hatte. Nachdem ich sie versorgt und Megan den Tee ans Bett gebracht hatte, ging ich zur Tür.

»Ich sage kurz Xavier Bescheid, dass du hier bist«, sagte ich und Megans Augenbrauen zogen sich zusammen.

»Woher kennst du Xavier?«

»Er ist ein alter Freund von mir.«

Ihr Blick wurde starr. »Hast du ... die Ausstellung ... hast du das ...?«

»Nein! Nein, Megan, damit habe ich nichts zu tun. Ich hab's auch erst vor ein paar Tagen erfahren. Das musst du mir glauben«, setzte ich eindringlich hinterher. Sie durfte nicht glauben, dass ich sie schon wieder belogen hatte. Von ihm wusste ich, dass Megan heute eine Ausstellung in seiner Galerie hatte und eine ganze Woche in der Stadt bleiben würde. Deswegen hatte ich mich von Cape Coral auf den Weg nach New York gemacht. Nur der Schnee hatte mich auf den letzten Stunden nicht rechtzeitig durchkommen lassen.

Sie schloss für einen Moment die Augen, ihre Miene entspannte sich, und als sie mich ansah, war ihr Blick entspannter. »Okay ...«

»Okay ...« Ich zog das Telefon aus meiner Jackentasche. »Ich bin nur vor der Tür, okay?« Wieder nickte sie vorsichtig und nippte dann an ihrem Tee.

Die Nacht war kalt, und während ich darauf wartete, dass Xavier ranging, fragte ich mich, ob es richtig war, Megan hierherzubringen anstatt in ihr Hotel.

»Nate, was gibt's?«, fragte er statt einer Begrüßung und ich hörte laute Musik und Stimmengewirr im Hintergrund.

»Kannst du mal irgendwo hingehen, wo es leiser ist?«, bat ich ihn in einer passenden Lautstärke, damit er mich überhaupt verstand. Es dauerte eine Weile, bis er begriff, und noch ein paar Sekunden, bis es um ihn herum leiser wurde.

»Was ist passiert?«, wollte er nun wissen.

»Megan hatte ... einen Unfall. Sie ist so weit okay, aber wir sind jetzt in meinem Bus«, sagte ich und fasste dann kurz die Ereignisse der letzten halben Stunde zusammen.

»Was? Aber wie …?«

»Ich kann dir jetzt nicht alles erklären, aber bitte sag Piper Bescheid.« Die Details behielt ich vorerst für mich. Megan musste selbst entscheiden, wem sie was erzählen wollte und ob sie ihren Mann endlich anzeigte. Dem konnte ich nicht vorgreifen, dafür würde sie mich hassen. Und das würde ich auf keinen Fall riskieren.

Xavier versprach, Piper Bescheid zu sagen.

»Megan …?« Ich rief leise ihren Namen, als ich wieder in den Bus stieg. Als sie nicht reagierte, versuchte ich es etwas lauter, aber sie schien eingeschlafen zu sein. Leise durchquerte ich den Raum und legte mich neben sie aufs Bett, beugte mich zu ihr, strich ihr vorsichtig über das blonde Haar und hauchte ihr einen Kuss auf die Stirn. Dort hielt ich einen Moment inne und atmete ihren Geruch ein. Es war gut, sie zu berühren und in ihrer Nähe zu sein. Ich nahm ihre Hand in meine und betete, dass sie mich nicht gleich zum Teufel schickte, sobald sie die Augen aufschlug. Im selben Moment öffnete sie die Lider und sah mich an.

»Nate …«

»Wie geht es dir?«

»Mein Kopf tut weh.«

Wieder nickte ich. »Bleib liegen, du bist in Sicherheit.«

Sie sah mich an, dann schloss sie die Augen und glitt in den Schlaf. Ihr Atem war ruhig und gleichmäßig und machte auch mich schläfrig.

Es war drei Uhr am Morgen und ich war seit zwanzig Stunden wach. Zudem hatte ich mich die letzten Stunden Fahrt durch dichte Schneemassen kämpfen und dann auch noch dieses Arschloch in die Flucht schlagen müssen. Ich war erledigt und driftete ziemlich schnell ab in einen unruhigen Dämmerzustand, in dem ich von Megan träumte und von unserer gemeinsamen Zeit auf der Route 66. Ich war froh, als ich durch das Klingeln meines Handys aufgeweckt wurde.

»Nate, wie geht es Megan?«, wollte Piper wissen. Die Uhr zeigte sechs und ich rieb mir den Schlaf aus den Augen.

»Sie schläft. Es geht ihr so weit gut«, beteuerte ich und verlegte weitere Ausführungen auf später. »Ich möchte sie nicht aufwecken, okay?«

Piper bestand auf einen Anruf von Megan, sobald diese wach wäre, und ich versprach es ihr. Dann stellte ich das Handy auf lautlos.

»Du bist wach«, stellte ich wenig geistreich fest, als ich mich zu Megan herumdrehte. Sie sah mich an und lächelte gequält.

»Was machst du hier?« Dann sah sie in den Bus und korrigierte sich. »Was machst du hier in New York?« Sie flüsterte, schlug die Augen nieder, und ich sah diesen klitzekleinen Anflug eines Lächelns auf ihrem Gesicht.

»Ich habe … dich gefunden«, sagte ich. Da ich sie nicht aufregen wollte, erwähnte ich Dougs Namen nicht. »Weißt du noch, was passiert ist?« Ich wusste nicht, wie weit sie sich erinnerte, aber sie nickte schwach.

»Doug hat mich zuerst gefunden«, krächzte sie. Ich griff nach der Wasserflasche am Bett und reichte sie ihr. Vorsichtig trank sie ein paar Schlucke.

»Woher wusste er, wo du bist?«

»Zeitung.« Klar. Auf den Kulturseiten der üblichen Nachrichtenblätter hatte es Fotos und Artikel über Xaviers Galerie und Megans Ausstellung zum Thema *Starke Frauen* gegeben. Zwischen Florida und New York hatte ich mich an einem Stand damit eingedeckt, es lagen mindestens fünf verschiedene Zeitungen in meinem Bus, auf deren Kulturseiten mir Megans Bild entgegenlachte. Aber ich hätte nicht gedacht, dass ihr Mann so was las.

»Doug wollte mich zurückholen«, benannte sie den Grund seines Besuchs. »Aber ich wollte nicht. Wir sind geschieden, er hat kein Recht –«

»Ihr seid …?«

Sie sah mich an. »Ja, stimmt. Das weißt du noch gar nicht. Doug und ich sind geschieden. Er ist nicht mehr mein Mann.«

»Oh Megan …« Ich griff ihre Hand und hielt sie fest.

Sie schloss kurz die Augen. Als sie die Lider wieder öffnete, erkannte ich die Verwirrung darin. »Aber woher wusstest du das? Woher kennst du Xavier?«, nahm sie das Thema wieder auf.

»Xavier ist ein alter Collegefreund«, begann ich und legte mich so hin, dass ich Megan in die Augen sehen konnte. »Durch ihn bin ich auf deine Bilder … Athenas Bilder auf Instagram aufmerksam geworden. Und den Rest kennst du ja …«

»Okay … Aber …«

»Ich wollte dich sehen«, gab ich zu. »Ich musste dich einfach sehen. Musste wissen, ob es dir gut geht. Nach deiner Nachricht, da … Ich wollte bei dir sein … Ich … Ich habe dich vermisst.«

Wieder war sie es, die eine ganze Weile schwieg und mich ansah, aber doch nicht ansah. »Obwohl ich dich verlassen habe?«, fragte sie nach einer gefühlten Ewigkeit und sah mir danach in die Augen. Ihr Blick war klar, aber auch traurig.

»Du hast mich nicht verlassen, Megan. Du bist nur ein Stück des Wegs alleine gegangen. Und das ist okay.« Sanft strich ich ihr über das Haar.

»Nate, ich bin so froh, dass du hier bist!«, begehrte sie auf, griff nach meiner Hand und hielt sie ganz fest. »Ich bin froh, dass du gekommen bist und den ersten Schritt gemacht hast. Ich war so dumm. Ich habe mich einfach nicht getraut und immer gewartet und gewartet …«

»Weil du dir nicht sicher warst, was du fühlst?«, vermutete ich.

Sie sah an die Decke, dann zurück zu mir. Ungeduld stand in ihrem Blick. »Sei doch nicht so blind. Ich habe dich vermisst, Nate. Ich habe dich die ganze Zeit so wahnsinnig vermisst. Du bist es, der meine Welt jeden Tag ein Stück schöner, strahlender und hoffnungsvoller macht. Aber ich konnte nicht aus meiner Haut. Dass du die versteckten Botschaften in meinen Bildern verstehen würdest, hatte ich gehofft. Und auch, dass wir uns wiedersehen. Und dass du jetzt hier bist ... Ich will nicht, dass du wieder gehst. Ich will, dass du bleibst, und es tut mir leid, dass ich dich weggeschickt habe, aber ich brauchte die Zeit für mich. Ich musste so vieles klären. Aber jetzt ...« Sie holte tief Luft und atmete geräuschvoll wieder aus, während sie mich unverwandt ansah. »Ich möchte mein Leben mit dir teilen. Alles, was zu mir gehört.«

Als sie geendet hatte, schimmerte es feucht in ihren Augen.

»Bist du dir ganz sicher?« Mein Herz schlug hemmungslos gegen meine Rippen und nahm mir den Atem.

»Ja, ich war mir noch nie bei irgendwas so sicher.«

»Ich frage das nur, weil es dann kein Zurück mehr gibt. Ich werde dich nicht noch einmal gehen lassen. Egal wie viele Gründe du vorbringst.«

»Ich will nicht mehr gehen. Nie wieder.« Sie schloss die Augen und verzog ihr Gesicht. »Sorry, das ist alles noch etwas viel ...«

»Megan, ruh dich aus. Schlaf. Alles andere ist jetzt nicht wichtig.«

»Doch«, widersprach sie. »Bist du noch hier, wenn ich aufwache?«

Ich lächelte. »Ja, ich bin hier. Ich bin immer hier.«

Sie drückte noch einmal meine Hand, und dann schlief sie ein.

Während sie sich ausruhte, schrieb ich Tristan den Stand der Dinge. Dass ich Megan gefunden hatte und wir zusammenbleiben würden. Und dass ich mich ausführlicher melden würde, sobald es Megan besser ging.

Die letzte Nacht zeigte ihre Spuren, aber schlafen konnte ich nicht mehr. Auch wenn Megans Körper neben mir lag und mich einlud, mich eng an ihn zu schmiegen – ich war viel zu unruhig dafür. Also stand ich auf und schlich mich noch mal nach draußen, um Piper zurückzurufen. Das war ich ihr schuldig.

»Megan schläft wieder«, erklärte ich, »aber ich wollte dir wenigstens Bescheid geben, dass es ihr gut geht und wir … Wir haben uns ausgesprochen. Es ist alles wieder okay zwischen uns.«

»Das klingt gut für den Anfang. Und jetzt mal die lange Version. Was zum Teufel ist überhaupt passiert, als wir weg waren? Xavier konnte sich auch keinen Reim auf deine kurzen Infos machen.«

Ich fasste alles zusammen, von Dougs Angriff auf Megan bis zu unserem Gespräch vor wenigen Minuten.

»So ein mieses Schwein«, brach es aus Piper heraus.

»Das ist er. Ich weiß nicht, was genau zwischen den beiden vorgefallen ist oder was während ihrer Ehe passiert ist. Ich weiß nur, was sie mir geschrieben hat. Dass sie nicht glücklich war und dass er jetzt hoffentlich die Quittung für alles, was er ihr angetan hat, bekommt«, schloss ich.

»Ich bin froh, dass du da warst, um sie zu beschützen. Ich hätte nicht gehen dürfen, aber sie hat so darauf bestanden, allein zu sein, dass ich …« Piper schniefte durchs Telefon. »Doug ist ein Arschloch. Ein gewalttätiges Arschloch. Hat sie dir von ihm erzählt?«

Ich verzog den Mund. »Unwissentlich, ja. Als Athena hat sie mir einiges geschrieben. Ich weiß Bescheid. Zumindest grob«, setzte ich hinterher, denn so wie es aussah, hatte Megan alias Athena mir längst nicht alles erzählt.

Piper gab sich damit zufrieden.

»Wenn sie wach ist, kommen wir ins Hotel«, sagte ich. »Es wird auf Dauer zu kalt im Bus.«

»Ich bin dann vielleicht noch mit Xavier unterwegs.«

»Mein alter Freund hat's dir angetan, was?«

Ich hörte ihr Lachen durchs Telefon. »Pass einfach nur auf Megan auf, klar?« Ich versprach es, dann beendeten wir das Gespräch.

Ich legte mich neben Megan ins Bett und meinen Arm um sie. Sie wachte nicht auf, aber kuschelte sich an mich, sodass ich sie halten konnte. Und musste irgendwann eingeschlafen sein. Ich wachte durch ein Kitzeln an meiner Wange auf.

»Hallo von Ost nach West«, hörte ich Megan an meinem Ohr flüstern.

Ich zog sie vorsichtig enger an mich und flüsterte zurück: »Hallo von West nach Ost.« Dann öffnete ich die Augen und sah das Schönste, was ich mir vorstellen konnte. Leuchtende Augen in Megans verschlafenem Gesicht. »Wie geht es dir?«

»Besser.«

»Das ist gut.«

»Ich bin froh, dass du noch da bist.«

»Ich werde dich niemals verlassen«, sagte ich und küsste sanft ihre Lippen. »Aber nichtsdestotrotz sollten wir gleich aufbrechen. Es wird auf Dauer zu kalt hier, und im Hotel ist es sicher auch bequemer für dich.«

»Für uns.« Sie küsste mich und stand dann langsam auf. »Hach, ich vermisse Harriet jetzt schon.«

»Wir hoffen doch, dass du bald wieder mit uns auf Tour gehst.«

Sie sah mich an mit einer Wärme in den Augen, die mich tief bis ins Herz traf. »Das würde ich sehr gerne.«

Ich konnte nicht anders, als Megan zu küssen.

»Und wenn Harriet nicht böse ist, dann nehme doch eine Tasche mit und zieh die nächsten Tage bei mir ins Hotel ein. Ich will dich keine Sekunde länger als nötig vermissen müssen.«

Piper verließ uns kurz nach unserem Eintreffen im Hotel. »Ihr braucht ein bisschen Zeit für euch«, meinte sie mit einem Augenzwinkern, nachdem sie sich davon überzeugt hatte, dass es Megan wirklich gut ging.

»Piper und Xavier wären ein tolles Paar«, sagte ich, als sie fort war.

»So wie wir?«, fragte sie und zog mich an der Hand mit sich aufs Bett.

Ich legte mich auf den Rücken und Megan sich in meinen Arm.

»Was macht dein Kopf?«

»Ist noch dran«, gab sie zurück.

»Willst du … Willst du deinen … Doug anzeigen?«, fragte ich leise. Ich musste wissen, wie bereit sie war.

»Ich werde ihn anzeigen. Das, was gestern passiert ist … ich will endlich abschließen …« Sie schluckte. »Auch wenn unsere Ehe eigentlich schon seit langer Zeit nur noch auf dem Papier bestanden hatte, hat er mir nie etwas getan. Zumindest nicht körperlich. Aber an dem Abend, da … Er ist ausgerastet und hat mich geschlagen. Und da hat es bei mir endlich klick gemacht. Als wir uns in Albuquerque getrennt haben, bin ich zurück nach Honey Falls geflogen. Dort, wo ich jahrelang mein Zuhause hatte …« Ihr Blick war eindringlich. »Ich musste dieses Stück Weg tatsächlich alleine gehen, wie du gesagt hast. Ich habe diesen Schlussstrich gebraucht, um ganz und gar neu anfangen zu können.« Jetzt schimmerten Tränen in ihren Augen. »Mit dir.«

Ich schluckte meinen Zorn auf diesen Drecksack runter und versuchte mich auf die Gegenwart zu konzentrieren. Auf das Jetzt. Auf Megan in meinem Arm. »Ich liebe dich. Und ich bin an deiner Seite, wann immer du mich brauchst. Wir stehen das gemeinsam durch.«

»Ich brauche dich immer. Was ist das für eine Frage?«

»Im Moment habe ich nur eine Frage, die mir unter den Nägeln brennt«, sagte ich daher.

»Und die wäre?« Mit einem Hauch Unsicherheit im Blick sah sie mich an. Sie hatte die Unterlippe eingesogen und die Zähne darin vergraben. Es gab ihrem Gesicht einen gewissen Grad an Unschuld, und ich musste mich zusammenreißen, um sie nicht einfach zu küssen. Aber dafür war es noch nicht an der Zeit. Erst musste ich wissen, wohin uns dieses Gespräch führen würde.

»Was hast du vor, wenn du aus New York verschwindest?« Das Hotel war noch für ein paar Tage gebucht, aber was war dann?

Sie stützte sich ein wenig auf und legte ihre Hand auf meine Brust. Todernst sah sie mich an. »Ich dachte, ich bewerbe mich für den nächsten Roadmovie.«

»In …? Und als was?« Mit Mühe unterdrückte ich ein breites Grinsen.

Sie zuckte arglos mit den Schultern. »Je nachdem, was für eine Rolle gesucht wird.«

Ich nickte ernst. »Hast du denn schon Erfahrungen mit Roadtrips?«, fragte ich förmlich.

»Ja, weißt du … Ich war super im Navigieren. Und Kaffee kochen.«

»Und wie sieht's mit Musik aus?«

»Ich habe die beste Playlist der Welt.«

»Welche Songs?«, wollte ich wissen.

»Elton John«, gab sie dieselbe Antwort wie damals. »Falls du ihn kennst.«

Ich zog eine Augenbraue hoch. »Elton John ist ein britischer Sänger. Und ein Komponist. Er spielt Klavier und ist sogar zweifacher Oscar-Preisträger«, glänzte ich mit meinem Halbwissen. »Und sein bester Song ist *Your Song*«, befand ich.

»Du magst ihn doch.«

Ich atmete einmal tief durch, dann stimmte ich den Song an, der auf der Fahrt nach New York in Dauerschleife gelaufen war.

Megan hatte Tränen in den Augen, als ich endete, denn vermutlich hatte der Song für sie dieselbe Bedeutung wie für mich. Sie war die Eine für mich, mit der ich mein Leben teilen wollte. Sie wollte mich ebenso an ihrer Seite. Also waren wir verbunden. Für immer miteinander verbunden.

»Hätte Harriet noch Platz für einen Beifahrer?«, fragte sie und schniefte die Tränen weg.

Ich legte meine Hand auf ihre Wange und strich mit dem Daumen über ihre Haut. »Jederzeit.«

»Lieben und geliebt werden. Für immer.« Ihr Blick verankerte sich in meinem. »Ich liebe dich, Nate.«

»Und ich liebe dich, Megan.«

Langsam senkte sie ihren Kopf und dann, endlich, berührten ihre Lippen die meinen. Ich umfasste sanft ihr Gesicht und schloss die Augen, während ich mich diesem Kuss hingab, der alles versprach, was ich mir je gewünscht hatte.

# Epilog

»Nein, das wird noch ein bisschen dauern«, raunte ich so leise wie möglich ins Telefon. Ich wollte Nate nicht wecken, nur weil ich mich mit meinem Bruder stritt, der ein paar hundert Meilen entfernt war.

Während Hunt in Honey Falls darüber schimpfte, dass ich noch immer nicht nach Hause zurückkommen wollte, sah ich Nate beim Schlafen zu.

Seine dunklen Haare waren ganz verstrubbelt, und er hatte den Kissenabdruck im Gesicht. Trotzdem war er für mich der schönste Mann der Welt. Es heißt, dass nicht die Schönheit entscheidet, wen wir lieben, sondern die Liebe, wen wir schön finden. Und ich war überglücklich, dass ich die Liebe endlich gefunden hatte.

»Hunt, sei mir nicht böse«, unterbrach ich den Redeschwall meines Bruders, ohne Nate aus den Augen zu lassen, der im Bett von Harriet langsam begann aufzuwachen. »Aber ich habe jetzt Besseres zu tun, als mir deine Vorwürfe anzuhören. Ich habe mich das letzte Jahrzehnt um das Middleton Inn gekümmert. Und du hast noch vor ein paar Wochen so begeistert geklungen, dass ich dir den Weg für das eine Jahr einfach frei machen wollte. Also, hör auf zu heulen, reiß dich zusammen und rock das Ding. Mach was draus! Ich liebe dich.« Dann legte ich auf. Und war verdammt stolz auf mich, nicht eingeknickt zu sein.

»Dem hast du's aber gegeben, was?« Nate blinzelte und ich sah das Schmunzeln auf seinem Gesicht. Ich legte das Handy beiseite und krabbelte zurück zu ihm ins Bett. Er zog mich an sich und küsste mich. Dann bettete ich meinen Kopf in seine Schulterbeuge und kicherte leise.

»Oh ja. Das hat ein Hunter Johnson sicher noch nicht oft erlebt.«

Nate drehte den Kopf und sah mich an. In seinen Augen spiegelte sich mein Bild und ich versank in seinem Blick. Mein Herzschlag nahm Fahrt auf, und in meinem Magen kitzelten Hunderte von Schmetterlingen. Ich war so verliebt, das war der pure Wahnsinn.

»Immer wenn ich dir in die Augen sehe, möchte ich dich küssen«, flüsterte Nate mir zu und strich mit seinem Daumen ganz leicht über meine Unterlippe.

»Dann tu es«, flüsterte ich zurück und drängte mich an ihn. Es dauerte keine Minute, da wurde aus einem Kuss mehr, und nach dem kleinen Guten-Morgen-Quickie holten wir uns Kaffee und besahen uns Seite an Seite in der Tür von Harriet sitzend die Natur um uns herum.

Nate war nach unserem Aufenthalt in New York stundenlang ohne Unterbrechung Richtung Westen gefahren. Piper hatte mich gefeiert dafür, dass ich Doug angezeigt hatte. Mit einer Verurteilung konnte ich dann hoffentlich endlich alles hinter mir lassen. Doug würde seine Quittung bekommen. Da war ich mir ganz sicher.

Jetzt rasteten wir in der Nähe von Buffalo direkt am Erie See, bevor es von hier aus in Ruhe nach Chicago weiterging – zum Anfang der Route 66.

Nachdem unser Roadtrip ja in Albuquerque ein so jähes Ende gefunden hatte und Nate alleine die Reise nicht hatte fortsetzen wollen, hatten wir uns vorgenommen, noch einmal von vorne zu starten. Diesmal allerdings von Ost nach West.

»Ich bin so glücklich«, sagte ich leise. Mein Blick war auf das Wasser vor uns gerichtet, aber ich spürte Nate neben mir.

Er legte seinen Arm um mich und küsste mich sanft auf die

Stirn. »Weißt du, woran man merkt, dass man den richtigen Menschen gefunden hat?«, fragte er mich. Ich sah nur zu ihm auf und er lächelte. »Daran, dass es keinen großen Aufwand braucht, um den anderen glücklich zu machen. Es reicht schon, wenn wir einander nahe sind.«

»Das ist wahr. Ich will nicht mehr ohne dich sein«, gab ich zu. Ich schämte mich nicht, so ehrlich zu sein. Nate war mein Seelenverwandter und wusste auch ohne Worte, wie ich fühlte. Da war ich mir sicher.

»Das musst du auch nicht mehr. Nie wieder.«

In seinem Blick sah ich die Wahrheit seiner Worte, und ich wusste, dass ich angekommen war.

»Ich habe etwas für dich«, sagte ich und öffnete meine Hand. Zum Vorschein kam ein geflochtenes Band. So eines, wie Piper es mir damals geschenkt hatte. »Du bist nicht nur mein Partner, meine bessere Hälfte, mein Liebhaber …« Nate grinste, ich stupste ihn gegen den Arm. »Du bist auch mein bester Freund. Dafür danke ich dir.«

Nate hielt mir sein Handgelenk entgegen und ich befestigte das Band daran. Statt einer Antwort küsste er mich und nahm mich dann fest in den Arm.

Ich hatte immer auf jemanden gehofft, der mein Navi ausstellte und sagte: »Du hast dein Ziel erreicht.« Nate war dieser Jemand. Ich hatte ihn gefunden. Und dann hatten wir uns gefunden. Und jetzt wünschte ich mir nichts mehr, als dass die Ewigkeit genug für uns war.

Lieben und geliebt werden.

Für immer.

# Danksagung

Danksagungen sind mir persönlich sehr wichtig und fast das Schwerste am ganzen Buch. Denn ich möchte niemanden vergessen und jedem, der Anteil an dieser Geschichte hatte, gerecht werden.

Ich kann nur immer wieder DANKE an euch wundervolle Leserinnen und Leser da draußen sagen, denn ihr seid die Menschen, für die ich diese Geschichten schreibe. Ihr seid die, die sie lesen und in die Welt hinaustragen, weiterempfehlen, bewerten und daraus eine reale Sache machen. Ich danke euch von Herzen für eure Treue, Geduld und euer Vertrauen.

Aber ihr hättet dieses Buch nicht lesen können ohne die Unterstützung meiner wundervollen Lektorinnen Annika und Clarissa, die mich schon seit Anfang an beim Schreiben begleiten, mir meine Stärken und Schwächen aufzeigen und mir in den Hintern treten, wenn es sein muss. Ich lieb's! Ebenso Stephan und Lena und alle anderen, die sich mit der Baxter rumschlagen dürfen. Ihr seid einfach Teil des besten Teams des besten Verlags ever. Ich danke euch so sehr für eure Geduld (manche Geschichten brauchen eben vieeeeeel Geduld), euren Mut, es immer wieder mit mir zu versuchen (da ziehe ich echt meinen Hut vor euch) und euren unermüdlichen Einsatz, wenn ich mal wieder mit Ideen um die Ecke komme (ich sollte mir einen anonymen Mailaccount zulegen) …

Wenn ich mal ganz genervt von meinen Figuren bin, gibt es Freundinnen, die mich auffangen. Danke an meine best Buddie Sina, die nun schon seit über zehn Jahren an meiner Seite ist.

Und ich an ihrer. Ich bin so froh, dich zu haben. FOREVER eben.

Auch Anne ist mittlerweile ein fester Bestandteil meines Auffangbeckens geworden – danke dir für deinen Beistand, und ich freu mich auf den ersten Gin mit dir!

Außerdem wäre da noch Doreen, die beste Bookcake-Bäckerin des Nordens. Danke für Kuchen und nächtliche Lese- und Korrektursessions. Und nicht zu vergessen natürlich das Skinneedles-Team. Danke, dass ihr mir schon so lange euer Vertrauen schenkt.

Natürlich kann ich ein Buch nicht schreiben ohne meine Familie. Ihr seid mein Fels in der Brandung und mein Ruhepol. Immer da, wenn ich euch brauche und das mit viel Verständnis für meine Launen. Love u.

Danke Uta, für dein Verständnis und das flexible Zeitmanagement. Und danke an die *Frahm t(rocken)*-Bande für das beste Kollegen-Team jenseits Dänemarks.

Und last but not least meine Dienstagsfrauen (umbenannt zu SFL-Schwestern) – Danke für eure Freundschaft. Wir lieben das Leben.

## *Wie Blitz und Donner*

Amy Baxter
KING'S LEGACY -
ALLES FÜR DICH
Roman

304 Seiten
ISBN 978-3-404-17954-1

Jaxon King kann nichts mehr überraschen. Der Besitzer des angesagten New Yorker Clubs King's Legacy hat schon viel gesehen. Die große Liebe? So etwas gibt es nicht. Dann trifft er auf Hope, die neue Kellnerin, und auf einmal ist alles anders. Hope Vanderwall ist durch die Hölle gegangen. Jetzt will sie in New York neu anfangen. Ein eigenes Leben, nach all den Jahren. Das ist ihr fester Entschluss. Aber Jaxon ist nicht bereit, sich damit abzufinden, dass ihre Liebe unmöglich sein soll.

*„Eine Minute und zwölf Sekunden. Ich bin eine Minute und zwölf Sekunden lang tot gewesen.“*

Anne Goldberg
REMEMBER WHEN
DREAMS WERE BORN

ISBN 978-3-404-18777-5

Vor acht Monaten riss ein schwerer Unfall Maggie aus ihrem Leben. Seitdem kämpft sie sich durch einen Alltag aus Frust und Schmerzen – bis sie Thomas begegnet. Er behandelt sie nicht wie etwas Zerbrechliches. Mit seiner Zuneigung gibt er ihr das Gefühl zurück, begehrenswert zu sein. Dabei trägt Thomas selbst schwere Schuldgefühle mit sich herum. Als er Maggie begegnet und sieht, wie stark die junge Frau ihr Schicksal meistert, wird er von seinen Gefühlen überwältigt. Aber wie nah darf er ihr sein, ohne alte Wunden wieder aufzureißen? Und wie viel Zeit bleibt ihm, ehe seine Geheimnisse ans Licht kommen?
Der erste Band der emotionalen neuen Reihe von Anne Goldberg.

Lübbe